걸으면 길이 되고

걸으면 길이 되고

초판 1쇄 발행 2025. 10. 31.

지은이 이행언
펴낸이 김병호
펴낸곳 주식회사 바른북스

편집진행 임현정
디자인 김효나
마케팅 송송이 박수진 박하연
기획 권정순
진행 이중헌, 이문혜

등록 2019년 4월 3일 제2019-000040호
주소 서울시 성동구 연무장5길 9-16, 301호 (성수동2가, 블루스톤타워)
대표전화 070-7857-9719 | **경영지원** 02-3409-9719 | **팩스** 070-7610-9820

•바른북스는 여러분의 다양한 아이디어와 원고 투고를 설레는 마음으로 기다리고 있습니다.
이메일 barunbooks21@naver.com | **원고투고** barunbooks21@naver.com
홈페이지 www.barunbooks.com | **공식 블로그** blog.naver.com/barunbooks7
공식 포스트 post.naver.com/barunbooks7 | **페이스북** facebook.com/barunbooks7

ⓒ 이행언, 2025
ISBN 979-11-7263-637-1 03810

•파본이나 잘못된 책은 구입하신 곳에서 교환해드립니다.
•이 책은 저작권법에 따라 보호를 받는 저작물이므로 무단전재 및 복제를 금지하며,
이 책 내용의 전부 및 일부를 이용하려면 반드시 저작권자와 도서출판 바른북스의 서면동의를 받아야 합니다.

걸으면 길이 되고
―― 길이 되면 사는 것을 ――

이행언
지음

한국사 격동기에
세 번의 죽음을 경험하고
네 번의 삶을 살다 간
한 여인의 이야기

바른북스

작가의 말

나고 죽고,
나고 죽고,
나고 죽고,
나서 살다가,
다시는 돌아오지 않는 마지막 여행을 떠나신 나의 어머니께-

어머니,
헤어보니 당신께서 세상 버리신 지도 벌써 서른 해가 다 되어 가네요. 그리 길지도 못했던 평생 동안 죽음에 이른 경험을 세 번이나 하셨는데, 그래서 사람들은 어머니 오래 사실 거라고 입을 모았었는데……. 무엇이 급하셔서 그리도 바삐 돌아오지 않는 여행길을 떠나셨는지요.

　어머니 두 살 무렵엔 병마로, 열다섯 살 적엔 태평양 전쟁으로, 신혼 시절엔 6·25 전쟁으로, 평생 세 번의 죽음 고개와 네 번의 삶의 고비를 넘고 또 넘으신 그 고단했던 여정이, 어머니 당신의 영면과 더불어 누구의 기억에도 남김없이 사라져 가고 말 것 같은 조바심에, 불초한 자식 하나가 어머니의 지난했던 삶을 그려 보았습니다. 이러한 저의 시도는 어쩌면 태산을 단 한 장의 종이 위에 옮기려는 무지한 일일지도, 사해를 달랑 종지 하나에 퍼 담으려는 무모한 것일지도 모릅니다.

　그러나 어머니, 여기에 그려 낸 당신의 굴곡진 삶의 궤적이 동시대를 살아간 이들의 삶의 모습을 대표한다 할 수는 없을지 몰라도, 오늘을 살아가는 우리들로 하여금 역사의 격동기에 격랑을 헤치며 살아 냈던 우리 선대인들의 신고했던 삶의 편린을 일부나마 엿볼 수 있게 해 주리라 믿어 봅니다. 저의 작은 바람이 있다면, 어머니의 뒷시내를 이이 살아가는 이 땅의 수많은 사람들이 삶의 행로에서 크고 작은 어려움을 만나게 될지라도, 걸어서 길을 만들며 살아 내신 어머니의 자취들이 이들에게 작으나마 용기와 위안을 줄 수 있었으면 하는 것입니다.

어머니,

당신 계신 그곳에도 해당화가 피는지요? 저는 지금 텃밭 두둑에 빠알가니 피어난 해당화를 보며 이 글을 씁니다.

"해당화 피고 지는 섬마을에
철새 따라 찾아온 총각 선생님~"

삼복의 뙤약볕 아래 사과밭 매시며 구성지게 부르시던 그 노래가 어린 제 귀에는 어찌 그리도 애달프게 들리던지요. 어머니의 양 볼에 굴러내리던 땀방울은 어쩌면 어머니의 눈물방울이 아니었을지. 누군가는 인생을 소풍이라 했는데, 어머니의 소풍은 참으로 생사를 반복하는 형극의 여정이었습니다.

아아, 어머니가 남기신 발자취를 차마 잊을 수 없어 둔필로나마 이 졸저를 엮어 바치오니, 가상히 여기시어 일별하여 주시옵고, 이젠 생로병사의 수레바퀴 없는 영원한 낙원에서 편히 지내시옵소서.

참, 어머니! 제 평생 맘속에 담아 왔으면서도 괜한 쑥스러움에 어머니 생전에도, 그리고 가신 후에도 단 한 번도 못 했던 한마디 말, 이제야 처음 해 보렵니다.

"사랑하누마, 어무이!"

2025년 7월

국립 영천 호국원에 영면하신 어머니를 생각하며

불초자 행언 (올림)

차례

작가의 말

황천변의 어린 길손 · 10
아! 히로시마 · 67
땅도 없는 하늘 아래 · 142
엄마의 길을 따라 · 188
삶이란 살아 내는 것이지 · 217
귀로 없는 여행 · 263

작가 후기

황천변의 어린 길손

"경자야, 경자야, 눈 떠라 자야, 경자야······."

희미하게 들리는 귀에 익은 음성, 엄마 목소리다.

"자야, 경자야, 야야, 야야······."

더욱 아득해지는 소리, 아버지 목소리다.

뺨이 많이 아프고 화끈거리는데 눈은 떠지지 않는다.

내가 잠이 든 것도 아닌 것 같은데, 마치 꿈속인 듯 아무리 애써도 눈을 뜰 수가 없다. 몽롱한 시간은 흐르고······, 간간이 흐릿하게 들리는 듯한 엄마, 아버지 목소리도 이내 아스라이 멀어져 간다. 무서운 고요 속이다.

나는 길을 간다. 타박타박 아장걸음으로 한 발 한 발 걸음을 옮긴다. 어딘지는 모른다. 처음 가는 길이다. 내 나이 겨우 두 살. 혼자 가는 세상 어느 길이 낯설지 않을까만 분명 내가 엄마 등에 업혀 다녀 본 우리 집 앞의 시냇가는 아니다. 아직 걸음마를 익힌 지 오래된 건 아니어서 가끔은 서툰 걸음이다. 큰 강변이다. 우리 집 앞을 흐르는 시내를 백 개도 넘게 합친 것 같은 강이다. 흰 물안개가 자옥이 피어오르는데, 폭이 너무 넓어설까 물은 흐르는 것 같지도 않다. 건너편 끝도 뵈지 않는 이 강은 어쩌면 바다만 한 호수일지도 모른다.

  한 걸음 한 걸음 강변을 향해 간다. 짙은 물안개 사이로 어렴풋이 무언가 보인다. 조금씩 가까이 다가간다. 강변 물 위에 떠 있는 작은 나무배 하나. 내 발길이 그리로 향한다. 얼마 후 배 옆에 닿는다. 배는 강변 넓적바위에 옆구리가 닿은 채 서 있다. 나도 모르게 나는 바위를 딛고 배 안으로 들어선다. 배 안엔 아무도 없다. 돛도 없고 노도 없다. 그런데도 내가 타자 이내 배가 움직인다. 빙판 위의 썰매처럼 배는 아주 천천히 미끄러져 간다. 어디로 가는지는 알 수 없다. 미풍도 없는데 배가 미끄러지며 만들어 내는 잔물결 탓일까, 이따금 바람에 그네가 흔들리듯 가벼운 울렁임이 전해진다. 미음이 한없이 편하다. 배 안이 그지없이 아늑하고 포근하다. 어쩌면 내가 탄 이 배는 엄마의 배 안일까? 헤엄도 칠 줄 모르는 어린 물고기 같은 나를 고이도 품어 주던 엄마, 엄마…….

  보니, 짙은 물안개 너머 하늘에서 해끄무레한 무언가 시나브로 다가온다. 어쩌면 해끄무레한 그것을 향해 배가 느릿느릿 다가가고 있는 것 같기도 하다. 이윽고 해끄무레한 것은 내 머리 바로 위쪽으로 다가와 멈춘다. 그것은 눈이 부셔 바로 볼 수는 없지만 햇빛처럼 강한 빛 덩어리다. 빛 덩어리는 한동안 나를 찬찬히 비추는 듯이 보인다. 부신 눈을 간신히 가늘게 뜨고 보니 배는 멈춰 있고 뱃전 옆에 두 개의 통나무 다리가 나란히 끝 간 데 없이 뻗어 있다. 나는 무엇에 이끌리듯이 뱃전을 딛고 통나무 다리 위로 올라선다. 꼭 가야 할 길을 가는 것처럼 한 발 두 발 조심스레 걸음을 옮긴다. 네댓 걸음만일까, 순간 빛 덩어리는 번개 치듯 통나무 다리에 내리꽂힌다. 다리가 우지끈 부러지고 나는 강으로 떨어지며 뱃전에 뺨을 세차게 부딪친다.

"으앙~!"

나는 울음을 터뜨리며 번쩍 눈을 뜬다. 그러나 그것도 잠시, 눈꺼풀에 힘이 없어 이내 다시 눈이 감긴다.

"경자야, 자야, 자야, 야야, 야야……."

누군가 나를 부르는 듯한 소리에 겨우 실눈을 뜨니, 흐릿한 시야에 엄마, 아버지의 모습이 그림자처럼 어른거린다.

뺨이 아프고 화끈거린다. 뱃전에 부딪힌 탓일까? 누가 내 뺨을 수없이 때리기라도 한 걸까? 점점 아득해지는 엄마, 아버지 목소리를 뒤로하고 나는 다시금 깊은 잠에 빠진다.

"엄마, 차말로 내가 째매했실 찍에 죽었다 다부 살아났나?"

"차말이제, 인제 니 열 살이께 하매 여덟 해 전 일 아이가."

"어야다 내가 죽었노?"

"니가 홍진에 안 걸랐나."

"홍진이 머고?"

"홍진은 홍역이라 카기도 하고 마진이라 카기도 하는데, 평생 살어가 안 걸리마 무덤에 가가라도 걸린다 카는 무서분 벵이제."

"얼매나 무서분 벵이고?"

"홍진은 역병 귀신이 일받는 벵이라 카는데, 일단 걸리마 열풍에 문풍지 떨듯 지침이 나고, 봄볕에 고드름 녹듯 콧물이 나제. 그라고 꼬칫가리에 버무린 김치그치 두 눈이 뻘개지고, 열탕을 덮어쓴 거 그튼 고열이 온 몸띠에 나만서 몰개알만 한 발진이 전신에 생기는 기라. 알라들한테는 귓병이나 기관지염, 폐렴 그튼 기 같이 생기기도 하고 설사나 구토가 나기도 하제. 그라고 살가죽 밑으로 피가 나만서 살 껍디가 허여이 안 삐끼지나."

"엄만 어에 그키 잘 아노? 어데서 배았나?"

"야야, 니 언니 위선이는 니 살 쩍에, 니 오라바이 상근이는 두 살 쩍에 마가 홍진으로 안 숙었나. 경험이 스승이제."

"그라마 홍진 고치는 약은 없나?"

"용하게 듣는 약은 없다 카데, 열을 니라 주는 해열제 말고는. 전염도 잘 되는 벵이래가 차말로 무섭데이. 엄마는 니도 안 되는 줄 알았다."

황천변의 어린 길손

"그른데 내를 어에 살렸노?"

"엄마가 살린 기 아이고 걸배이 보살님이 살리신 기다."

"걸배이 보살님, 그기 누고?"

"니가 홍진에 걸리고 합뼹증꺼지 와가 한 여들 됐실 쯤엔 천상 죽은 상태였제. 숨도 거진 안 쉬고, 피도 안 도는동 낯짝이 백지장 그튼 데다 온기 없는 사지가 축 늘어져가 바닥에 붙었고, 건드리도 볼때기를 때리도 미동도 없었제. 니 아부지는 아 떠날 찍에 옷이라도 한 불 입히가 보내야 한다 카마 재 넘고 물 건네 40리 길 군위 장에 안 갔나. 니 언니하고 니 오라바이 다 잃어뿌고 또 3년 만에 니꺼지 죽기 되이 차말로 기가 막혔제. 시집 와가 아 서이 놓아가 하내이도 몬 건지게 됐으이 내가 어에 살겠노. 니 아부지 돌어오마 니 초상 치룰 일만 남었다 생각하고 부석 바닥 아궁이 앞에 앉어가 얼매나 울었는동 모린다. 내가 죽어가 너어 서이 다 살어온다 카마 당장이라도 그라고 싶었제. 피눈물 난다 카는 소리 들어 봤제?"

"아이다. 한 분도 몬 들어 봤는데 눈에서 어에 피가 나노?"

"하도 애통하고 원통하이 눈 핏줄이 터진는동 차말로 피눈물이 나드레이. 어야겠노. 내가 할 수 있는 거라곤 암것도 없으이 그저 조왕신하고 삼신할매 앞에 물 떠놓고 지발 울 아 좀 살리 돌라꼬 울만서 빌고 또 빌었제."

"조왕신은 머고 삼신할맨 또 먼데?"

"조왕신은 부석 부뚜막 우에 정화수를 담은 종지를 올리놓고 모신 신인데, 그 집에 사는 식구들을 안전하이 지키 주고 또 알라를 돌바 주는 일을 하제. 그라고 삼신할맨 안방 신인데, 째매한 단지 안에 쌀이나 벌쌀 그튼 곡식을 여어가 문종이로 덮어 안방 실경 우에 올리논 기라. 삼신할매한테는 알라를 놓을 때도 물 떠놓고 빌고, 알라가 아풀 때도 벵 나사 달라고 안 비나. 알라를 놓고 나마 미역국 낄이가 젤 먼저 삼신할매한테 바치제. 그르이 조왕신하고 삼신할매는 알라를 지키 주는 고마분 신이제."

"엄마, 차말로 마이 안데이."

"다 니 위할매한테 들은 기다."

"그른데 엄마, 아깨 걸배이 보살님이 누군동 안 물었드나."

"그케. 내가 피눈물 닦어 가마 조왕신, 삼신할매한테 혼 빠진 사람매로 빌고 있는데, 배깥에서 얼핏 '밥 좀 주소!' 카는 소리가 나는 거 같데. 그래가 부석문을 열고 배깥을 내다보이 처음 보는 걸배이 할매 하내이가 다 깨진 박 바가치 내밀만서 식은밥이라도 째매 돌라 카고 아있나. 니 아부지 니 수의 사로 아직 일쯕이 군위장으로 가만서 급하게 몇 술 뜨고 남은 밥이 마침 째매 있었제. 내야 니 아푸고 나이 배고픈 줄도 모리겠고, 암것도 목안지로 안 넘어가이 맹물만 하로 및 사발 마시만서 밥을 거진 안 머었그덩. 쌀내끼 하나 없고 및 술도 안 되는 꽁두버리밥이었제만 마카 걸배이 할매한테 다 줬제. 찬이라곤 없으이 생딘장 한 술에 곰배이 핀

묵은 곤짠지 네댓 쪼가리 하고."

"엄마도 배고펐을 낀데 안 아까벘나?"

"아까분 기 머 있었겠노. 아깝기야 니 목숨보다 더할라고. 걸배이 목숨도 다 같은 사람 목숨인데, 니는 하매 죽은 목숨이고 걸배이 목숨이래도 산 목숨은 살도록 해 조야 안 되겠나 싶어 기꺼이 주었제."

"걸배이 할매가 마이 고마버 하드나?"

"고맙다는 말이야 안 들어도 될 낀데 및 분이나 고맙다 캐사이 도로 미안하데. 밥이 넉넉지 못했으이 말이다. 그른데 할매가 바로 갈 생각을 안 하고 내 낯짝을 뚤버지게 들받어보는 기라. 그래 내가 와 그카노 캤디마 할매가 내 보고 무슨 걱정이라도 있나고 물어보데. 그래가 내는 하내이 뿐인 딸아가 홍진 걸리가 거진 죽은 상태라 오늘 중으로 초상 치룰 헹핀이라 캤제."

"그라이 할매는 머라 카든데?"

"당장 아를 치에 받차가 안방 실경 우에 얹어 놓으라 카데. 그라고 바랑을 뒤적이다만 작은 주미를 하나 꺼내 주만서 그걸 아 머리맡에 놔두라 카는 기라. 그기 먼동 궁금해가 물었드이 안에 든 기 연밥이라 카드라. 할매는 합장 한 분 하디마 뒤도 안 돌어보고 패나키 집 뒷산말래이로 사라져 뿄제."

"그래가 엄만 할매 씨기는 대로 했나?"

"잠깐 멍하이 서 있다 퍼뜩 정시이 들어 헛간으로 쫓어갔제. 빌빡에 걸리 있는 치를 비끼가 안방으로 안 뛰드갔나. 니는 맹 자는 동 죽었는동 쉼도 없고. 내는 알라 비게 만한 니를 안어가 치에 담었제. 그라고 삼신할매 신주 단지 뫼시듯 정히 받들어 실경 우에 고끼 안 엱었나. 물에 빠진 사람 짚풀떼기라도 잡는 심정으로."

"안 무겁드나?"

"야야, 무겁기는. 두 살 몸띠가 무거부마 얼매나 무겁겠노. 내가 젖이 일찍 말러 뿌리가 니는 잘 먹지도 몬 했는 데다가 홍진으로 한 여흘 물도 지대로 몬 닝깄으이 무게가 어딨겠노? 꼭 물 한 사발 올리놓는 줄로 알았다."

"냉제 아부지가 장에서 돌어와가 머라 카도?"

"어서 아를 수의 입히가 핀하이 보내 주자 카데. 그래 내가 여차여차 해가 니를 실경 우에 올리났다 카이, 지발 이르케 하다라도 아 쉼 살어나마 여흘 굶어도 소위이 없다 카마 배깥으로 나가데. 한참 있어도 니 아부지가 안 들어오이 걱저이 돼가 배께 나가 찾어봤디만 헛간 옆 통시 뒤에서 울고 있드라. 내가 보마 무안해하까 싶어가 낸 모린 척 돌어섰제."

"아부지가 내를 바이 이뻐했는기 보제?"

"말도 마라. 째매한 아를 얼매나 씨다듬고 손을 만지대는동 저라다 아 닳어 없어지거나 손가락 삐가 다 뿌사지는 거 아인가 싶었다. 니 우에 언니하고 오라바이, 니 태이나기 전에 마카 다 잃어뿌고 니 하나 얻었으이 얼매나 귀코 이뻤겠노?"

"호호, 엄마 샘났든 거 아이가?"

"야도……, 샘날 기 어딨노? 니는 내 배로 놓았으이 내 몸띠하고 같은데. 니 아부지가 니를 애끼고 이뻐해 주이 디기 고마벘제머."

"실경 우에 올리논 내는 금방 살어났나?"

"택도 없었제. 하로 이틀 지내도 니 쉼은 안 돌어오고, 사흘째 되든 날 아직에 인제 아를 보내야 안 될라 카만서 니한테 입힐 수의를 니 아부지캉 만지작거리고 있었제. 그른데 말이다. 곽제 실경 우에서 '아앙~!' 카는 아 울음소리가 똑 까물치는 거그치 나는 기라. 그것도 꼭 한 분마 말이다. 깜짝 놀래가, 니 아부지가 니를 담어 논 치를 니라 보이, 아가 눈은 맹 감고 있는데, 실낱 그튼 쉼소리가 들리는 거 같고, 가심에 손을 대 보이, 끊칠 듯 이사질 듯 한 팔딱임이 전해지만서 약간에 온기도 느끼지는 거 아이가."

"이야, 내가 살어났는갑다 그제?"

"그르이 내는 어딨노, 니 수월랑 내던지 뿌리고, 푹신한 소캐 방석으로 니를 감싸가 정성시리 만지 주고, 급히 벌쌀 삶어 국물 내가, 빼짝 마린 솔나무 껍디 그튼 니 입서부릴 적시고 또 적셨제."

"아고 엄마, 얼매나 힘들었겠노."

"힘든 기야 정시이 있실 때 이야기제. 니를 살리야 된다 카는 한 맘 뿌이고 딴 정신이야 없었으이 힘든 기 어딨노. 그라길 한 식경 쯤 지냈는가 싶었는데, 아이고, 니가 눈을 뜨는 기라. 뜬 눈에 힘은 없어 비이도 거진 보름 만에 뜬 눈 아이가. 얼매나 반갑고 고마분동 눈물이 왈칵 쏟어지드라. 눈물이 니한테 떨어지마 해라불까 바 눈을 맞추지도 몬했제만, 홍진이라 카는 어덥고 진 굴속을 진고이 빠져나온 니가 얼매나 대견시러벘는지 모린다. 배깥엔, 니가 실경우에서 울음을 터잤을 때쯤에 떠오린 아직 해가 봉창을 비추고 있었제. 그날 아직 해는 딴 날 해하고 와 그른동 달러 보이드라."

"그날 해가 디기 고마벘겠네."

"왜라. 해 뿐마 아이고 조왕신, 삼신할매, 걸배이 보살님을 합치가 시상에 뵈는 것들이 마카 다 고맙기마 했제."

"걸배이 보살님은 그라마 걸배이 할매 보고 카는 기가?"

"그르체, 걸배이 보살님이 누군동 지대로 답이 나와 뿄뤘네."

"그른데 할매가 와 보살님이고?"

"할매가 갈치 준 대로 해가 니가 안 살어났나. 사람 목숨 살리마 그기 보살이제 머. 그 후로 내는 걸배이 할매를 보살이라 예기고 언제라도 새로 오시마 내 먹을 밥꺼지 다 디릴라고 지다렸제만 야속시리 다시는 한 분도 안 오시드라. 그래도 내는 만날 아직마다 보살님 몫으로 젠 먼서 밥을 한 그륵 퍼가 삼신할매 옆 자리에 올리났제. 그날 지역이 되마 내는 보살님 자시던 그 밥을 고맙기 먹으만서 하로 한 끼로 끼닐 때았제."

"글쿠나. 그른데 걸배이 할매하고 엄마가 합치가 내를 살렸으이 할매도 보살님이고 엄마도 보살님 아이가."

"야야, 내가 무신 보살이고. 니 언니캉 니 오라바이, 하내이도 몬 살맀는데, 죄 많은 중생이제."

"아이다. 누가 머라 캐도 엄마는 내한테 보살님이고 삼신할매다."

"아이고, 내 새끼. 우리 실경이 고맙데이."

"참, 엄마야! 내 이름이 본대 '실경'이가 아이랬다 캤제?"

"글체. 본대 이름은 '경자' 아이랬나, '김경자'."

"이름을 와 바깠는데."

"니가 실경 우에 언치가 있다 살아났으이 니 아부지가 니 이름을 '실경'으로 바꾼 거 아이가. 니가 첨 태이났실 쩍에 이름을 지어 준 거매로, 죽었다 다부 태이났으이 새로 이름을 지어 준 기제. 그 이름 속엔 니를 살리 준 걸배이 할매한테 대한 고마붐캉 니가 오래 살길 바래는 맘이 담기 있데이."

"호호, 쫌 머시마 이름 그태도 맘에 든데이."

"그른데 니 어리가 거진 죽었실 쩍에 꿈 꿨다 캤제? 새로 한 분 말해 바라."

"응, 응, 그르이 내가 한날 큰 강인동 못인동 모리겠는데 째매한 나무배를 타고 건네 갔그덩. 안개가 찌가 앞도 잘 안 비는데, 한참 가다 보이 앞쪽 하늘 우에서 빛 등거리가 닥어오디만 내를 비추는 거 아이가. 배는 섰는데 옆에 보이 질따랗고 굵은 통나무 다리가 두 개 걸치 있데. 내도 모리게 그 통나무 다리 우로 올라가가 및 걸엄도 몬 걸었는데, 그 빛 등거리가 베락그치 통나무 다릴 때 리뿌데. 다린 바로 뚝 뿌러지고 내는 다리 밑으로 널찌만서 뱃전에 볼때기를 시기 안 박어뿐나. 그때 억시 놀래기도 하고 볼때기가 디기 아퍼가 괌을 지리만서 눈을 떴그덩. 그랬제만 힘이 없어가 새로 잠에 빠졌다가 냉제 정신 채리고 보이 엄마, 아부지가 옆에 보이데."

"야야, 생각해 보이 니가 그때 건네가든 물은 황천이고, 타고 가든 배는 치이고, 올러갔든 통나무 다리는 실경이고, 빛 등거리는 연밥으로 보살님이였는갑다. 어에 그래 똑 들어맞노. 실경 우에서 배 타고 황천 건네 저승 가는 니를 보살님이 살리내신 기다. 보살님은 니를 살릴라꼬 걸배이 할매로 변신해가 우리 집에 오싰든 기고. 에고 보살님, 고맙심데이. 차말로 고맙심데이."

"꿈에 통나무 다리가 안 뿌러지고 배가 안 디비졌시마 내가 몬 살았을지도 모리겠제 엄마."

"그르치. 다리가 뿌러진 거는 저승 가는 길이 끊어진 기고, 배가 디비진 거는 니가 죽을 운멩에서 살 운멩으로 바까진 거 아이겠나."

"엄마가 그카이 천상 그른 거 겉기도 하네."

"그래 실경아, 니는 차말로 삼신할매캉 보살님이 보살피시가 두 분쩨로 태이났으이 평생 모든 거에 감사하고, 남을 위하만서 양보하는 삶을 살어래이."

"으응 엄마, 엄마 카는 대로 그르케 사게."

"그라고 실경아, 어째 한편으로 생각해 보마 니가 꾼 꿈은 니가 태이날 찍에 엄마 뱃속에서 시상 배깥으로 나오는 과정 긑기도 하데이. 사람은 누구나 시상에 나올 찍엔 고통에 과정을 거치는 거 그덩. 니는 그 고통을 두 부이나 적겄으이 오래 살아야 된데이."

"그라께 엄마. 그른데 카고 보이 엄마는 내를 두 부이나 놓았네. 한 분은 배로 놓고, 또 한 분은 가심으로 놓은 거 아이가. 배 아퍼 놓아 준 경자도 고맙제만 가심 아퍼 놓아준 실경이가 엄마야, 차말로 고맙데이. 내는 시상에서 울 엄마가 젤 좋다."

"고맙데이 실경아. 엄마도 울 경이가 시상 천지에서 젤 좋다."

"호호. 엄마, 저게 화단에 해당화 폈네."

"그케, 어에 조로키 이뿌게 폈노?"

"글체? 이뿌제? 그른데 엄마도 해당화그치 이뿌다."

"글타. 엄마는 해당화그치 이뿌고 우리 실경이는 해당화보다 더 이뿌다."

"호호호."

"호호호."

오랜만에 엄마와 앞마당 들마루에 마주 앉아 지난 이야기를 나눈 시간은 참 행복했다. 내가 지금 살아 있는 건 모두 엄마의 지극한 정성 덕분이란 걸 깊이 깨달은 시간이었다. 나는 나를 세상에 있게 해 준 엄마가 고맙고, 또 나의 탯줄을 묻게 해 준 내 고향 군위 소보의 서경 마을이 참 좋았다. 마을 바로 뒤로는 엄마 품같이 아늑한 산이 마을을 넉넉히 안아 주고, 평평히 펼쳐진 앞 들판 저 먼 끝으로는 순한 모습의 나지막한 동산들이 정겹게 반원을 그리며 꼬물꼬물 엎드려 있었다. 마을 코앞에는 올망졸망 피어난 버섯 같은 초가집들을 에돌아 유유히 흘러가는 곡정천이 은빛 물비늘을 반짝이며 사철 헤엄을 쳤다.

아버지의 말에 따르면, '서경'은 옛날 옛적 부족 국가였던 '서경국'의 서울이었다고 했다. 차돌이 있는 산 밑이어서 '돌밑', 혹은 '석영'으로 불리다가 '서경'이 되었다는 것이었다. 마을 어른들은 서경보다 돌밑이라는 말을 더 많이 썼다. 마을 앞을 감돌아 흐르는 곡정천은 유별나게 북쪽으로 흘러갔다. 역시 아버지의 말로는 우리나라에 북쪽으로 흐르는 강은 세 곳뿐인데, 이 곡정천이 그중 하나라고 했다. 곡정천은 어른들에게는 농사에 필요한 삶의 젖줄이고, 우리 아이들에게는 엄마의 품 같은 놀이와 성장의 탯줄이었다.

나는 두 살 적에 황천변을 여행한 어린 길손이었다가 이제는 세상을 조금씩 배우고 알아가는, 곡정천변 아이로 걸어가고 있었다.

"실경아, 놀자."

오늘도 어김없이 밖에서 내 또래 아이들이 나를 불러냈다.

"엄마, 동무들캉 좀 놀다 오께."

"으응, 그라마 영환이도 좀 딜꼬 가가 같이 놀다 온나. 엄마는 물 뜨사가 추자 목욕 좀 시키그러. 정환이는 아께 지 동무들 와가 놀로 갔다."

정환이와 영환이는 둘 다 나의 남동생들로 정환이는 여덟 살, 영환이는 다섯 살이었고, 추자는 나의 여동생인데 아직 만으로 한 살밖에 안 된 아기였다. 영환이가 엄마만 보면 하도 졸졸 따라다니고 엄마 일을 방해해, 영환이를 잠시 떼 놓아야 추자 목욕이라도 좀 맘 놓고 시킬 수 있는 형편이었다.

"알었데이 엄마. 우리 놀다 오께."

"그래, 물가세 갈라끄덩 짚은 데 드가지 마고 영환이는 아예 물에 몬 드가게 해래이."

"응, 엄마."

"영환아, 누부야캉 놀로 가자."

나는 영환이 손을 잡고 삽짝문을 나섰다. 돌밑 마을은 110가구 이상이 모여 사는 큰 동네라 내 또래 동무들도 많았다. 오늘도 평소에 자주 나하고 모여 노는 동무들이 여덟이나 와 있었다.

"어데 가서 노꼬?"

내 말이 떨어지기 무섭게,

"갱문에 가자."

아이들의 대답이 합창으로 울렸다. 어떤 아이의 손에는 이미 새우를 잡는 얼게미가 들려 있었고, 나머지 다른 아이들의 손에는 크고 작은 박 바가지들이 하나씩 쥐어 있었다.

"야들아, 째매마 기다리 도."

나도 말과 동시에 집으로 달려가 박 바가지 하나를 챙겼다. 곡정천은 마을 바로 앞이라 가는 데 금방이었다.

"야, 갱문이다."

아이들이 다시 합창했다. 냇가에는 벌써 우리들보다 먼저 온 남자애들이 반두로 물고기를 잡고 있었다.

"내는 애자캉 쌔비 잡을 끼다."

얼게미를 들고 있는 금녀가 말하자,

"우리는 꼴부리 주워야제."

나머지 박 바가지 들고 있는 아이들이 응했다. 곧바로 모두 냇둑을 내려가 물로 들어갔다. 나는 영환이를 봐야 해서 내 가운데 쪽으로는 못 가고 냇가 모래톱 주변을 따라가며 다슬기를 줍기로 했다.

우리 아이들이 틈날 때마다 냇가에 가서 얻어 가는 것들은 집에 기면 가족들의 훌륭한 반찬이나 국거리가 되었나. 우리 여자애들은 물고기는 잘 잡지 못하지만, 새우를 잡거나 다슬기를 줍는 것은 남자애들보다 잘했다. 새우는 조림이나 튀김으로 만들어 반찬을 하고, 다슬기는 감칠맛 나는 국을 만들었다. 그리고 물고기는 찌개를 만들거나 어탕을 끓여 식탁에 올렸다. 어른들의 농사일이나 엄마의 집안일에는 큰 도움이 못 되는 우리 아이들이지만, 시냇가에서 놀기 삼아 하는 아이들의 활동은 가족들의 식사에 필요한 부식을 장만하는 일이 되기도 하는 것이었다.

 곡정천은 아주 넓은 내는 아니지만 두어 군데 소도 있고 모래톱이 잘 펼쳐져 있는 데다, 물살이 조금 빠른 여울도 있어서 온갖 어패류가 함께 살아가고 있었다. 물고기로는 잉어, 송어, 붕어, 피래미, 모래무지, 가물치, 메기, 뱀장어, 터리, 납조래이, 색시고기, 돌라구리, 뿌구리, 텅걸레, 매자, 먹지, 쏘가리, 은어, 쌀미꾸라지, 보리미꾸라지 등등이 있는데, 나는 색시고기를 제일 좋아하고 텅걸레를 제일 무서워했다.

 색시고기는 아이들 손가락 한두 마디 될 정도의 크기이고 납작하게 생겼는데, 무지갯빛에다 은빛까지 띠고 있어 얼마나 귀엽고 예쁜지 몰랐다. 몇 번 집에서 박 바가지에 담아 길러 보기도 했지만, 결국엔 죽고 말아 슬펐던 기억 때문에 그 뒤로는 어쩌다 한두 마리 잡아도 집에 가져가서 기르지 않고, 바가지에 담아 조금 데리고 놀다가 곧 물에 놓아주곤 했다.

 텅걸레는 어른 손가락 길이 정도 되는 크지 않은 물고기인데, 앞지느러미 양쪽에 뾰족한 가시가 나 있었다. 한 번은 손으로 물속 자갈 사이에 있는 텅걸레를 잡다가 가시에 찔려 기겁하며 울었던 적이 있었다. 나중에 알고 보니 텅걸레를 잡을 때는 짚신 두 짝을 마주 보게 하여 짚신 안으로 숨어 들어오게 한 뒤, 물 위로 살살 들어올려야 하는 것이었다.

조개 종류로는 다슬기, 우렁이, 말조개, 재첩, 문둥이꼴부리 등이 있었고, 쌀새우, 보리새우, 찡기미 등도 많았는데, 문둥이꼴부리 외에는 모두 식용이었다. 그 외에 쌀방개와 똥방개, 소금쟁이, 물매미, 참개구리, 비단개구리, 문둥이개구리, 청개구리, 두꺼비, 맹꽁이 등도 흔히 볼 수 있는 것들이었다.

"쌔비 닷 되 콩 닷 되, 쌔비 닷 되 콩 닷 되……."

냇가 위쪽에서는 금녀가 애자를 데리고 새우를 잡느라고 열심이었다. 새우를 잡을 때는 물에 잠긴 냇둑 속을 얼게미로 쿡쿡 찔렀다가 뺐다가 하는 동작을 반복하면서, 이때 '쌔비 닷 되 콩 닷 되'를 연달아 외쳤다. 그러면 새우는 얼게미에 걸러지며 잡히는 것이었다.

한편으로 냇가 아래쪽 여울목에서는 남자애들이 터리를 잡느라고 한창이었다. 터리는 어른 손가락 길이의 두 배쯤 되는데, 색시고기처럼 은빛 바탕에 무지갯빛을 띤 예쁜 물고기였다. 물살이 좀 빠른 여울을 거슬러 올라가기 때문에 여울목 위쪽에 주로 모여 있었다. 그래서 터리를 잡으려면 여울목 위쪽을 빠르게 가로질러 뛰어 들어가야 했다. 그러면 떼로 몰려 있던 터리들이 놀라 흩어져 달아나기 시작하는데, 이때 아이들은 각자 한 마리를 표적으로 하여 끈질기게 쫓아가는 것이었다. 터리가 깊은 곳으로 들어가 버리면 잡을 수 없기 때문에, 냇가 가장자리 쪽으로 2~3

분 정도 계속 몰고 다녀야 했다. 터리는 여울목을 거슬러 오를 만큼 힘이 좋고 헤엄치는 속도도 아주 빨라서, 몰아가는 도중 약간의 실수라도 하면 순식간에 다리 사이로 빠져나가 깊은 물로 도망가 버렸다. 터리를 몰아갈 때는 '터리, 터리……' 하는 소리를 계속 지르면서 두 발과 양손의 동작을 통해 터리의 진행 방향을 조종했다. 한참 터리를 몰고 다니다 보면 터리는 힘이 빠져 속도를 확 줄이다가 잠시 멈추는 순간이 오는데, 이때 잽싸게 양 손바닥을 펼쳐 물속 모랫바닥에 착 갖다 대면 터리는 그늘진 손바닥 안이 숨을 곳인 줄 알고 쏙 들어와 잡히게 되는 것이었다.

　금녀의 새우 잡는 소리, 남자애들의 터리 잡는 외침을 들으며 나와 동무들은 열심히 다슬기를 주웠다. 다슬기는 모랫바닥 위로 나와 있는 것들도 있었지만 모래 속에 숨어 있는 것들이 많았다. 모래 위로 나와 있는 것들은 바로 바가지에 주워 담으면 되므로 아주 쉬웠다. 모래 속에 있는 것들을 잡기 위해서는 쟁기로 밭갈이를 하는 것처럼 두 발을 모래 속으로 박은 다음, 골을 파면서 앞으로 걸어갔다. 그러면 모랫바닥에 밭고랑처럼 두 골이 생기면서 모래 속에 있던 다슬기들이 밖으로 노출되므로 그때 주우면 되었다.

　"이야, 말조개다."

　옥련이가 외쳤다.

　"와, 쪼갭지다."

　이번엔 성자가 소리쳤다.

다슬기를 줍다가 간혹 운이 좋으면 아이들 손가락 서너 마디만 한 말조개를 발견하기도 하고, 때로는 어른 손톱만 한 크기에 노랑과 연두색이 곱게 섞여 보석같이 예쁜 재첩을 만나기도 했다. 그럴 때면 발견한 아이는 환호성을 지르면서 기뻐 어쩔 줄 몰라 하고, 나머지 아이들은 부러움의 눈길을 보내곤 했다. 나도 말조개나 재첩을 주운 경험이 여러 번 있어서 주울 때의 손맛과 흥분되는 마음을 너무도 잘 알고 있었다. 하지만 오늘은 영환이를 돌보면서 하느라 다슬기가 많은 내 안쪽으로는 못 들어가고 가장자리 쪽으로만 다니면서 줍다 보니, 말조개나 재첩은 구경도 못 했을 뿐만 아니라, 주운 다슬기의 양도 다른 아이들에 비해 많이 적었다. 그렇지만 서운한 마음은 없었다. 대신 늘 그렇듯이 아이들이 언제라도 찾아오면 빈손으로 돌려보내지 않고 무엇이라도 쥐여주는 곡정천에 대한 고마움이 가득했다.

  오늘도 우리 여자애들의 바가지마다 다슬기가 수북하고, 금녀의 바가지엔 새우가 그득했다. 고기잡이를 끝낸 남자애들의 허리에는 저마다 버들가지를 꺾어 만든 꿰미가 묵직하게 매달렸는데, 꿰미에는 터리를 비롯한 온갖 물고기들이 아가미가 꿰어져 주렁주렁 엮여 있었다. 우리 동무들은 너나 할 것 없이 꼬마 어부가 되어 손에 손에 저마다의 수확물을 들고서 집을 향해 의기양양한 발걸음을 옮겼다. 오늘 저녁엔 동무들 집집마다 엄마들이 국이나 찬을 만드느라 더 바쁘겠다는 생각이 들었다.

"실경아, 나온나. 나물하로 가자."

나의 부지런한 동무들은 오늘도 아침 숟가락을 놓기 바쁘게 나를 찾았다. 어제 냇가에 모였던 동무들과 오늘은 나물을 하기로 이미 약속해 둔 터였다. 나는 미리 챙겨 두었던 다래끼에 낫과 호미를 하나씩 넣어 어깨에 메고 동무들을 따라나섰다. 내를 건너면 바로 들판이 펼쳐지고 그 끝은 서쪽에 있는 앞 산자락에 닿아 있었다. 건너다 뵈는 나즈막한 산꼴짝엔 가는 은실 같은 계곡물 따라 꿈결같이 아련한 두견새 울음소리가 굴러 내리고, 남쪽으로 멀리 연둣빛 깁을 깔아 놓은 듯한 보리밭에는 노고지리가 바삐 하늘로 땅으로 오르내리고 있었다.

보리밭과 마늘밭 사이사이로 나 있는 봇도랑 둑을 따라가며 우리는 부지런히 봄나물을 캤다. 간혹 곡식이 심기지 않은 일부 들이나 봇도랑 둑에는 냉이, 달래, 씀바귀, 고들빼기, 쑥, 메꽃, 개망초 등이 많아 우리의 다래끼는 갖가지 봄나물로 채워졌다. 서로 경쟁하듯 나물을 캐며 봇도랑 따라 나아가다 보니 어느새 앞 산자락 밑이었다.

"야들아, 배 안 고푸나? 참꽃 안 따 먹을래?"

먹는 것을 무척 좋아하지만 몸은 삐쩍 마른 희자의 말에

"그래, 우리 참꽃 따 먹으로 가자. 찔레도 꺾어 먹자."

라며 순희가 응했다.

우리는 하나같이 앞 산자락을 오르기 시작했다. 아까 두견새가

울던 골짜기 쪽으로 방향을 잡았다. 그곳에는 해마다 진달래꽃이 많이 피기 때문이었다. 산길이라 한 줄로 열을 지어 걷는데 내 바로 앞을 걷던 금녀가 말했다.

"실경아, 우리가 가는 저 골짝엔 참꽃이 억시 많드라 그제? 두견새도 거서 잘 울고."

"그래, 금녀야. 두견새하고 참꽃하고 관계가 있는 거 니 아나?"

"언지. 낸 모리는데. 두견새캉 참꽃이 먼 관계가 있겠노?"

"관계있다. 작년 봄엔가 내가 참꽃 따가 집에 가 갔는데 엄마가 참꽃에 대한 이야길 해 주데. 차말로 슬프드라."

"먼 이야기든데? 실경아, 내한테도 이야기 좀 해도."

"응. 기억나는 대로 이야기해 보게. 아주 멀고 먼 옛날, 중국 촉나라에 두우라 카는 임금이 있었다 카데. 한날은 신하들 델꼬 문산이라 카는 산 밑을 지내가고 있는데, 산 알로 흐리는 강물에 남자 시체가 하나 떠 있었다 안 카나. 젊고 마음이 억시 착했던 두우 임금은 부하들한테 시체를 건지가 땅에 묻어 주라 캤제. 그래가 부하들이 시체를 건지내가 강둑으로 올맀는데 아이고, 시체가 눈을 번쩍 뜨드란다."

"엄마야, 무서버라. 그래가 어에 됐노?"

"두우 임금이 눈을 뜬 남자한테 어에 된 일인지 물어보이 그 남자가 자기는 형주 땅에 사는 별령이라 카는 사람인데, 비가 마이 와가 강에 큰물진 거 구경하로 나왔다가 실수로 물에 빠져 정신을 잃었다 카는 기라. 문산서 형주까지는 하로만에 가기 힘든 먼 길인데, 그라고 보마 남자가 강에 빠진 지는 한참 된 기라. 어야마 하로 이틀 전일 수도 있제."

"그라마 남자는 무저끈 죽었는 거 아이가."

"그기 당연하제만 남자가 두 눈 뻐이 뜨고 살아 있으이 사람들은 신기해 하고, 두우 임금은 하늘이 자기한테 보내 준 사람일지도 모린다고 생각하만서 별령을 궁으로 델꼬 갔제. 그른데 두우 임금이 별령을 적거 보이 보통 똑똑한 사람이 아인기라. 무신 일을 매끼 바도 척척 해냈제. 그래가 두우 임금은 별령한테 집도 주고, 베슬도 내리고, 장개도 들게 해 줬다 카네. 별령은 점점 베슬이 높아져가 냉제는 정승꺼지 됐고, 자기에 이쁜 딸을 두우 임금한테 바쳤단다. 두우 임금은 기뻐하만서 나라 일을 마카 별령한테 매끼고 놀로나 댕기며 핀하이 지냈는데, 그르는 새 별령은 지가 임금이 되고 싶은 욕심이 생긴 기라."

"아이고, 별령이 나쁜 사람 아이가. 물에 빠져 죽은 지를 구해가 살리 줬는데 그제?"

"그케, 사람 욕심이 차말로 끝이 없제? 별령은 대신들하고 하인들을 마카 지 핀으로 맨든 담에, 두우 임금을 내쫓어 뿌고 지가 왕이 됐제. 나라 배깥 수천 리 먼 데로 쫓기난 두우 임금은 매일그치 밤낮을 울고 또 울다 지치가 죽어 두견새가 됐다 안 카나."

"애고, 차말로 불쌍타. 얼매나 원통했시마 울다가 죽었겠노."

"그르이 말이다. 두견새가 돼가도 두우 임금은 원통함을 눌릴 길이 없어가 촉나라 하늘을 바라보매 '돌아가지 못 한다.'만서 슬피 울고 또 울었다 카네. 냉제는 목이 터져 울 찍마다 피가 뚝뚝 땅에 널찌고 그 자리에 붉은 꽃이 피어났는데, 그 꽃이 바로 두견화라 카드라. 우리가 참꽃이라 카기도 하고 진달래라고도 부리는 그 꽃이제. 그르이 참꽃은 두우 임금에 한이 피어난 것인 기라. 해마다 봄이 오마 참꽃이 피는 산마다 두견새가 슬피 울고 한 분 울 때마다 참꽃이 한 꼬티썩 진다 카는데, 얼매나 마이 울어야 그르케 천지에 쌔삐까린 참꽃이 다 지겠노."

내 얘기가 끝났지만 금녀는 더 이상 말이 없었다. 우리가 향하고 있는 앞산 중턱에서 애잔하게 들려오는 두견새 울음소리에 귀를 기울이고 있는지.

"이야, 참꽃이다."

우리는 어느덧 앞산 중턱 골짜기에 이르러 너도나도 참꽃을 따서 입으로 가져갔다. 시큼하면서 약간 떫은맛이 났지만 모두들 한동안 부지런히 따머었다.

"야들아, 우리 찔레도 꺾어 먹자."

"내는 송기 삐끼 먹을 끼다."

명희와 희자의 말이 떨어지자 이번에는 어떤 아이들은 찔레를 꺾고, 또 어떤 아이들은 송기를 벗겼다. 찔레는 여린 새순을 꺾어 손톱으로 껍질을 벗긴 뒤 씹어 먹고, 송기는 소나무 새 가지를 잘라 겉껍질을 벗긴 다음 입에 대고 돌려가면서 앞니로 속껍질을 벗겨 들쩍지근한 나무즙을 빨아먹는 것이었다. 참꽃이나 찔레, 송기, 억새순 같은 것들은 맛이야 크게 없지만, 배부를 일이 거의 없는 우리 아이들에겐 틈만 나면 찾는 고마운 주전부리였다.

"야들아, 우리 인제 산나물 좀 캐가 니러가자."

이번엔 내가 말했다. 아이들은 모두 그러자고 했다.

우리는 호미로 짠대, 작두, 산도라지, 더덕 같은 뿌리를 캐기도 하고 고사리와 두릅, 가중나무 등의 새순도 꺾었다. 어느덧 아이들의 다래끼는 들나물, 산나물로 가득 채워졌다. 해도 제법 서산마루를 향해 걸음을 옮길 때쯤, 저마다 흩어져 나물하던 아이들이 골짜기를 내려가려고 한군데 모였다. 입술이 모두 진달래 꽃물이 들어 보랏빛이었다. 아이들은 서로서로 귀신 같다며 깔깔거렸다.

우리는 올라올 때처럼 다시 한 줄로 늘어서서 골짜기를 내려가기 시작했다. 들로 산으로 나물하러 다니느라 좀 힘들기도 했지만, 식구들이 먹을 나물을 가득 얻어 가는 오늘은 아이들 모두 어린 농부가 되어 집으로 돌아가는 것이었다. 산자락 길옆 오래된 무덤가에 뽀얀 솜털을 머리에 인 할미꽃이 피어 있었다. 골바람에 간들간들 흔들리는 모습이 마치 우리 아이들에게 조심해 내려가라고 당부하는 손짓처럼 보였다. 떠나온 골짜기가 차츰 멀어져

가면서 발걸음이 조금씩 느려지는 우리들의 등 뒤 저 멀리에서는 끊어질 듯 이어질 듯, 한 맺힌 두견새의 울음소리가 떨어지는 참꽃의 향기처럼 하늘하늘 흩어지고 있었다.

"쪽박 바까조……"

"쪽박 바까조……"

"실경아, 산에 가가 나무 쫌 해 온나. 불 땔 나무가 마이 남지 않었네."

"응, 엄마. 깔비캉 풋나무 째매 하고 썩배이 및 개 주어가 오마 되나?"

"그래. 무거불라 너무 마이 하지 마고."

"알었데이 엄마."

나는 헛간으로 가서 갈쿠리를 챙겨 망태기에 넣은 뒤 어깨에 메고 금녀네 집으로 갔다.

"금녀야, 우리 산에 나무하로 안 갈래?"

"실경이가, 그래 가자. 안 그래도 우리 집에도 나무가 빌로 없데이."

"그르쿠나. 혹시 딴 아들도 나무하로 갈란동 물어보고 같이 가까?"

"그라자. 여럿이 같이 가마 무섭기도 덜하고."

금녀와 나는 동네를 돌면서 땔감 구하러 산에 같이 갈 동무들을 찾았다. 선옥, 순희, 성자가 같이 가기로 했다. 모두들 갈쿠리와 망태기를 가지고 동네 뒷산으로 올라갔다.

"우리 깔비부터 좀 끌자."

금녀의 말에 우리는 모두 그러기로 하고 각자 소나무 밑을 찾아 들었다. 소나무 아래 바닥에는 작년에 떨어져 쌓인 갈비가 소복이 깔렸는데, 수천수만 개의 금빛 바늘을 뿌려 놓은 듯 햇빛에 반짝이고 있었다. 우리는 갈쿠리로 갈비를 끌어모아 망태기에 담았다. 갈비는 기름기가 있어서 불이 잘 붙고 열도 많이 나서 좋지만, 얻을 수 있는 양이 많지 않아 불쏘시개용처럼 꼭 필요할 때만 쓰고 부엌 한구석에 쌓아 아껴 두는 땔감이었다.

갈비 끌기가 끝나자 우리는 참나무 아래로 가서 갈쿠리로 낙엽을 끌어모은 다음 망태기에 채웠다. 우리는 아직 힘이 세지 않아 나무를 너무 많이 하면 갖고 내려갈 수 없기 때문에 각자 메고 갈 만큼만 했다.

"야들아. 인제 좀 쉬었다가 썩배이나 쫄가리 째매 주어가 니러 가자."

나의 말에 아이들 모두 그러자고 했다. 그러나 부지런한 우리 아이들은 쉬는 것도 가만히 앉아 있는 것이 아니었다. 우리는 뾰족한 돌로 짠대 뿌리를 캐서 오독오독 씹어 먹기도 하고, 송기를 벗겨 속껍질을 잘근잘근 씹기도 했다. 하얀 찔레꽃잎도 여러 장 따 먹었다.

얼마간의 휴식 후, 우리는 썩은 나무 등걸과 삭정이를 몇 개씩 주위 망태기에 담은 뒤, 한 줄로 서서 한 발, 한 발 조심스레 산을 내려왔다. 등에 멘 나뭇짐이 묵직한 만큼 아이들의 마음도 든든했다. 광부는 땅속에서 석탄을 캐고 우리 아이들은 땅 위에서 나무를 하지만, 땔감을 구하는 일로 보면 서로 닮았다. 오늘 같은 날에는 우리는 작은 광부가 되어 짐은 무거워도 마음은 가볍게 집을 향해 발걸음을 재촉하는 것이었다.

저녁을 먹고 나서 곧바로 마을 앞 느티나무 아래로 갔다. 동무들과 밤 놀이를 하기로 약속이 돼 있었다. 평소 늘 함께 노는 동무들 아홉이 모였다.

"우리 어데 가서 노꼬?"

"갱문가세 가가 땅땅놀이 하자."

"그라자, 갱문가로 가자."

우리는 누가 먼저랄 것도 없이 한 몸처럼 동시에 냇가로 발걸음을 옮겼다.

보름 가까운 열사흘 저녁달이 벌써 동산마루 위에 둥실 떠 있었다. 냇가로 이어지는 논둑 길섶에는 달맞이꽃이 달빛으로 세수라도 했는지 노란 웃음을 머금었고, 냇둑에서 내려다뵈는 곡정천에는 냇물이 달빛 되어 찰랑이고 있었다. 어둠이 까만 안개처럼 덮인 서산머리에서 들려오는 소쩍새 울음소리를 귀에 담으며 발걸음은 곧 냇가에 닿았다.

 우리는 모래밭에 모여서 땅땅놀이에 들어갔다. 땅땅놀이는 술래가 1명 정해지면 나머지는 약속으로 정해 놓은 구역 내에 숨는 것으로 시작되었다. 숨을 곳은 밭고랑이나 논두렁, 냇둑의 억새 숲, 싸리나무숲, 왕버들나무 가지 위 같은 데로 아주 많았다.

 "우리 짱 깨이 뽀로 까꾸부터 뽑자."

 "그래, 자, 시작한데이."

 "짱 깨이 뽀."

 "짱 깨이 뽀……."

 대여섯 차례를 거듭한 끝에 영옥이가 술래가 되었다.

 영옥이가 잠시 눈을 감고 기다리는 동안 나머지 아이들은 사방으로 흩어져 어둠을 헤치며 숨을 곳을 찾아들었다. 나는 밤에 무서움을 많이 타기 때문에 금녀와 함께 싸리나무숲으로 가서 숨었다. 싸리꽃이 꿀이 많아서 그런지 달콤한 꽃향기가 코에 스몄다.

 "인제 찾으로 간데이."

 이삼십여 걸음 떨어진 저쪽에서 영옥이의 말이 떨어졌다.

 밤이긴 해도 달이 밝아 등불 없이도 길을 갈 수 있을 정도이기 때문에, 영옥이가 아이들이 숨어 있을 만한 곳을 찾아다니는 것은 전혀 문제가 없었다. 땅땅놀이는 그믐밤처럼 너무 캄캄할 때는 못 하고, 반달과 보름달 사이의 밤에 주로 하는 놀이였다.

 술래한테 들킬까 봐 조마조마한 가슴을 누르며 서너 숨을 쉬었나 싶은데, 논두렁 아래쪽에서 영옥이의 목소리가 들려왔다.

"찾었다, 니 옥련이제?"

"아이다, 낸 순희다."

"함 보자. 맞네. 순희네."

놀이인데도 괜히 가슴이 두근거리고 그러쥔 두 손엔 땀이 나는데, 얼마간의 긴장된 시간이 흐른 뒤 이번에는 왕버들나무 쪽에서 영옥이의 말소리가 들렸다.

"찾었데이, 니는 성자다."

"아인데, 내는 미자네요."

"어데 어데, 그른네. 미자 맞네. 아이고……"

땅땅놀이는 술래가 숨은 사람을 찾아내어 그 사람이 누군지 알아맞히는 놀이였다. 숨은 사람은 술래한테 잡혀도 옷을 뒤집어쓴 채 얼굴을 가리고 말도 하지 않기 때문에, 술래는 잡은 사람이 누구인지 금방 알아내기가 쉽지 않았다. 평소 보아 왔던 체격이나 신발, 놀이하는 당일에 입고 온 옷 등을 잘 기억하고 있어야 자기가 잡은 사람이 누구인가를 알 수 있었다. 술래는 잡은 사람이 누구인지 알아맞히면 술래에서 해방되어 숨게 되고, 다음에는 잡힌 사람이 술래가 되어 숨어 있는 사람들을 찾아다니게 되었다.

영옥이가 끝내 금녀와 내가 숨어 있는 싸리숲을 향해 조금씩 다가오기 시작했다. 나는 잔뜩 긴장했다. 숨을 죽였다. 꼼짝 않았다. 가슴이 콩닥거렸다. 심장 소리가 영옥이한테 들릴 것만 같았다. 참으며 내쉬는 숨소리가 더 커졌다. 겉저고리를 머리에 뒤집어썼다. 앉은 채 무릎을 세워 그사이에 머리를 박았다. 깍지를 끼고 두 팔로 무릎을 꼭 감쌌다. 영옥이가 더 가까워졌다. 한 발, 한 발……. 싸리숲에서 영옥이가 멈췄다. 곧장 두 팔을 벌려 이리저리 싸리 줄기를 헤적였다.

"여게 누가 숨어 있제 싶은데……."

혼잣말을 하며 두리번거리는 영옥이. 꼭 병아리를 노리는 고양이 같았다. 무서웠다.

그러나 무서움도 잠시, 기어이 내 옷자락이 영옥이의 손끝에 걸리고 말았다. 영옥이는 내 머리와 등을 더듬다가 내 손을 잡더니 잠시 멈췄다. 두세 숨을 쉬었을까 싶었는데,

"니, 실경이네. 실경이 맞제?"

"엄마야, 맞다. 바라, 내 실경이다."

나는 머리를 감싼 저고리를 젖히고 나를 확인시켰다.

"그른데 영옥아, 낸줄 어에 알았노?"

"실경이 니 본대 겁이 안 많나. 아깨 니 손 붙들고 째매 있어 보이 손을 바들바들 떨데. 숨도 참았다 제와 내쉬고……."

"그르쿠나. 호호. 낸 겁이 많애가 어야꼬?"

"개안타 실경아, 겁 많은 사람은 착하다 안 카나."

옆에 있던 금녀도 한마디 거들었다.

"실경이 니는 어른들한테 인사 잘하고 착한 아라고 동네에 소

무이 안 났나. 우리 동무들 새에서 양보도 잘하고…….."

"고맙데이 영옥아, 금녀야."

"고맙기는. 그른데 인제 실경이 니가 까꾸다. 우리 숨그덩 찾으로 온네이. 금녀 니도 어데 숨으로 가자."

영옥이와 금녀가 숨을 곳을 찾아 떠난 뒤 잠시 기다리던 나는 아이들을 찾아 나섰다. 내가 술래를 피해 숨을 때와는 달리, 술래가 되어 아이들을 찾아다닐 때는 긴장이 되거나 떨리지 않고 무섭지도 않았다. 낮에 하는 숨바꼭질에서도 그렇지만 아이들은 대개 술래가 되는 것을 좋아하지 않는데 나는 술래가 더 좋았다. 그것은 엄마가 나에게 항상 모든 것에 감사하고 양보하며 살라고 했던 말을 늘 가슴에 새기고 있었기 때문이었다. 또한 피하거나 숨는 사람의 긴장과 두려움보다는 찾는 사람의 당당함이 더 좋기 때문이기도 했다. 나는 술래가 좋기도 했고 아이들이 술래 되는 것을 좋아하지 않는다는 것을 알기 때문에, 아이들을 찾아내 누구인지 알았을 때도 일부러 틀린 이름을 대곤 했다.

그렇게 아이들과 한참을 놀다 보니 달은 점점 하늘 가운데를 향해 높아지고 있었다.

"야들아, 내가 졌다. 인제 우리 고마 놀고 집에 가자."

나의 말에 다른 아이들도 모두 그러자고 했다. 우리는 서로서로 잘 놀았다고 인사하면서 다음에 또 재미있게 놀자는 말을 남기고 각자의 집을 향해 발걸음을 옮겼다. 노란 달빛이 초롱처럼 우리들의 발길을 밝혀 주고 있었다.

"엄마, 내 놀다 왔데이."
"그래, 손 씻고 방에 들어온네이."
"응, 그라께."
 나는 마당 가에 있는 물독 옆으로 가서 물 한 바가지를 떠 손발을 씻은 뒤 큰방으로 들어갔다. 정환이와 영환이, 추자는 모두 잠들어 있고 엄마와 아버지는 마주 앉아 이야기를 나누고 있었다.
"엄마, 아부지캉 먼 이야기했노?"
"으응, 니 아부지 일본 갈라 카는 이야기했다."
"머라꼬? 일본 카마 왜국 아이가? 우리 나랄 뺏은 나뿐 나라라 카든데 걸 와 간다 말이고?"
"여게 조선 땅에서는 도저히 먹고 살 수가 없어 너거들 다 굶기 죽일 거 같고, 일본이 좀 살기 낫다 카이 니 아부지도 그기 사실인가 싶어가 가 보고 올라 카는 기라."
"아부지, 누가 그카디껴?"
"내한테 외사촌 행님 되는 맹우 아재 알제? 군위 읍사무소 안 댕기나. 한문도 잘하제만 신식 공부를 마이 해가 아는 기 많데이. 내가 군위 장에 한 분썩 가마 꼭 만내가 시상 돌아가는 이야기 마이 듣고 안 오나. 맹우 아재 중학교 동무 철한이라 카는 사람이 일본 가가 돈도 잘 벌이고 잘 사는데, 그 사람이 일본 오마 조선보다 살기는 낫다만서 함 와 보라 카드라네."

"갔다 오실라 카마 오래 걸릴랑강요?"

"잘 모리겠다만 거 사정도 살피보고 일자리도 찾아가 직접 생활해 볼라 카마 암만해도 달포 이상은 안 걸리겠나 시푸다."

"그라마 아부지 혼자 먼저 일본 가 보고 거가 개안으마 냉제 우리 식구들 마카 일본으로 이사 갈라꼬요?"

"글치, 내가 먼저 가가 자리 잡어 놓고 다부 조선 나와가 그적새야 가족 한목에 일본으로 가야제."

"일본이 얼매나 좋은동 모리겠제만 지는 일본 가기 싫구마. 여게 돌밑엔 금녀캉 내 동무들도 많고……. 곡정천서 노는 거도 좋고……. 지는 배부리고 낯선 일본보담은 배고퍼도 동무들 있는 돌밑이 더 좋구마."

"그케. 아부지도 탯줄 묻은 고향 땅을 떠난다는 건 꿈에도 생각해 본 적이 없었제. 그르치만 숨만 제와 쉬고 살어야 하는 조선 땅에서 두 눈 뻬이 뜨고 앉어가 생때 그튼 내 새끼들 다 굶어 죽게 할 순 안 없겠나."

"아부지가 일본 댕기오시고 나기 다시 생삭해 비야겠제만, 그른데 아부지, 우리 돌밑 사람들은 마카 다 착한데 와 이래 몬사니껴?"

"마카 일본 때무이제."

"일본이 우리 조선을 뺏었기 때무이라 말이껴?"

"단순히 나라를 뺏었기 때무이 아이고 왜놈들이 조선에 해댄 여러 정책 때문 아이가."

"무신 정책 때무이꺼?"

"내는 왜놈들이 조선을 뺏은 명치 42년인 1910년에 태이나가 이적진 살어오만서, 째매했을 쩍에 서당 두어 해 댕기 본 거 말곤 배운 기 없으이 아는 기 빌로 없제만, 맹우 아재한테 하도 마이 들어가 왜정이 어뜬 건진 적으나마 알고 있제."

"왜정이 어뜬지 이야기 좀 해 주이소."

"그래, 니는 똑똑해가 머든 잘 알어먹으이 아부지가 들어가 알고 있는 거 생각나는 대로 이야기해 주께."

"야, 잘 들어 보께요."

"일본이 우리 조선을 뺏은 뒤 먼저 서둘러 한 일이 '토지 조사 사업'이었제. 이거는 조선 땅에 대해가 조사한다 카는 기랬는데, 일본에 속셈은 우리 조선을 지배하는 데 필요한 돈을 그러모으고 조선 땅을 일본인들이 숩게 가질 수 있그러 할라 카는 것이었제."

"그라마 땅 조사는 어뜨케 했는강요?"

"우선 토지 조사하는 부서를 설치해가 조선인들한테 정해진 기일 내로 각자가 가진 토지 내용을 신고하라고 캤제."

"그기야 신고하라 카는 대로 하마 되자니꺼."

"야야, 그른데 그기 숩지 않었데이."

"와요?"

"신고는 토지 임재가 직접 하그러 했고, 신고 기가이 짧은 데다 절차가 하도 까탈시러버가 기한 내에 신고하지 못한 기 많앴제. 글자도 모리는 농민들이 신고 서류를 보이 무신 말인지도 잘 모리겠고, 갖차야 될 서류도 많애가 우왕좌왕한 기제. 한 가지 서류만 부족해도 갖차서 새로 오라 카고, 그라다 보이 신고 기한을 놓치뿌린 기라. 왜놈들이 조선 농민들 땅 뺏을라꼬 일부로 신고를 지대로 못하그러 수를 쓴 걸로 바야제. 그라고 어떤 사람들은 일본에 대한 나쁜 감정 땜에 아예 신고 자체를 안 하기도 했제. 우리 집이 안 그랬나. 이 땅은 조상 대대로 물리받어 농사짓고 살어온 내 땅이란 걸 누구나 다 삐이 알고 있는 사실인데, 내가 왜 지놈들한테 신골 해야 하나 카만서 너거 할배는 끝끄지 신고를 안 해뿌린 기라."

"그래가 어에 됐니껴?"

"일본은 기한 내에 신고 안 한 토지하고 국유지나 공유지, 문중 토지 그튼 것들을 기다맀다는 듯이 마카 뺏어가 조선 총독부 꺼로 해뿌릿제. 그라고 나가 그 땅들을 동양척식회사하고 일본 놈들한테 헐값으로 팔아 닝깄제."

"조선 총독부는 머고 동양척식회사는 또 머이껴?"

"조선 총독부는 일본이 조선 땅을 다스리는 최고 관청이고, 동양척식회사는 일본이 조선에 농업을 꾸리고 일본인이 조선에 옮기 와가 살도록 하는 일을 맡은 회사제."

"그라마 그 두 군데서 우리나라 땅을 거진 다 뺏어간 거이껴?"

"글치. 졸지에 우리 농민들은 토지를 잃어뿌고 대부분 소작농 처지가 돼뿌렸제."

"소작농은 머이껴?"

"소작농은 땅 주인한테 소작료라 카는 댓가를 내고 땅을 빌리가 농사짓는 농민을 말하는데, 땅을 빌리는 거도 맘 먹은 대로 되는 기 아인기라."

"소작료라 카는 거는 마이 내야 하는 거이껴?"

"땅은 한정돼 있고, 농민들은 먹고 살라마 소작이라도 해야 되이 땅 주인하고 불리한 계약을 할 수빼끼 없었는데, 소작료는 보통 곡수에 7~8할 정도나 내야 했제. 예로 나락을 10가마이 수확했다 카마 그중 7~8가마이는 소작료로 바치야 하는 기라. 나머지 2~3가마이 나락을 가주고 온 식구들이 1년을 버티 내야제. 그른데 이르키 불리한 소작 계약도 거진 기한부 계약이래가 땅 주인 심사를 거슬리마 그나마 소작도 몬 부치 먹는 기라."

"소작도 몬 부치는 사람들은 그라마 어에 사니껴?"

"그 사람들은 남에 집 머슴이 되기나 산속으로 드가가 화전을 일가 좁쌀이나 수꾸, 강낭, 미물, 감자 그른 걸 농사지가 먹고 사는 기제."

"일본이 조선한테 한 토지 조사 사업 땜에 우리가 이르키 몬 산다 카는 걸 처음 알았구마. 일본이 차말로 못됐네요."

"일본이 했는 못댄 짓이 그뿐마이 아이데이."

"또 무신 짓을 했니껴?"

"1914년에 1차 세계 대전이 일난 후로 일본엔 공장이 마이 생기고 도시가 커지만서 쌀 소비가 엄청 늘어났제. 그른데 생산이 몬 따라주이 쌀이 부족해졌고 부족한 쌀을 조선에서 해결할라 칸 기라."

"어뜨케요?"

"산미 증식 계획이라 카는 걸 시작했제."

"그기 머이껴?"

"그거는 조선에서 쌀 생산량을 늘리자는 긴데, 농토를 개간하기나 밭을 논으로 바꾸고 비료를 마이 쓰만서 수확이 많은 나락으로 종자 개량을 하는 거, 머 그른 사업을 한 기제."

"그래가 쌀이 더 마이 났는강요?"

"안 한 거보담은 쌀 소출이 더 늘긴 했제만 늘어난 양보다 더 많은 쌀을 일본으로 가 가뿌이 조선엔 쌀이 더 부족해져가 만주에서 잡곡을 수입해 왔는 기라. 거다가 소작료는 더 높아지제, 걸핏하마 갖가지 세금 내라 카제, 전디디 못한 조선인들은 화전민이 되기나 도시 걸배이가 되고, 그것도 안 되마 만주나 연해주나 일본 그른 데로 이주를 했제."

"산미 증식 계획이라 카는 거는 일본이 삼통 잇아갔는가 보제요?"

"중간에 한 3~4년 쉬는 거 긑다만 1937년도에 중일 전쟁이 일 나고 나이, 일본은 '국가 총동원법'이라 카는 걸 맨들어가 조선에 온갖 인력하고 물자를 뺏어가기 시작하만서 산미 증식 계획을 다시 시작했제. 거다가 '쌀 공출제'라 카는 거꺼지 해댔고."

"쌀 공출제는 또 머이껴?"

"전쟁을 할라 카마 군인들이 먹을 군량미가 안 필요하나. 그걸 가 갈라꼬 한 긴데, '식량 배급제'를 실시해가 도시 사람들한테는 쌀을 적기 주는 대신에 콩이나 깻묵, 좁쌀, 피 그튼 동물용 사료를 배급했고, 농민들한테는 '자기 소비량'이라 카는 거를 정해가 그것만 인정해 준 담에 나머지는 공출이라 카만서 말도 안 되는 헐값을 주고 강제로 뺏어가다시피 했제."

"자기 소비량이라 카는 거도 일본이 저 맘대로 정했을 거 아이껴?"

"암만, 자기 소비량이라는 기 1년 치 양식으론 택도 없는 양이제. 그나마도 양식을 애끼야 되이 농민들은 쌀이나 잡곡 한줌에다가 풀싹, 풀뿌리, 칠기뿌리나 솔나무, 가중나무, 아까시나무, 싸리나무, 산초나무 그튼 나무껍디를 잘기 썰이 여가 죽을 끼리 먹는 기라. 어뜰 때는 고령토라 카는 찰흙을 풀죽에 말어 먹기도 하고, 콩깻묵이나 밀기울, 술밥 그튼 거는 여사로 먹는 기제."

"아하, 그래가 우리 집도 풀죽이나 나무죽을 자주 먹는 기네요. 그른데 그른 걸 먹으이 통새 가가 똥눌 때 마이 힘들두마."

"그르체, 풀뿌리나 나무껍디는 심이 많애가 배에서 소화가 안 되고 실 뭉치그치 엉키가 똥구멍을 막으이 똥이 잘 안 나오제. 그른데도 억지로 자꾸 힘을 주다 보마 냉제는 똥구멍이 째져가 피가 줄줄 나는 기라. '째지게 가난하다.' 카는 말이 여서 안 나왔나. 현재 우리 마실만 해도 집집마다 통새 가 보마 뺄건 피가 흥건한 데가 쌔비맀다. 이른 현상은 버릿고개 때 더 심하제."

"버릿고개는 머이껴?"

"버릿고개는 음력으로 늦봄인 4월부터 초여름인 5월 새를 말하는 긴데, 이 때는 여름 양식인 버리는 안주 익기 저이고 작년 가을게 거둔 곡석은 다 떨어져가 먹을 기 없는 춘궁기제. 버릿고개는 옛날부터 있은 기제만 일본이 조선을 뺏고 난 뒤 더 극심해진 기라."

"일본이 우리 조선 사람들을 차말로 배고푸게 했네요."

"일본은 우리를 배만 고푸게 한 기 아이다."

"그라마 또 무신 짓을 했는강요?"

"중일 전쟁이 일나자 일본은 국가 총동원법이라 카는 걸 맨들었다 캤제? 그 법을 내세와 학생이나 청년들을 병럭으로 동원해가 전쟁터로 밀어 여코, 장년 남자들을 억지로 끄사 가가 광산이나 비행장, 군수 공장 그른 데서 강제 노동을 시킸제. 그라고 처자들을 일본군 위안부로 강제 동원하기도 했고. 그뿐만 아이데이. 식량이나 인력을 뺏어가는 거도 모지랬는동 우리 조선인들에 정신마자 갉어먹을라꼬 '황국 신민화 정책'이라 카는 걸 실시했제."

"황국 신민화 정책요?"

"그래. 이거는 조선인들 정신마자 뺏어가 아예 일본인들에 합칠라 카는 민족 말살 정책이제."

"정신을 어에 뺏는데요?"

"우선 '황국 신민 서사'라 카는 걸 지어가 학생이든 일반인이든 간에 모든 행사에 앞서 이걸 암송하도록 강요했제."

"그기 먼데 강제로 암송시킸니껴?"

"황국 신민 서사는 우리 조선 사람 마카 일본 천황에 신하나 백성이 돼가 충성을 다하겠다고 맹서하는 기제. 이걸 강제로 자꾸 씨기가 조선인들이 지도 모리는 새 스스로 일본인이라는 생각이 들도록 할라 카는 기라."

"같은 말을 자꾸 되돌리 하다 보마 그른 생각이 들기도 하겠구마."

"그르치. 그 담에 일본이 우리한테 강요한 기 '신사 참배' 아이가."

"참배라 카마 어데 가 보는 거 말이껴?"

"신사는 신도라 카는 일본 종교에 절인 택인데, 여겔 중심으로 일본 천황도 신으로 떠받차 놓고 일본인, 조선인 가릴 거 없이 여게 찾아가가 절을 하라고 강요했제."

"그라마 신사는 여러 군데 있어야 되겠구마."

"암만, 조선 총독부는 각 학교엔 일왕 부부에 초상을 봉안한 '호안덴'을 서우고 각 집집마다엔 '가미다나'라 카는 가정 신단꺼지 맨들도록 해가 만날 아직마다 참배하게 했제. 민사무소에선 총독부 지시대로 가미다나에 여어 두는 '신궁 대마'라 카는 신주를 각 가정에 나놔 줬고."

"사람들은 일본이 하라 카는 대로 잘 따라 했는강요?"

"학교서 하는 참배사 슨생들이 씨기는 대로 아들이 따라할 수 빼기 없재만 가정에서 하라 카는 가미다나 참배는 지대로 하는 집이 거진 없었제. 민에서 나놔 준 신궁 대마는 바로 없애뿌리기나 형식적으로 빌빡에 밥풀로 붙이 놓기도 하는데, 우리 조선 사람들은 대부분 '왜놈 귀신'이라 카마 안 믿는 기라."

"아하. 그래 노이 우리 집에도 신궁 대마라 카는 기 없는 기네요."

"허허, 그건 내가 애시당초 쌔 내삐리뿟다."

"이른 거 말고 일본이 황국 신민화 정책으로 했는 기 또 있니껴?"

"낳제. '궁성요배'라 캐가 민닐 아직 일왕이 시는 궁을 향해가 절 하라 카고, '소학교' 맹칭을 황국신민학교라 카는 뜻을 담은 '국민학교'로 바깠제. 학교선 우리말 사용을 몬하게 하민서 일본말로 수업을 하는데 조선어, 조선사 교육을 아예 없애뿌릿제. 또 우리 조선인을 일본인으로 만들어뿔라고 일본캉 조선은 하나다 카는 '내선일체'나 일본캉 조선은 한 조상이다 카는 '일선동조' 그 튼 말을 내세왔제."

"아이고, 들을수록 속이 상하누마."

"또 있데이."

"또요?"

"1940년부터 일본은 조선인에 대해가 '창씨개명'을 강요했제."

"창씨개명요?"

"조선인에 성캉 이름을 일본식으로 바꾸라는 기라."

"와요?"

"조선인이 핏줄보다 나라를 중하게 생각토록 하고 일왕을 섬기도록 해가, 일본에 대해 나쁜 생각을 몬하게 억눌리만서 내선일체를 이룬 담에 세계 전쟁에도 조선인을 이용해 멀라 카는 기제."

"이름을 안 바꾸마 어에 되니껴?"

"그라마 자석들을 학교에도 몬 보내고 식량 배급도 몬 받제. 우리 집이 바로 그래가 니하고 정환이가 학교도 몬 댕기고 식량 배급도 몬 받고 아있나."

"그르이 울 집이 더 몬 살고 만날 배가 고푼 기랬네요."

"그래. 올 밤에 니한테 숱한 이야기 했다만 이른 헹핀에 울 집 식구들 계속 조선 땅에 있어가는 다 굶어 죽기 좋제 시푸다. 그른데 일본 가마 굶진 안 한다 카이 한 분 가가 사정을 알아보고 올라 카는 기라."

"그라마 아부지 잘 댕기오이소."

"오야, 아부지 댕기와가 일본으로 이사 갈동 말동 정하기로 하재이."

"야, 아부지."

아버지는 이틀 뒤 일본으로 갔다가 한 달 반쯤 지나 돌아왔다. 철한이 아재를 만나 일본 사정도 듣고, 공장 세우는 곳에 일자리도 소개받아 땅을 파거나 여러 건축 자재들을 나르는 일을 하여, 조선 돈으로 치면 제법 많은 급료도 받아 왔다. 아버지는 조선으로 돌아오면서 이미 일본으로의 이주를 마음먹은 것 같았고, 엄마와 나에게 일본 이주의 유익함에 대해 조목조목 설명했다. 아버지의 뜻에 따라 우리 가족은 한 달 안에 이곳 생활을 정리하고 일본의 히로시마로 떠나기로 했다.

모든 것이 다시 보였다. 이제 달이 한 번 차고 기우는 날만큼만 지나면 내 주변의 모든 것들과 헤어져야 한다는 아쉬움 때문일까. 평소 별 의미 없이 대하던 것들이 하나하나 마음에 다가오고, 늘 그때 그 자리에 있어 당연하게 여겨졌던 것들이 새삼스레 눈에 들어왔다. 아침에 눈 뜨면 젤 먼저 눈길이 가는 햇살 비친 봉창이 그랬고, 바라지창으로 한 폭 그림처럼 바라뵈는 서산마루가 그랬다. 짚북데기가 핏줄같이 도도록한 흙벽으로 된 큰방과 작은

방과 헛간과 통시가 그랬고, 집만 나서면 바로 만나는 우리 돌밑의 마을 신인 느티나무, 그 아래 굽이져 흐르는 곡정천, 걸으면 언제나 꿈속인 듯 아련한 논밭 둑길, 고픈 배를 채워 주던 찔레와 아까시꽃과 삐삐와 버들개지와 작두와 짠대와 송기와 참꽃과 부들방맹이가 그랬다. 또 내 가족들 다음으로 많은 시간을 함께 보낸 동무들과 철 따라 노래 불러 주던 산새, 들새들이 그랬다.

오늘도 많은 동무들 중에서도 젤 친한 금녀를 만났다. 일본으로 떠나기 전에 금녀를 한 번이라도 더 만나고 싶었다. 둘은 손을 잡고 곡정천 아래쪽에 있는 왕버들나무 밑으로 갔다. 그곳은 해 질 무렵의 산 그림자 같은 그늘이 덮이고, 빨랫줄에 널린 홑이불처럼 가벼운 냇바람이 하늘거려 한여름 더위는 내빼고 없었다.

"금녀야, 우리 땅뺌할래?"

"그라자 실경아, 니 땅뺌 잘하잖아."

"금녀 니도 잘하잖아. 우리 및 판 하꼬?"

"다섯 판 하마 어뜨켔노?"

"그래. 다섯 판 해가 오늘은 진 사람이 이긴 사람 업어 주기로 하재이."

"알았다. 그른데 암만 캐도 해 보나마나 내가 실경이 니 업어 조야 될 끼다. 어야마 시 판만에 끝나뿌제 시푸다."

"그기야 해 바야 알제."

금녀 말대로 나는 사실 땅따먹기 놀이인 땅뼘만큼은 잘해서 누구와 붙어도 져 본 적이 거의 없었다. 우선 손가락이 길어 엄지와 중지를 편 장뼘이 또래 동무들 뼘보다 많이 컸다. 덕분에 말을 세 번 튀겨서 따먹는 땅 넓이 못지않게 뼘으로 얻는 땅이 아주 많았다. 거기다 손가락 감각이 예민해서 말을 중지로 튀길 때, 튀기는 힘과 말이 미끄러져 가는 거리를 잘 가늠할 수 있기 때문에, 한 번 말을 잡으면 한참이나 공격을 이어가곤 했다. 그래서 아이들은 나와 땅뼘하는 것을 피하기도 했다.

"금녀야, 우리 판 기리고 각자 집도 기리자."

"그래 실경아, 니가 판 기리라. 이짝 저짝으로 다섯 걸음 정도 크기로 하마 되겠제?"

"으응, 그 정도 하마 안 될라."

나는 가로 다섯 걸음, 세로 다섯 걸음 크기의 네모 모양 판을 막대기로 그렸다. 그리고 금녀와 나는 서로 반대편에서 마주하고 각자 자기 집을 그렸다. 손바닥을 활짝 편 채로 엄지손가락을 자기편 출발선에 대고 반 바퀴 회전을 시키면 쥘부채 모양의 반원이 그려지는데, 그게 자기 집이었다. 장뼘으로 그린 나의 집은 애초부터 금녀의 집보다 많이 컸다.

"짱 깨이 뽀."

"짱 깨이 뽀."

"짱 깨이 뽀."

가위바위보를 세 번이나 하고 나서야 금녀가 선이 되고 나는 후가 되었다. 금녀는 두 번의 공격에서 성공해 땅을 조금 차지했지만, 세 번째 공격에서 말이 집 밖으로 나가는 바람에 실패했다. 드디어 나의 공격이 시작되고 네 차례 성공하여 금녀의 땅보다 많이 더 넓은 땅을 내 것으로 만들었다. 몇 차례 공격을 주고받은 결과 첫판은 내가 이겼다.

"바라 실경아, 니가 이깄제. 내는 니한테 상대도 안 된다 카이."

"금녀야, 아직 니 판이나 남았데이. 끝꺼지 해 바야 알 거 아이가."

두 번째 판은 내가 졌다. 표 안 나게 실수를 거듭해 일부러 져 준 것이었는데, 크게 지지 않고 아주 약간의 차이로 아깝게 지도록 만들었다. 그래야 금녀가 눈치채지 못할 것 같았기 때문이었다. 언제나 겸손하고 그게 지나쳐 평소 자신감이 없어 보이는 금녀에게 이런 놀이를 통해서라도 자그마한 자신감이나마 선물하고 싶었고, 오늘 금녀를 이기게 하여 꼭 한 번 업어 주고 일본으로 떠나고 싶었다.

세 번째 판에서는 내가 겨우 이긴 것이 되었고, 네 번째 판에서는 내가 두 번째 판보다도 더 작은 차이로 진 것이 되었다.

"실경이 니 일부로 져 준 거 아이가?"

"아이다. 지는 거 좋아하는 사람 어딨겠노? 내는 보통 때그치기를 쓰고 했제만 두 부이나 지는 거 보마 니 재주가 엄청 늘었는 기라."

"차말로 그르까?"

"그람, 그르체."

"사실 내는 시 판 만에 끝날 끼라 생각했는데, 니 판꺼지 하고 인제 다섯 판째 한다 카이 가심이 떨린데이."

"그래 금녀야, 우리 막판이께 온 힘 다해 보제이."

"그라자 실경아."

마지막인 다섯 판째는 애초의 내 계획대로 중간까지는 내가 약간씩 이기는 듯하다가, 말미의 두세 번 실수로 정말 아깝게 내가 지는 것으로 마무리하였다.

"이야 금녀야, 바라. 니 땅이 째매 더 넓다. 니가 이깄데이."

"그른나? 내가 보기엔 실경이 니 땅이 더 넓어 비는데."

"아이다. 이쪽 편에 함 바라. 니 땅이 더 안 널나. 자, 내한테 업히라."

"아이고 됐다. 말이 그르체 내가 어에 니한테 업히노?"

"약속은 지키야제. 그라마 니는 내가 이깄으마 내를 안 업어 줄라 캤나?"

"그건 아이다. 당연히 니를 업어 조야제."

"그르이 딴소리 하지 마고 퍼뜩 업히라."

"……"

그래도 머뭇거리는 금녀에게 나는 등을 들이밀고 반강제적으로 업었다.

"아이고, 아이고, 실경아, 안 무겁나?"

"니나 내나 만날 먹는 기 빌로 없는데 무거불 끼 어딨노? 똑 소캐 뭉티그치 해깝기만 하데이."

"그래도 실경아 인제 됐데이. 고마 니라 도."

"그래, 니리자."

"실경아, 고맙데이. 내도 알라 땐 엄마한테 업히가 컸겠제만, 엄마 말고 다른 사람한테 업히 본 거는 실경이 니한테 첨이데이."

"내도 엄마 말고 낼 업어 준 사람이 없었는데 담에 땅뻼해가 내가 이기마 니가 내 업어 줄래?"

"그래 실경아, 우리 인제 물 구경하만서 좀 쉬자."

금녀와 나는 냇물을 향해 두 다리를 뻗고 옆으로 나란히 앉았다. 냇둑 아래엔 왕버들나무 그늘에 젖어 시름없이 하류로 흘러가는 냇물의 발걸음이 오늘따라 무거워 보였다. 곡정천 저 물은 위천으로 흐르고, 위천은 낙동강을 만나 부산 앞바다에 이른 뒤, 바다가 된 곡정천 물은 현해탄을 건너 일본 땅으로도 가겠지. 그러고 보면 머지않아 나와 내 가족들도 저 곡정천 물처럼 무거운 발걸음으로 돌밑을 떠나가야 할 것 아닌가.

"금녀야, 내 할 말 있데이."

"먼데 실경아."

"있제, 우리 집 말이다, 우리 가족 마카, 내도 그르코, 곧 일본으로, 멀리, 먼 데로, 이사 간데이."

  순간, 금녀의 얼굴이 내 쪽으로 홱 돌려졌다. 내 옆얼굴을 뚫어져라 바라보기만 했다. 둘 사이에 숨이 멎은 듯한 정적이 얼마간 흘렀다.

  올봄에 새로 난 버들개지 사이로 물총새 한 마리가 삐삑 울면서 날아갔다. 그 소리에 놀란 듯 금녀가 말했다.

  "니 방금 머라 캤노? 니가 어에 내를 이래 놀래도록 놀리노?"

  "금녀야, 니를 놀릴라꼬 칸 말이 아이데이. 우리 차말로 열 밤쯤 자고 나마 일본 히로시마라 카는 데로 이사 가야 된데이."

  "그르마 차말이가? 차말이라 말이가?"

  "으응, 으응, 차말이데이, 차말로 차말이데이."

  우리 둘은 말없이 냇물만 바라보았다. 봄이면 참꽃 따 먹던 앞산 골짜기에서 두견새 우는 소리가 아련히 들려왔다. 금녀는 작은 풀꽃을 따서 냇물에 던졌다. 그 모습은 우리의 갑작스런 이별을 받아들이고 나를 떠나보내려는 금녀의 마음이 담긴 듯이 보이기도 했다. 풀꽃은 냇물을 따라 동동걸음으로 멀리 사라져 갔다.

  "실경아, 식구들 전부가 이사 가이 니도 기야제 어야겠노. 니가 가고 나마 내는 마이 쓸쓸할 거 같데이. 다른 동무들도 많제만 니하곤 다르제. 니 떠나뿌마 내 동무들 마카 다 떠난 거하고 똑같을 끼라. 니도 알제만 울 엄마 내가 다섯 살 찍에 폐병 걸리가 죽어뿌고, 일 년이 몬 돼가 새엄마 들와가 그 밑에서 안 컸나. 엄마 마이 보고 싶었제만 니를 만내마 엄마 생각도 덜 나고 좋앴데이. 인제 니 가고 나마 니 생각, 엄마 생각에 어에 살아야 될동…….”

금녀는 또 풀꽃을 하나 따서 냇물에 던졌다.

"금녀야, 내 일본 가다라도 아부지 졸러가 올 수 있시마 한 분썩 오께.”

"거가 어데라꼬 숩게 올 수 있겠노? 말마 들어도 고맙데이.”

"그래, 조선 땅도 아이고 머기야 하재만 거게서 아부지가 자리 잡어가 좀 살기 되마 니 보러 오기 숩제 시푸다. 그른데 그새 우리 서로 보고 시풀 낀데 그걸 어야꼬?”

"실경아, 그를 땐 하늘을 보재이. 니캉 내캉 그르키 멀리 떨어져 가 같이 볼 수 있는 기 하늘 빼끼 더 있실라? 일본이 보자, 여서 보마 동남쪽에 있제. 그르이, 일본서 보만은 여가 서북쪽에 있는 기고. 내가 동남쪽 하늘에 가 있으께. 몸띠는 몬 가도 내 마음은 갈 수 있데이. 니는 내가 보고 시푸마 서북쪽 하늘을 올리다 바래이.”

"그래, 금녀야, 우리 두 마음이 하늘에서라도 자주 만내재이.”

집으로 돌아오는 길, 우리는 땅만 보고 걸었다. 차돌보다 무거운 착잡함을 밟으며 일부러 천천히 걸었다. 한 번도 마주 보지 않았다. 눈길이 마주치면 눈물을 보이고 만다는 걸 서로가 아는 듯이. 각자의 집으로 가야 하는 갈림길에서도 둘은 땅만 내려다본 채, 서로 손만 살짝 흔들고 헤어졌다.

결국 내가 태어나 열두 해 동안 살아온 날들 중에 제일 슬픈 날이 왔다. 우리 여섯 식구가 일본으로 떠나는 날이 밝은 것이었다. 서둘러 이삿짐을 꾸렸다. 그렇지만 차도 몇 번 갈아 타야 하고 배도 타야 하는 먼 길이기에 많은 짐을 갖고 갈 수는 없는 노릇이었다. 흔히 '의·식·주'라 말하듯이 먹는 것, 자는 것보다 입는 것이 먼저라 엄마와 함께 가족들의 옷가지부터 빠짐없이 챙겨 보따리를 만들었다. 집에 약간 남아 있던 묵은 간장과 된장, 소금 몇 홉, 배추 시래기 두 줄, 아끼고 아껴 먹은 잡곡 섞은 보리쌀 두어 되는 이틀 전에 이미 이웃집에 나눠 주었다.

"실경아, 엄마 추자 옷 좀 입힐 새 부섴 찬장에 가가 사기 접시 몇 개 있는 거하고 수저 전부 챙기 노라. 가주고 가그러."

"응 엄마, 챙기 노으께."

나는 부엌으로 가서 부뚜막 구석 위에 놓인 낡은 찬장 문을 열고 서랍의 수저를 모두 챙긴 다음, 맨 윗칸에 있는 사기 접시를 끄집어 내리려고 발돋움을 했다. 조금 불안정한 상태에서 한 번에 두세 개씩 서너 차례 작은 접시들을 집어 내린 다음, 마지막 하나 남은 큰 접시를 내리려고 집는 순간, 발이 삐끗하면서 접시를 놓치고 말았다. 접시는 넓적한 돌을 깔아 만든 부뚜막에 떨어져 산산조각이 나 버렸다. 엄마는 접시 깨지는 소리를 듣고 바로 부엌으로 얼굴을 내밀었다.

"안 다쳤나? 내가 할 낀데 괘이 닐 씨깄네. 어차피 깨진 건 내삐리 놓고 나머지긴 보로 싸라. 접시는 엄마가 시집올 때 가주고 온 긴데, 너거 아부지 생신 때 말고는 안 쓰고 애끼든 기라 가 갈라 칸다."

챙길 것들이 많지 않아 이사 준비는 빨리 끝났다. 며칠 전부터 아버지는 아버지대로 엄마는 엄마대로 마을 집집을 돌아다니며, 그리고 나는 나대로 동무들 집을 찾아다니며 작별 인사는 모두 해 두었었다. 그래도 섭섭했던지 몇몇 마을 사람들이 아침부터 일부러 우리 집을 찾아와 일본 가서 잘 살라며 눈물을 글썽였다.

오늘은 마침 우리 집에서 두 집 건너 사는 명식이 아버지가 소달구지를 끌고 소보 장터에 간다면서, 고맙게도 우리를 소보 버스 정류장까지 바래다주겠다고 했다. 얇은 이불 보따리와 옷가지 보따리, 그리고 간단한 부엌살림 도구 보따리 정도인 이삿짐을 소달구지에 싣고 있는데, 금녀가 왔다.

"실경아, 인제 가야 하제?"

"그래 금녀야, 우린 보마 볼수록 맘이 더 아퍼지는데 딴 동무들 캉 안 놀고 말라꼬 왔노?"

"니 없이 노는 기 노는 기겠나? 니 가고 나마 인제 내사 노는 재미도 다 잃어뿌고 살아갈 힘이나 있실동 모리겠다."

"금녀야, 그카지 마고 어야든동 힘내가 살아야 된데이. 내도 일본서 죽기살기로 이 악물고 사께. 돈도 벌일 수 있시마 악착그치 벌이가, 내가 혼자라도 돌밑으로 다시 돌아오기나 아니마 니를 일본으로 델꼬 가가 같이 사께."

"실경아, 말만이라도 고맙데이. 늘 그랬제만 내한테 니는 언제나 엄마 긑데이."

"아이고, 돌아가신 니 엄마 머라카시겠다."

"실경아, 이거, 자."

"먼데 금녀야."

"얼매 전에 니캉 고디 주우로 갔실 찍에 갱문에서 주어 온 돌미다."

"하이고, 차말로 이뿌네. 똘방하고 빤짝거리는 기 꼭 금녀 니그치 곱데이."

"이거 말고도 몇 개 더 있제만 니 일본 가는 길에 째매라도 무거불까 바 일부로 째매하고 이뿐 거 가 왔데이."

"고맙데이 금녀야, 잘 때나 깨 이실 때나 늘 내 곁에 두고 니를 생각하께. 이 돌미가 다 닳어가 문지가 되더라도 우리 마음 변치 말제이."

"그래 실경아, 그래, 그래."

"그리고 금녀아. 내 가고 나마 인제 울 집 근방으론 될 수 있시마 오지 마래이. 내도 없는데 우리집 보마 내 생각 나가 혹시나 니 맘 아푸까 바 그칸데이."

"그께 실경아, 내 엄마야."

금녀의 대답은 그 어느 때보다도 쓸쓸하게 들렸다.

"자, 짐 다 실었시마 문단속하고 곧 출발하시데이."

명식이 아버지 말에 우리 식구들은 집 안팎을 다시 한번 죽 둘러보며 떠날 준비를 마쳤다. 아버지는 부엌문을 안에서 잠그고 큰방을 통해 밖으로 나와 마지막으로 큰방 문을 맹꽁이자물쇠로 채웠다. 나는 뛰어가 쪽마루 밑에서 헌 짚신 두 켤레를 찾아내어, 큰방 댓돌 위에 짚신 앞쪽이 방을 향하도록 해서 올려놓았다. 나중에 언제라도 우리 식구들이 꼭 일본에서 다시 돌아와 방 안에서 예전처럼 오순도순 정겨운 시간을 보낼 수 있게 되길 바라는 마음에서였다.

아버지 따라 동생들이 먼저 집을 나서고 다음으로 나였다. 그런데 엄마는 오늘따라 평소와 다르게 동작이 굼떴다. 삽짝을 나서서 엄마가 나오기를 기다려도 기척이 없어 다시 마당으로 들어갔더니, 엄마는 마당 가운데서 넋이 나간 모습으로 멍하니 큰방 쪽을 바라보고 있었다. 금방이라도 큰방으로 들어갈 사람처럼 보였다. 여지껏 겉으로 표는 안 냈지만 어쩌면 엄마도 일본 가는 것이 싫은 게 아닐까?

"엄마, 인제 가야제, 모도 배께서 기다린데이."

"으응, 그 그래 가자, 가야제. 오늘 가고 나마 다시 올 수 있으까 싶어가 자꾸 봤데이."

"꼭 다시 올 끼다 엄마. 빨리 가마 빨리 오겠제 머."

내가 엄마 손을 이끌어 삽짝 밖으로 나오자 아버지는 삽짝을 새

끄줄로 몇 번 감아 기둥에 매었다. 명식이 아버지를 따라 나와 동생들은 소달구지에 올랐다. 아버지와 엄마는 우리 짐을 실은 것도 미안한데 소가 힘들다며 걷겠다고 했다. 나도 그런 생각을 안 한 것은 아니었다. 동생들은 달구지가 가는 방향으로 앞을 보고 앉았지만, 나는 달구지의 뒤쪽을 보고 앉았다. 마을 사람들과 금녀를 비롯한 내 동무들이 손을 흔들며 우리를 배웅했다.

"이랴, 가자."

명식이 아버지의 말에 소달구지는 앞으로 나아가기 시작했다.

"잘 가래이."

"잘 가이소."

"잘 살어래이."

"자리 잡그덩 꼭 고향 댕기 가그래이."

"야, 마카 잘들 있으이소. 내 고향 마실 흙 한 줌 가주고 가누마. 꼭 성공해가 다시 돌아옵시더."

"금녀야, 동무들아, 잘 있어래이."

"잘 가래이 실경아."

작별의 말소리는 차츰 밀어져 가는데, 삐걱삐걱 달구지 바퀴 소리만 울음인 듯 탄식인 듯 신작로에 굴렀다. 돌밑에서 소보 시장까지 십 리 조금 못 되는 길, 나는 내내 달구지 뒤로 조금씩 멀어져 가는 내 고향 돌밑 마을을 눈도 깜빡이지 않고 바라보았다. 내가 살던 집도, 집 앞의 느티나무도 주먹만큼, 손톱만큼 작아지다가 한 굽이 돌아가자 그마저도 가뭇없이 사라지고 말았다. 그 옛날 황천변을 여행했던 어린 길손은 어느덧 곡정천변의 소녀로 자라나, 오늘은 기다리는 이 없는 낯선 땅, 반길 사람 없는 남의 나라로 가는 먼 여행길에 올라 있었다.

1943년 8월 5일, 200년 넘도록 윗대 할아버지, 할머니의 손때가 묻어 있는 '군위군 소보면 서경동 476번지' 우리 집은, 돌아올 기약 없는 빈집이 되었다.

아! 히로시마

 사방이 물뿐이었다. 바다를 본 게 처음이니 배를 타 보는 것도 처음이었다. 부산항을 떠나 일본으로 가는 배, 현해탄을 향해 가는 중이라고 했다. 어젠 종일 비가 내리더니 오늘은 날이 개어 파란 하늘빛에 눈이 시렸다. 끼룩거리며 배 뒤를 새들이 따라왔다. 갈매기라고 하는 그 새들의 날갯짓은 나를 배웅하던 금녀의 손짓 같았다.

 뱃전에 부서지는 파도. 금녀가 들꽃 따서 던지던 곡정천의 물도 낙동강, 부산항을 거쳐 여기까지 흘러왔을까? 철써이는 파도는 무슨 말을 하는 듯한데 알아들을 수는 없었다. 주머니 속의 조약돌을 만지며 금녀를 생각했다.

 "바다 안 무섭나?"

 같이 바다를 바라보던 엄마가 말을 건넸다.

"바다가 먼지 모르이 안 무섭데이 엄마."

"글체. 몰래가 무서불 때도 있제만, 몰래가 안 무서불 때도 있제. 그라고 알어가 무서불 때도 있고, 알어가 안 무서불 때도 있는 기라."

"무신 말인동 퍼떡 몬 알어먹겠다 엄마."

"냉제 시상 살어가만서 적거 보마 천처이 알기 될 끼다."

"그라마 지금 엄마는 우리가 일본 가가 살어갈 일이 어뜨케 생각되노?"

"내는 실지 일본 생활이 어뜰지 모르이 무서분 생각이 드는 핀이데이."

"잘 살어볼라꼬 가는 길이끼네 잘 되겠제 머. 일본 가마 내도 할 일 있시마 머든 해가 돈 벌일 테이 엄마 너무 무서버 하지 마래이."

"그래, 엄첩다 우리 딸래미."

"그른데 엄마, 하늘 함 바라. 억시 파랗제?"

"그른네. 하늘도 파랗고 바다도 파란 기 온 세상이 파랗게 질린 거 같다. 그제?"

"카고 보이 그른네. 엄마, 저짝 하늘에 구름 바라. 꼭 버섯 닮았제?"

"그케. 그른데 내 눈에는 확 핀 독버섯 그태가 좀 무섭데이."

"엄마 독버섯 무서버 하는 거 보이 이건 알어가 무서분 긴가 보네, 호호."

"그르치. 내가 옛날에 지금 니만했을 찍에 동무들캉 산에 나물 하로 갔다가 발그스름히 이뿐 버섯 하나 따가 생거로 한입 씹어 머었디만, 그날 지역에 토사 걸리가 죽다 안 살았나. 그 후론 버섯 이라 카마 왠지 겁나드레이."

"독버섯도 있다는 거 알었으이 조심하마 안 되겠나 엄마."

먼 여행길이었다. 돌밑을 떠나 소보 버스 정류장에서 버스를 타고 군위읍으로 이동한 다음, 군위읍에서 버스 타고 대구로, 대구에서 기차 타고 부산역에 도착해 다시 버스 타고 부산항에 이르러 하룻밤을 보낸 뒤, 아침 10시 30분경에 관부 연락선을 타고 부산항을 출발해 여덟 시간쯤 지난 저녁 6시 30분 무렵, 일본 땅 시모노세키에 닿았다. 낯선 남의 나라에서의 첫 밤을 여관에서 보낸 뒤, 이튿날 우리 가족은 버스를 타고 야마구치, 도쿠야마를 거쳐 마침내 목적지인 히로시마에 도착했다.

"누부야, 저거 집 함 바라. 집 우에 또 집이 언치 있데이."

성환이가 신기한 듯 내게 밀을 길었다.

"그케, 사람이 사람 업는 기야 마이 봤제만 집이 집을 업고 있는 건 내도 첨 본데이. 차말로 희한하데이."

아버지는 집 모양부터 온통 낯선 마을 길로 우리 가족을 데리고 가더니 2층으로 된 어떤 집 앞에 멈췄다.

"여게가 앞으로 우리가 살 집이데이."

'히로시마현 사에키군 구지마촌 5070번지.' 일본에서 우리 가족이 이삿짐을 푼 첫 정착지였다. 구지마는 히로시마시에서 정서방으로 70리 가까이 떨어져 있어, 어른 걸음으로 쉬지 않고 걸으면 대략 여섯 시간 남짓 걸리는 곳이었다. 아버지가 일할 곳은 히로시마 시내라고 들었지만 거기는 방세가 비싸, 철한이 아재가 소개해 많이 싼 값으로 이곳에 세를 들게 된 것이었다.

오늘 우리가 이사 오는 것을 미리 알고 있었던 철한이 아재가 점심 때 조금 지나 우리 집에 찾아왔다.

"아이구 동생! 식구들 모두 델꼬 바다 건네 여게꺼지 이사 오니라꼬 고생 많었제?"

"고생이라 칼 끼 머 있니껴? 행님 덕에 일본꺼지 와가 부지러이 살아갈 생각하이 힘이 나누마."

"그카이 다행시럽데이. 지수씨도 오신다꼬 애 마이 잡샀구마."

"애는 무신 애를 머었다꼬요. 이래 폐를 끼치가 면구시럽고, 차말로 고맙기 한정 없심데이."

"고마불 끼 머 있니껴. 같은 나라, 같은 고향 사람찌리 도와 가마 사는 기 우리네 인정 아이겠니껴."

"야, 고맙심더. 은혜도 빚인데 어에 갚을동······."

"허허, 지수씨! 그 빚이라 카마 일본 후지산보담도 등치가 크이,

지발 그 빚 다 갚을 수 있실 만치 되그러 둘 내외분 억척시리 살아 주이소."

"반다시 그라겠심더."

"참, 지수씨! 이거 좀 사왔으이 같이 먹으시더."

"기양 오시도 고마분데 멀 또 사가 오싰니껴?"

"아들이 좋아하제 싶어가 와가시 째매 사 왔구마. 그라고 호지차도 사 왔으이 한 잔썩 하시더."

"아이고, 돈 마이 들었겠심더. 지송시러버 어야니껴?"

"빌 말씀 하시누마. 아들도 마카 방으로 오라 카이소."

엄마가 불러서 나와 정환이, 영환이, 추자 모두 큰방으로 모였다.

우리 넷은 아버지가 시키는 대로 철한이 아재한테 큰절을 올렸다.

"아이구, 모도 큰아다. 마카 이뿌고 차말로 잘 생깄네. 아푸지 마고 튼실하게 잘 커래이."

"야, 아재."

엄마는 철한이 아재가 사 온 와가시를 접시에 담아 내왔다.

"야들아, 맛있기 너어래이. 냉제 아재가 또 사 주께. 이기는 모찌, 이거는 만쥬, 그라고 이거는 타이야끼라 카는 기다."

"야, 아재요. 잘 먹겠심더."

철한이 아재가 많이 사 온 덕에 엄마, 아버지와 함께 우리 가족은 오랜만에 먹는 즐거움을 맛보았다. 처음 먹어 보는 것들이었지만 달아서 참 맛이 있었는데, 타이야끼라는 것은 모양이 꼭 붕어처럼 생겨 모두 신기해했다. 그걸 처음 먹을 때는 마치 물고기 배를 따지 않고 내장까지 먹는 것 같아서 기분이 좀 이상하기도 했다.

"보자, 너거들 너이 중에 젤 큰 니가 실경이제?"

"야, 아재! 지가 실경이구마."

"그래, 마이 컸데이. 니 너댓 살 땐가 째매했실 쩍에 한두 분 드랬제. 일본 첨 와 보이 어뜬노?"

"어제 일본 와가 하룻밤 자고 오늘 여게 오이 마카 낯설기마 하구마. 집 모양도 그르코 사람들 옷도, 말도 그르코요."

"그를 끼다. 아재도 그랬으이. 그른데 하로 이틀 지내다 보마 여게 생활에 차차 적응될 꺼이 너무 걱정 마래이."

"야, 아재요. 그른데 일본 와 보이 2층 집이 많애가 놀랬구마. 그라고 방바닥에 깔린 이거도 첨 보는 긴데, 발로 디딜 쩍에 폭신폭신해가 좋구마."

"허허, 그르체. 이걸 '다다미'라 칸데이."

"다다미요?"

"응. 다다미는 왜옥에 사용되는 바닥 깔갠데 한자로는 '첩'이라 카제. 맨드는 법은 우선 어른 손가락 두 마디 정도 두께로 나락짚을 눌리 쌓아 네모 모양으로 돗자리를 맨든 담에, 겉을 골풀로 짠 돗자릴 씌아가 바늘로 꾸매는 기라. 다 되마 사방 둘레에 무명이

나 삼베, 명주 그튼 천으로 단을 붙이제."

"그르쿠나. 그라마 크기는 맨드는 사람 맘대로 하마 되겠네요."

"그래도 되겠제만 다다미 기본 크기는 보통 체격에 남자가 누 불 수 있실 정도 되는 크기제. 그르이 종횡비로 석 자 여섯 자 크기인 기라. 다다미를 조선 사람들은 왜돗자리라 카기도 하제."

"알겠구마 아재. 그른데 다다미가 폭신한 기 좋긴 하제만, 여게 물이나 국 그튼 거 쏟어뿌리마 절단날 거 그튼데요."

"그기다. 잘 봤데이. 다다미는 두꺼분 짚단이 충격을 잘 흡수해 주고 걷기나 앉을 때 촉감이 좋제. 그르치만 불핀한 점도 있는데, 우선 문지를 잘 타가 청소하기 힘이 들고, 좀 쓰다 보마 속이 부시래지면서 그 문지 속에 '다니'라 카는 다다미 진드기가 버글거리기 숩제. 다니가 사람 피를 빨어 먹을라꼬 잘 물어 대는데, 이거한테 물리마 얼매나 가려분동 긁어 대니라꼬 밤을 새우는 기라.

그라고 다다미는 물기를 잘 빨어들이끼네 여름 장마철그치 습도가 높을 찍에는 곰배이가 잘 피고, 물을 쏟으마 안쪽꺼지 물이 금방 스미들어가가 잘 안 마리는 기라. 물이야 그래도 시간을 들이가 말린다 카니라도 만일에 국을 쏟거니 알라 똥오줌이래도 쌌다 카마, 이건 빨 수도 없는 기고 그양 내삐리는 수 뿌이제. 실경이 니도 앞으로 동생이 더 생기마 엄마 도와가 알라 바 조야 될 일도 있실 낀데 조심해야 한데이."

"야, 그라께요 아재."

"새 다다미는 구시한 짚 냄시가 나고 오래된 다다미는 퀴퀴한 냄시가 나는데, 이 방 다다미 냄시가 구시하제? 내가 집주인한테 조선서 귀한 동생네 가족 이사올 꺼이끼네 전부 새걸로 좀 갈아 돌라고 부탁 안 했드나."

"아재요, 고맙구마. 그른데 조선에선 부섴에 아궁이가 있어 불을 때가 밥도 하고 방도 뜨샀는데, 여겐 그기 없어 어에 밥을 하니껴?"

"하하, 실경이 밥 몬 먹으까 바 걱저이 되는갑다."

"헤, 그기 아이고 이상해가요."

"그래, 인제 일본에서 살라 카마 일본에 대한 거를 째매꿈썩 알어 나가야 안 될라. 오만서 봤겠제만 일본 집은 거진 나무로 지어졌제. 일본은 지옥불이라 칼만치 덥고 또 습기가 많은 바다 기후가 나타나이, 여름을 시원하게 보낼라꼬 애를 쓰제. 그래가 통풍이 잘되는 목재로 집을 짓고 유리를 찡군 큰 창문을 마이 달았는데, 이른 집을 왜옥이라 카제. 방 안은 열 사람이 지내도 될 만치 넓은데, 방 한복판에 '이로리'라 카는 화덕을 놔가 이거를 이용해 밥도 해 먹고 겨울게 난방도 하는 기라."

"이로리로 밥을 한다고요?"

"그르치. 바라, 지금 이 방에도 아있나. 여게 방바닥보다 째매 낮도록 네모지게 파 났제? 이기 이로리 아이가. 이로리 안에는 재를 부어 놓고 그 우에 장작불을 피아가 밥을 하는데, 이로리 우에는 천장에서 니라 논 '지자이카기'라 카는 갈고리가 매달리 있어 가 거게 냄비나 주전자 그른 걸 건 담에 밑에서 불을 때가 조리를 하게 되는 기제. 그라고 추불 때는 이로리에 불을 피아가 방 안을 뜨시게 하는 기라."

"여게 방 안에서 불을 때마 연기가 내그라버 눈도 몬 뜰 낀데요."

"장작을 때마 당여이 연기가 나제. 굴뚝이 없으이 연기는 방 천장에 뚤버 논 창으로 빠져 나가는데, 천장 창은 비가 방으로 몬 들어오도록 지붕을 따로 만들어 씌아 놨제."

"연기가 암만 지붕으로 빠져 나간다 캐도 남은 연기가 방 안에 차가 천장이고 빌빡이고 시꺼머이 끄실릴 낀데요. 지금 이 방도 그른네요. 함 보이소."

"그건 이로리 구조상 어짤 수 없는 긴데, 실내가 마카 끄시럼으로 덮이가 시꺼먼기 마이 어두버 보이제."

"이로리에서 음식을 조리하마 밥 먹을 찍에도 이로리에 모이가 먹는강요?"

"그는지. 일본 사람들은 이로리에 둘러앉어 밥을 먹는데, 암데나 앉는 기 아이고 가족간 서열에 따러 자리가 엄하이 정해져 있제. 식사 때는 가족 모두가 모일 때꺼지 기다맀다가 가장이나 젤 연장자가 절까락을 들마, 잘 먹겠다는 뜻으로 '이타다키마스'라고 말한 뒤에 먹기 시작하제. 이거는 가족이 한 등거리라는 정신을 보이주는 거로 요새도 아조 엄하이 지키고 있는 기라. 가족은 친밀하만서도 위아래 질서가 철저한 기제. 식사할 찍에 요리는 각자 개인 접시에 옮기가 먹는데, 밥그륵은 왼손에 들고 오른손으로 젙까락을 쥐고 식사하제. 그라고 식사할 때 주의할 점은 밥 우에 반찬을 올리지 마고, 식탁에 팔꿈치를 올리놓지 않아야 한다는 기제."

"밥은 하로에 및 분 먹제요?"

"본래 아직하고 지녁, 하로 두 분 머었는데 메이지 시대 와가 그 때부텀 하로 시 분 먹기 시작했다는 말을 들었데이."

"음식은 조선에서매로 엄마가 식구들 밥을 퍼 주는강요?"

"그르치. 음식을 나놔 주는 건 그 집 주부에 권린데 이걸 '주게권'이라 카데. 남자는 주로 배깥 일이나 하고 집안일은 간섭 안 하는 반면에, 가정 안에 책임이나 권리는 주부한테 있는 기 우리 조선하고 비슷하제."

"비슷한 거도 있네요. 그라마 음식도 서로 비슷한 기 있는강요?"

"있제. 일본 사람들도 우리 조선 사람그치 쌀밥이 주식이고 국캉 반찬 젙들이가 같이 먹제. 조미료로 딘장, 장물을 쓰는 기나 식재료로 야채, 육류, 생선류 그른 걸 쓰는 거도 서로 비슷하제."

"서로 다린 거도 있겠제요?"

"물론이제. 딘장이나 장물을 조선에선 각 가정집에서 미죽을 한 도가지에 여어가 맨들제만, 일본에선 미소 딘장, 소유 간장이라 캐가 공장에서 대량으로 맨들어 내제. 음식 맛에선 우리 음식은 딘장, 장물, 소금에다가 마늘, 생강, 꼬칫가리, 꼬오장 그튼 걸 여어가 맵고 짜분 맛이 강하제만, 일본 음식은 딘장, 장물, 소금에다 설탕이나 정종 그튼 걸 여 노이 달짝지근하고 슴거분 맛이 나제. 국을 보마 우리는 소, 돼지, 달고기를 삐고 같이 푹 고아가 국을 맨들기도 하고 미역이나 온갖 나물로도 국을 끼리는데, 일본 사람들은 미리치, 가쓰오부시, 다시마, 말룬 버섯 그튼 걸로 국물을 내제. 또 우리는 밥을 비비기나 쌈을 싸가 먹는 거매로 여러 가지를 한목에 섞어 먹는 거를 좋아하고, 큰 그륵 하나에 담기 있는 음식을 수저로 같이 떠 먹는데, 일본 사람들은 음식 재료를 섞는 거보다 개별로 먹길 좋아하고, 음식은 각자 개인 접시에 덜어가 따로 먹제. 그라다 보이 식기가 우리는 종류가 단순한 편인데, 일본은 음식 종류나 용도에 따라 식기 재료, 모양, 크기, 색깔 그튼 것이 디기 다양한 기라."

"그라마 음식이 먼가에 따라 담는 식기가 정해지가 있겠구마."

"그브치. 그래가 일본엔 실그륵, 오지그륵, 사기그륵 그튼 도자기나 나무로 맨든 목기 종류가 디기 많은 기라."

"야, 일본 사람들에 먹는 일에 관해가 째매 알기 됐구마. 일본에 살만서 무서분 기나 조심해야 할 것도 좀 갈치 주이소."

"일본 속담에 '지진, 번개, 화재, 아버지'라 카는 말이 있데이. 이

거는 무서분 순서를 갈키는 긴데, 지진, 번개, 화재는 재해에 무서 붐을 차례로 보이 주는 기고, 아부지는 계급이나 질서를 엄하이 여기는 일본 사회 모습을 보이 주는 기제. 재해 예방 훈련은 수시로 하이 잘 배아 노으마 안전하이 생활할 수 있실 끼다.

 일본 땅은 사철 변화가 뚜릿하고 비도 눈도 마이 니리가 나무숲이 많은데, 땅이 남북으로 질게 뻗치 있어가 남북 기온 차가 크제. 그라고 땅등거리가 불구디 우에 놓이 있다 보이 지진이나 화산 폭발이 대중없이 자주 일나고, 태풍이나 해일, 폭우와 폭설 그튼 자연 재해가 해마다 안 빠지고 반복되고 있제. 그래가 일본 사람들은 오랜 옛적부터 가족이나 이웃, 재산을 잃어뿌는 삶을 살어오다 보이 이 그튼 자연 재해가 젤 무섭제. 늘 불안캉 무서붐 속에 살다 보이 좀 더 안전하이 살 수 있는 땅이 욕심나기도 안 했겠나. 그르이 옛날부텀 수시로 우리 땅을 넘보만서 왜란도 일받었고, 결국엔 조선을 뺏어가 지금 저거 나라 땅으로 안 맨들었나 싶데이."

 "아재 말 듣고 보이 그른 거 같구마. 그른데 언젤진 모리겠제만 우리 조선을 꼭 다시 찾어야 되겠제요."

 "그래야제. 그땔 기다리만서 우린 우리대로 억척시리 살어야 한데이."

 "알겠구마 아재요. 그른데 아께부터 궁금하든데, 일본에서 무서분 순서가 딴 건 다 그르타 싶제만 '아부지'가 와 무서분 차례에 올러가 있는동 이해가 안 되누마. 지는 아부지가 한 개도 안 무서분데요."

"허허, 지진이나 번개나 화재는 우리가 실지로 겪으마 목숨꺼지 위험한 재해래가 무서분 기 맞제만, 아부지는 사람이고 더구나 내하고 젤 개작은 가족인데 와 무섭노 싶제? 그건 일본도 우리그치 아부지를 집안의 어른으로 중심에 두고 질서를 잡어 가다 보이 아부지가 젤 높은 자리고, 아부지는 자식들이 남한테 욕먹지 않는 사람으로 클 수 있그러 가정 교육도 엄하이 시키이 무섭제. 일본 사람들은 째매할 때부텀, 남한테 폐를 끼치마 안 된다 카는 말인 '메이와쿠'를 귀에 못이 백히도록 듣고 크는데, 그거는 사람들 새 아래 우의 관계나 계급, 또는 차례나 순서를 말하는 '위계질서'를 중시하는 일본인에 모습을 보이 주는 기제. 메이와쿠를 비롯해가 가정 교육을 아부지 중심으로 엄하이 받다 보이 아부지는 무서분 존재가 되는 기라. 아께 이로리 이야기할 때 캤제만, 일본에서는 가족들이 모이가 식사할 때조차 자리 순서가 정해지가 있는 거매로 위계 질서가 그키 엄하제. 우리한테도 '엄부자모'라 카는 말이 있느네 밀 그대로 이부지는 엄하고 엄마는 자애롭다는 거제. 그른데 실경이는 아부지가 안 무섭다 캤는데, 그건 아부지 품성이 남달리 너그러부신 데다가, 또 누구한테도 인사 들을 만치 반듯하게 커 주는 실경이를 아부지가 무척이나 애끼고 이뻐해 주시이, 실경이는 아부지가 무섭지 않은 기제. 항상 아부지, 엄마 감사히 생각하고 훌륭한 어른으로 성장하기 바랜데이."

"맹심하께요 아재. 좋은 말씸 해 주시가 고맙심데이."

"아이다, 고맙기는. 이래 착하고 똑똑하게 커 가는 니가 고맙제. 딴 거는 머 궁금한 거 없나?"

"궁금한 기사 쎘재만 한 개마 더 여짜 보이시더."

"그래레이. 머가 궁금한지 그기 궁금하데이 허허."

"아깨도 캤제만 일본 와 보이 2층짜리 집이 많애가 놀랬구마. 조선엔 사람 사는 집이 초가든 기와집이든 간에 거진 다 단층인데, 일본엔 2층 집이 더 많은 거 같그덩요. 일본이 우리보담 집 짓는 기술이 더 좋애가 그른강요?"

"아, 궁금할 만한 기네. 아깨도 말했다만 일본은 날씨가 덥고 습도가 높어가, 집을 지을 찍에 바람이 잘 통하도록 창을 마이 달고 지붕을 높기 맨들제. 일본은 우리나라보다 남쪽에 있으이 대체로 날씨가 따시한 편이래가, 겨울보담은 여름철 온도나 습도 조절에 중점을 두는 기라. 그라다 보이 민가는 보통 큰 나무 기둥을 사용해가 2층이나 3층짜리 나무 집을 짓는데, 이 그튼 목조 건물은 흔들림에 강해가 지진이 자주 일나는 일본에 적합하제. 여게 히로시마 그튼 남부 지역에선 태풍 피헬 줄일라꼬 집 크기는 작기 하는 대신에, 창문은 크기 해가 '아마도'라 카는 이중창을 맨들기도 하제. 일본 전통 집은 기둥하고 대들보로 째이 있고, 방캉 방 새에 칸막이는 따로 없이 '쇼지'나 '후스마'라 카는 장지문을 설치해 놨는데, 이걸 열기나 걷어내마 방들이 하나가 되는 기라."

"그라마 방이 디기 커지겠구마."

"당연하제. 일본은 손님을 접대하는 걸 중요하이 예기는데, 손님이 오마 장지문을 열어가 방을 넓게 맨드이 손님 접대가 편리하제. 방 새에 고정된 칸막이가 없고 마루도 없이, 장지문을 두고 방에서 방으로 통하는 이른 일본 집 구조를 보마, 일본 사람들 성질은 개방성이 강하단 걸 알 수 있는 기라."

"아, 그르이꺼. 그른데 이른 일본 집이 불리한 건 없는강요?"

"있제. 우선 집 짓는 재료가 나무다 보이 화재에 굉자이 취약하제. 일단 불이 나마 집 전체가 땔감이께 끄기 어려분 기라. 그 담에 방음이 안 되는 기 문제라. 한 집에서 방캉 방 새 방음이야 당여이 안 되고, 심지어 집캉 집 새에도 말소리가 들릴 정도이께 이웃 간에 다투는 일도 흔히 생기제."

"아재 말씀 듣고 일본 집에 대해가 마이 알기 됐구마. 말씸 들으만서 생각해 보이 우리나라는 일본보담 북쪽에 있어가 겨울게 마이 추분데, 그래가 집 질 때 창이나 문을 째매하게 하고 다다미방이 아인 온돌방을 맨들었겠구나 카는 생각을 했구마."

"그르타. 실경이 니 생각이 맞데이. 차말로 똑똑하데이."

"헤, 똑똑하진 않고 지절로 그른 생각이 들든데요 머. 그라고 참 아재, 온돌방은 우리나라에마 있는 건강요?"

"그르체. 온돌은 중국에도 없는 우리나라만에 전통 온 방법이제."

"언제부터 온돌이 있었는강요?"

"그건 내도 잘 모리겠데이. 중학교 댕길 때 우리나라 역사에 대해가도 좀 배우긴 했제만 온돌방에 대한 건 상세히 안 배았제. 다만 고구려, 백제, 신라 시대 여러 유적지에서 구들이 나왔다 카는 거를 보마 아매 온돌은 그 이전부텀 안 있었겠나 시푸데이."

"지도 온돌방이 디기 좋든데 기양 따시해가 좋은 거 말고는 와 좋은동 모리겠두마."

"온돌은 아궁이에서 불을 때마 열이 방바닥 구들장으로 전달되고, 구들장이 뜨사지마 그 열이 방안 공기를 뜨숫는 거 아이가. 그라다 보이 한 분 방을 뜨사 놓으마 잘 안 식고 열기가 이삼일썩 가기도 하이 경제적이제. 그라고 일본에 이로리는 방안에 불을 피우이 연기나 재나 끄시럼이 방에 그대로 있어가 보기도 싫고 폐 건강에 억시 해랍제만, 우리 온돌은 방안으로 연기가 안 들어오이 방 안 공기가 맑어 깨끗한 온방법이제.

또 온돌 구조는 온방만 하는 기 아이라 아궁이에서 불을 때만서 음식 조리꺼지 하이 조리캉 온방을 동시에 하는, 말하자마 일석이조에 온방법인 기제. 거다가 고장날 일이 거진 없어가 잔손질이 필요 없고, 방바닥을 고루 뜨사 주이 방안에 습기가 안 차가 좋을 뿐만 아이라, 방안에서 불 때는 기 아이께 화재에도 안전한 기라. 일본에 이로리는 방안에서 불을 때다 보이 화재가 나기 수버 무서분 순서 시 분째에 '화재'가 들어 있는 거 아이겠나."

"아이구, 그라고 보이 온돌이 막연히 좋은 기 아이라는 걸 알았구마. 그른데 지 생각엔 시상에 머든지 간에 나쁜 거 없이 마카 좋은 거만 있는 거는 없제 시푼데, 이르키 좋은 온돌에도 혹시 나쁜 기 있는강요?"

"물론 있제. 온돌은 방을 뜨숫는 데 시가이 오래 걸리고 온도 조절이 어려분 데다가 방이 식을까 시퍼가 환기를 자주 안 하다 보이 방이 건조해지기 숩제. 공기가 건조한 데다 방바닥캉 천장 쪽 공기에 온도 차가 커가 고뿔에도 잘 걸리는 기라. 그라고 땔감으로 나무를 마이 쓰다 보이 산에 나무가 고갈돼가 민둥산이 되기도 하제. 한때 타국에 선교사 그른 사람들이 조선 땅에 와가 산에 나무가 없는 걸 보고 신기하이 예깄다는 이야기도 있제.

그건 그르코 실경이 니 생각에 깊이가 보통이 아이데이. 시상에 마카 좋은 거만 있는 거는 없제 싶다 캤는데, 나도 마카 좋은 거만 있는 기 있는동 없는동 모리겠다. 그른데 찾어보마 혹시 그른 기 있실 지도 모리께 꼭 한 분 찾어바래이, 과제다. 허허."

"과제 꼭 히께요. 아재 말씸 듣나 보이 아까 지가 아재한테 일본에 이층집이 많은 건 우리보다 집 짓는 기술이 더 좋애가 그른동 여짜 봤는데, 거에 대한 답을 알기 됐구마."

"그른나? 답이 먼 거 겉노?"

"우리는 온돌방 구조로 집을 지으이 방구들 무게가 있는 데다 흙벽 무게도 있어가 단층으로 짓는데, 일본은 온돌이 없고 나무로 원두막 짓는 거그치 집을 지으이 2층, 3층으로 짓는 거도 숩다는 걸 알았제요. 그라고 우리에 온돌을 좀 알고 나이 집 짓는 기술이 우리가 일본보다 훨씬 더 좋다는 거도 알기 됐제요."

"그르치 그르치. 역시 실경이는 엄마, 아부지 닮어가 영특하데이. 매사에 째매라도 모리기나 궁금한 기 있시마 물어 보고, 알라 카고, 조리있게 생각하는 기, 꼭 전문 학교 댕기는 학생 긑다. 후우, 니가 남자로 태이나가 어렸을 적부텀 신식 교육을 받었시마 걸출한 동량이 될 낀데……. 운멩이 야속하고 시대가 안타깝데이."

"아재요, 오늘 여러 가지 갈치 주시가 차말로 고맙심데이. 아재 덕에 마이 배았으이 앞으로 일본 생활할 찍에 크기 도움 되제 싶구마. 아직은 일본을 잘 모르이 좀 무섭기도 하제만 차차 알고 나마 안 무서버지겠제요. 열심히 살어가 자랑시러분 조선 사람 되께요."

"그래 그래, 엄첩다 실경아. 엄마, 아부지 마이 도와디리고 동생들도 잘 돌바 조래이. 시간 나마 아재 또 놀로 오께."

"야, 아재. 아재가 우리한텐 지가 어제 일본 올 찍에 부산항에서 첨 봤던 등대 긑구마."

"내는 실경이 너어 집이 넓은 바다를 향해가 힘차게 출발하는 큰 배 긑데이."

철한이 아재는 떠났다. 중학교까지 나와서 일본 오사카에 있는 화학 약품 제조 회사의 중간 관리자로 일하는 아재가 대단해 보였다. 나도 공부를 하고 싶었지만 여러 사정이 있어 욕심대로 할 수는 없는 일이었다. 다만 우선 처한 현실에 맞추어 힘껏 살아가겠다는 다짐만 거듭할 뿐이었다.

눈을 들어 서북 하늘을 바라보았다. 하늘은 어제 우리 가족들이 건너온 현해탄같이 넓고 푸르렀다. 금녀도 지금 동남 하늘을 바라보고 있을까? 목화 같은 흰 구름 몇 송이, 떠나올 때의 언약대로 저 구름 속에 금녀의 마음이 실려 있을까? 금녀가 건네준 주머니 속 조약돌을 그러쥔 주먹이 한참 동안 펴질 줄 몰랐다.

일본으로 이사 온 뒤 이틀을 쉬고 나서 아버지는 히로시마 시내에 있는 전기 회사에 일하러 나갔다. 집에서 회사까지 가려면 버스를 50분 남짓 타야 했다. 회사에서 하는 일은 대여섯 발씩 되는 통나무 전봇대 운반하기, 땅을 파고 전봇대 세우기, 또 무거운 전깃줄을 운반하고 펼쳐서 전봇대에 걸치기 등, 대부분 몸으로 버텨 내야 하는 막노동이라고 했다. 아버지 혼자 우리 식구들을 먹여 살리도록 보고만 있을 수는 없다는 생각에, 나도 하루빨리 할 일을 찾아 적은 돈이라도 벌어야겠다는 마음을 먹었다.

저녁 7시가 다 되어 갈 무렵 첫 출근 했던 아버지가 돌아왔다.

"아부지, 마이 힘들었제요?"

"아이다. 이전에도 한 달 넘기 노가다 일을 해 바가 할 만하드라."

"일 마이 하는 거도 좋제만 다칠라 늘 조심하이소."

"그래야제. 그르치만 몸 안 애끼고 부지러이 해야 윗사람들한테 인정받고 벌이가 째매라도 더 안 나을라."

"그르키도 하겠제만 어에끼나 몸이 성해야 일도 하고 돈도 벌이끼네 몸 애끼가마 하이소."

"알었데이, 그라도록 하제. 언제 시간 내가 동생들 델꼬 니 엄마캉 여게 촌내 구경 한 분 하고 온나. 이 촌내에 조선 사람들도 마이 산다 카드라."

"야, 안 그래도 곧 그랄라 카누마."

한여름이라 날은 덥지만 일하러 간 아버지를 빼고 우리 가족 모두 구지마촌 거리 구경을 나갔다. 넓고 반듯하게 닦아 놓은 길 양쪽으로는 2층이나 3층으로 된 목재 가옥들이 줄지어 서 있는데, 대부분 1층은 갖가지 물건들을 파는 상점으로 보였다. 간혹 세멘트라는 돌가루로 지은 4층, 5층 집도 보였는데 그런 곳은 식당이나 병원, 또는 회사 사무실, 여인숙 등으로 쓰이는 듯했다. 1층 상점은 기둥을 빼고는 앞면과 옆면 전체가 유리를 문틀에 끼워 넣은 목재 미닫이들로 짜여 있고, 앞면 위쪽에는 햇빛이나 눈비를 막기 위한 차양을 밖으로 돌출되게 설치해 놓았다.

즐비한 상점마다 온갖 물건들이 널려 있어 눈요기하느라 더운 줄도 몰랐다. 게타나 조리를 파는 신발 가게, 양말이나 옷을 파는 의류 가게, 채소 가게, 양곡 가게, 엿이나 간장 된장 파는 가게, 생선 가게, 어묵과 다꾸앙 파는 가게, 돼지고기와 소고기를 파는 고깃간, 포목점, 와가시 가게, 스시 가게, 라멘이나 소바를 파는 국수 식당, 미장원과 이발관, 우산과 가방과 장신구 등을 파는 잡화점, 농기구 가게, 자전거 수리점, 약국, 사진관, 방앗간 등등.

나는 돌밑에서 살 때 소보 장에 가끔 가서 장 구경을 했기 때문에 아주 낯선 모습들은 아니었지만, 아직 나이가 어린 영환이나 추자는 보이는 것마다 신기한지 동그랗게 뜬 두 눈을 깜빡이는 것도 잊은 듯했다. 그런데 나에게도 좀 낯설게 다가오는 것들이 있었으니, 그것은 소보에서 흔히 보기 어려운 길거리의 풍경이었다. 사람이 사람을 태워서 끌고 가는 인력거, 수시로 도로 위를 달리는 뻐스와 도라꾸와 찌푸들, 웬만한 집에는 다 있는 것같이 흔한 자전거, 넓은 길거리 따라 양쪽 편으로 줄지어 서 있는 나무 전봇대와 그 사이로 긴 고무줄처럼 늘어져 걸려 있는 전깃줄 등이 바로 그것이었다. 일본이 우리 조선보다 너 잘사는 것 같은 모습에 가난한 내 고향 돌밑 마을이 겹쳐지면서 금녀와 동무들이 생각났다. 우리는 지금 나라까지 빼앗겨 가난에 허덕이지만, 언젠가는 나라를 되찾고 우리가 일본보다 훨씬 더 잘살 날이 올 것이라는 믿음으로 두 주먹을 꼭 쥐었다.

"엄마, 우리 저게 함 가 보자."

정환이가 배가 고픈지 5층짜리 건물에 있는 식당을 가리켰다. 나는 엄마 주머니에 돈이 있을까 걱정이 되었지만, 엄마는 두말 없이 우리를 데리고 식당으로 갔다. 거기는 일본 전통 음식을 파는 식당이었는데, 1층과 2층을 다 쓰고 있어 아주 넓었고 손님도 많았다. 우리가 1층 한쪽 구석에 자리를 잡고 앉자 내 나이 또래로 보이는 여자애가 다가와 말했다.

"이랏샤이마세(어서 오세요). 나니 오메시아가리마스카(무얼 드시렵니까)?"

우리는 일본 말을 알아듣지는 못했지만 음식을 주문하라는 뜻이라 짐작하고 서로 무엇을 먹을 건지를 물어보았다. 식단표를 봐도 일본어라 알 수가 없을뿐더러 조선에서는 먹어 보지 못했던 음식들일 것 같고 맛도 알 수 없어, 식당 벽면에 붙어 있는 음식 그림을 보며 고를 수밖에 없었다.

"실경이 니는 머 멀 끼고?"

"엄마는 머 멀라 카는데? 먼저 고르제."

"저게 저 기림 함 바라. 국시 끝제? 저거 머어 보까?"

우리의 대화를 듣고 있던 여자애가 말했다.

"조선에서 왔소?"

"……"

"내도 조선서 건너왔는데 고향이 합천 삼가요."

낯선 일본 땅에서 조선말을 하는 사람을 처음 만나니 어리둥절해서 처음엔 엄마나 나나 입도 떼지 못하고 있다가, 여자애가 다시 자기 고향을 얘기하면서 조선 사람임을 밝히자 그제야 엄마가 말을 건넸다.

"아이구, 그르이꺼? 우리는 얼매 전에 군위 소보서 일로 이사 온 사람들이구마. 천 리 먼 타국에서 동폴 이래 만내이 차말로 반갑구마. 여게서 일하나 보제요?"

"그릇소. 두 해째 여서 손님한테 음식 주문 받고 음식 나리모 돈 벌이고 있소. 음식 주문하소. 뭐 잡술라요?"

"우리는 안주 일본 음식이 생소해가 멀 머마 될동 잘 모리겠구마."

"그르캤소. 여는 '라멘', '소바' 그튼 면류가 있고, 또 '아게모노'도 있소. 라멘은 돼지고기나 닭고기를 푹 곤 육수에 따로 삶은 면을 여어 먹는 긴데, 차슈라 카는 고기랑 김, 나물도 얹어서 먹소. 소바는 조선의 모밀국수랑 얼추 같소. 아게모노는 기름에 튀긴 요린데, 조리법 따라 및 가지가 있소. 먼저 '가라아게'는 생선이나 조개, 재소에 밀기리 묻히가 튀긴 기고, 담으로 '덴푸라'는 물에 갠 밀가리를 재료에 입히가 튀긴 기라요. 마지막으로 '스아게'는 튀김 재료만 그대로 튀긴 기고요."

"상세히 말해 주이 고맙구마. 실경이 니는 머 멀래?"

"내는 지름기를 싫어하이 소바 멀란다. 엄마는?"

"내도 소바 하제 머. 정환이, 영환이는 꼬시한 거 좋아하이 덴푸라 하자. 추자는 내하고 같이 머마 된다. 색시, 여게 소바 둘하고 덴푸라 둘 주이소."

"엄마, 지녁에 아부지도 맛보이야제. 면은 퍼지이 안 되고 덴푸라 하나 더 주문해가 가주고 가자. 엄마 돈은 되나?"

"돈은 된다. 니가 아부지 챙기는 거 보마 내보다 낫데이. 색시, 덴푸라 하나 더 추가해가 그건 가주고 가그러 어데 좀 싸 주이소."

"야, 잘 알았소. 음식 나올 때까지 쪼매만 기다리소."

그리 오래 걸리지 않아 음식이 나왔고 우리는 배가 고프던 차에 깨끗이 그릇을 비웠다. 소바 맛은 조선에서 먹었던 메밀국수보다 약간 단맛이 나며 슴슴해 내 입맛에는 조선의 메밀국수가 더 맞는 것 같았다. 음식값을 지불하고 포장된 덴푸라를 받아 식당을 나서려는데 여자애가 나를 보고 말했다.

"내는 열두 살이고 김정옥이라 카는데, 내하고 나이가 비슷해 보이네. 먼 타국 땅에서 같은 조선 사람 만날 때마다 반갑더라. 우리 한 분씩 보만서 친하게 지내자. 담에 니 혼자라도 시간 나모 놀러 오이라. 내는 저역 6시 되모 일 교대하고 집에 가이, 그때부터 시간 마이 난다카이."

"그르쿠나. 내도 열두 살이끼네 우리 동갑이네. 내 이름은 김실경이다. 시간 내가 놀로 오께. 우리 친구로 지내제이."

"하모! 잘 가고 댐에 보자."

오늘은 일본으로 이사 온 지 열흘 정도 만에 처음으로 촌 구경을 한 것이었는데 무엇보다 앞으로 친구가 될 정옥이를 알게 되어 정말 기뻤다. 정옥이는 나와 동갑인데도 열심히 일하며 사는 모습이 첫눈에도 어른스러워 보였다. 일본 말도 잘하고 붙임성도 좋아 나중에 자기 장사라도 하게 되면 크게 성공할 사람이라는 생각이 들었다. 나보다 나은 친구를 사귀면 많은 것을 배우고 훌륭한 성품을 가진 사람으로 클 수 있을 텐데, 앞으로 정옥이한테 많이 배워야겠다고 생각했다.

닷새 전에 식당에서 정옥이를 처음 만난 이후로 늘 정옥이 보러 가야겠다는 생각을 하던 중에, 오늘은 정옥이를 보리라 작정하고 저녁 6시가 가까워 올 무렵 식당으로 갔다. 이른 저녁이었지만 오늘도 손님이 많았다. 얼핏 유리창을 통해, 음식을 들고 2층으로 올라가는 정옥이의 모습이 보였는데 위에도 손님이 있는 모양이었다. 식당 앞 인도에 서 있는 전봇대 아래에서, 정옥이가 일 마치고 나오기를 기다렸다.

한 식경 조금 못 지나 드디어 정옥이가 식당 문을 열고 나왔다. 나는 반가운 마음으로 정옥이한테 뛰어갔다.

"정옥아, 내 왔데이."

"아이고, 실경이 왔네. 반가버라. 니 여서 쪼매만 더 기다리라.

내 안에 드갔다 오께."

　정옥이는 무슨 잊어버린 용무가 있는 모양으로 급하게 식당 안으로 들어갔다가 그리 오래되지 않아 다시 나왔다. 손에 종이 가방이 들려 있었다.

　"마이 기다맀제? 날도 더분데, 우리 저짜 갱빈가로 가자. 길거리 끄트머리쯤에 지법 넓은 갱빈 있는데 거 가마 물 가시래가 쪼매라도 덜 덥고 앉아서 쉬기도 좋을 끼다."

　개천은 멀지 않았다. 촌의 중심 도로 양편으로 죽 늘어선 상가와 가옥들이 끝나는 곳이 바로 개천이었다. 길게 촌외로 뻗어 나간 개천 둑엔 우리 말고도 저녁 더위를 식히러 나온 듯한 사람들이 군데군데 자리 잡고 앉아 바람을 쐬고 있는데, 엄마나 아버지를 따라 나온 것으로 보이는 아이들도 여럿 있었다.

　"실경아, 여게 앉자."

　서산마루를 향해 내려가고 있는 저녁 햇살이 아직은 따가워 우리는 벚나무 그늘 아래 나란히 앉았다.

　"실경아, 배고프제? 아직 저역 안 뭇을 낀데 이기라도 쪼매 무라."

　"이기 머고?"

　"아께 니 왔실 째 내 식당 안으로 다시 안 드갔나. 덴푸라 쪼매가 왔다."

　"아이구, 이거도 돈 줬을 낀데 내가 미안해 어에 먹노?"

"아이다. 돈 안 줬다. 내가 내 일그치 만날 열심히 한 게네 이 정도는 주인님이 내한테 공짜로 준다. 걱정하딜 말고 어여 무라."

"고맙데이 정옥아. 니도 같이 먹자."

"아이다. 내는 식당 안에 있음서 조일 음식 냄시 맡으이 그거로도 배부리다. 니 마이 묵고 남으모 집에 동생들 갖다 조라."

"알었데이 정옥아. 니가 주는 거이 맛있기 머으께."

나는 덴푸라 서너 개를 먹고 나머지는 다시 봉지에 쌌다.

"정옥아, 맛있네. 냄시가 억시 꼬시고 씹으이 빠삭빠삭한데 지름기가 입 안에 확 돌만서 단맛꺼지 느끼지는 거 같네. 잘 머었데이."

"더 무라 와."

"마이 머었다. 그른데 와 이키 마이 가 왔노? 내는 머어 밨으이 너어 집 식구들 먹그러 나머진 니가 가 가라."

"먼 소리하노. 니 동생들 덴푸라 좋아하데. 그래가꼬 좀 낫기 가 왔다카이. 울 집엔 내가 간가이 가 가가 엄마, 아부지, 동생들 미인다."

"정옥이 니도 맏이가?"

"응, 내 우에 시 살 더 많은 언니 하내이 있었는데 내가 두 살 때 열병으로 죽었다 쿠데. 내 알로는 남동생 둘이하고 여동생 하내이 합치가 서이 있은 게네 산 형제간엔 내가 맏인 기라."

"일본엔 언제 왔노?"

"내가 아홉 살 때인 1940년도에 일본으로 왔은 게네 그라마, 올해로 일본 온 제가 삼 년째네."

"좀 됐네. 인제 일본살이에 질이 좀 났제?"

"완전치는 몬해도 빌 에라분 거 엄시 배 안 골코 살제만, 한 분씩 고향 생각 나만서 합처이 마이 기럽데이."

"너어 집은 와 일본으로 왔노?"

"여어 히로시마현에 합천 사람들이 마이 건네와 살고 있는데 모도 고향에선 몬 먹고 살든 사람들이라. 우리가 일본으로 건네왔던 시기엔 조선 농촌이 모도 그랬다 아이가. 합천에도 많은 농민들이 일본한테 땅 빼끌리고 소작으로 농사 짓고 살았다카이. 근데 일본 놈들은 농민들이 거둔 곡식을 싹 빼끄러가다시피 해가 가꼬 간 기라. 여름 되모 장마로 물난리 나고, 가을 되모 태풍 불어와가 농작물 다 쓸리고, 가물어가 흉년 들고, 추버가 냉해 입고, 그런 게네 먹을 끼 엄었다카이. 온 식구가 앉아가 굶어 죽기 생긴 마당에, 일본 가마 밥은 굶진 않는단 소문이 돈게네 그때 마이 건네왔다 쿠드라."

"그라마 일본으로 와가 아부지는 무신 일을 하셨노?"

"우리 아부이도 대다수 남자들이 한 거그치 노가다로 일 하다 아이가."

"노가다는 보통 무신 일을 하는데?"

"철도, 하천, 굴, 방공호, 도로, 부두 그른 공사장에서 하는 토목 일인 기라."

"우리 아부지는 전기 회사에서 막노동을 한다 카는데 마이 힘들제 시푸다."

"몸띠로 하는 일이 수분 기 어딨겠노. 울 아부이 이야기 들어 보마. 히로시마 사는 조선 사람들이 하는 일로 젤 많은 기 토목 일이고 댐으론 공장 일이라데. 그 외엔 조선에 머슴그치 농사일을 하기도 하고 부두에서 짐 니룻는 일을 하기도 한다 쿠데. 그라고 넘으 밑에 가가 일하는 거 말고 지 일을 지가 하는 거도 있는데 고물, 고철 장사가 많다고 들은 거 긑네."

"그른 일들은 거진 남자들이 할 수 있는 일인 거 그튼데, 여자들은 어뜬 일을 하는동 아나?"

"여자들은 남자들그치 힘을 마이 쓰는 일은 하기 에라부이 일본 사람 집에 가가 소지나 빨래를 하기도 하고 어린아를 바주는 일을 하기도 하데. 안 그라모 식품 공장이나 이불 공장, 양말 공장 그튼 데 드가가 공원으로 일하는 사람들도 있고, 간가이 쪼매한 점빵을 얻어가 오뎅, 오꼬시, 다꾸앙 그튼 걸 파는 사람들도 있단 말을 들었네이."

"힘은 들겠제만 그래도 할 수 있는 일은 여러 가지네. 정옥이 니가 하는 식당 일은 어뜬노? 삼통 서가 일 하이 힘들제?"

"첨엔 다리도 쪼매 아프고 그랬제만 인자 갠찮고 일이 재밌다."

"다행이다. 일 부지러이 배우고 돈 모아가 니도 냉제 식당 채리가 장사하마 크기 성공할 끼데이."

"안 그캐도 내도 그른 생각으로 식당 일 여러 가지 마이 배아 가고 있다카이."

"그래, 정옥이 니는 꼭 큰 사업가가 될 끼다. 그라고 정옥아, 내도 인제 어린아도 아이고 놀 수마 안 없나. 먼 일이라도 해가 살림에 보태야 아부지가 덜 힘들 낀데, 혹시 니가 일하는 식당 그른 데 설거지나 잡일 하는 자리 있을동 함 알어바 줄 수 있실라? 니는 일본 온 지 좀 돼가 발이 안 넓겠나."

"잘 생각했데이. 집에만 있는 거보다 배께 나가 일을 해 보마 시상 돌아가는 거도 알고 사람들 새에서 살아가는 법을 마이 배울 수 있을 끼라. 마침 우리 식당에 설거지하고 소지하는 아지매가 있는데 곧 멀리 이사를 가야 하는가 보데. 그 아지매 나가모 그 일을 니가 해도 될랑가 우리 주인님한테 함 물어 보께."

"고맙데이 정옥아! 혹시라도 거게서 일하기 되마 니 욕 안 믹이도록 하께."

정옥이와 나는 각자 지금보다 어렸을 때의 추억에 대해 이야기하며 한동안 시간을 좀 더 보내다가 이삼일 뒤에 다시 만나기로 하고 헤어졌다. 정옥이가 준 덴푸라와 희망이라는 선물을 안고 집으로 돌아오는 발걸음은 가벼웠고 가슴은 설렜다.

저녁 7시 조금 넘어 아버지가 귀가했다. 지금은 여름이라 이제

사 어둠이 내리기 시작하는데, 겨울 이 시간이면 한밤중 같겠다는 생각이 들자 겨울 올 것이 미리 걱정되었다. 아버지의 늦은 저녁 식사가 끝나기를 기다렸다가 아버지와 엄마에게 오늘 정옥이를 만난 일에 대해 얘기했다.

"엄마 아부지, 오늘, 합천이 고향인데 시 해 전에 여게로 이사 와가 소바 식당에서 일하는 정옥이라 카는 아를 만나고 왔구마. 나이는 지하고 동갑인데, 엄마는 먼저 뿐에 식당 갔실 때 정옥이를 한 분 본 적이 있고요."

"잘했데이. 타국에서 고국 사람 만냈으이 얼매나 반가벘겠노. 더군다나 동무가 될 수 있실 사람이께 더하제."

"그른데 정옥이는 식당에서 하는 일이 재미있다 카두마. 일 마이 배아가 냉제 어른 되마 식당 사업을 할 끼라만서 큰 꿈을 가주고 있두마. 지도 집에 있기보다 일 좀 해 볼라꼬 정옥이한테 식당 설거지나 소지 그튼 일 할 데 있시마 소개 좀 해 돌라 캤구마."

"야가 머라카노? 일본 온 지 제와 보름빼끼 안 됐는데 니가 무신 일을 한다 카노? 말도 안 통하는데 일을 어에 한다 말이고?"

"그래, 니 엄마 말이 맞구민. 주인이 멀 씨기마 알아들어야 씨긴 대로 일을 하제."

"설거지나 소지야 뻔한 긴데 말이 먼 필요 있실라꼬요."

"안 글타. 암만 단순한 일이라 캐도 남을 씨길 때는 씨기는 사람이 원하는 바가 있는 기라. 그기 다 말로 전달이 되는데 말이 안

통하마 서로 힘들제. 물론 한두 분 하다 보마 눈치나 요령으로라도 일을 해낼 수 있다마는 실경아, 그보다 더 문제는 니 엄마 뱃속에 니 동생이 있다는 기다. 인제 석 달 정도 된 거 그튼데 그기 맞으마 명년 3월에 니 동생 안 태이날라. 그라마 니가 엄마 대신에 동생들 돌보고 엄마 시중도 들어야 되제 시푼데, 그라이 일하로 갈 수 있실라?"

"아, 그르쿠나. 그래도 인제부터 내년 2월꺼지 대여섯 달은 일하로 가도 안 될니껴? 그래 해도 된다 카는 데 있시마 일 좀 해 보께요."

나의 거듭된 설득에 결국 아버지와 엄마는 내가 일하는 것을 허락했다.

이틀 뒤 정옥이가 일하는 식당을 찾아갔더니, 정옥이는 9월 초부터 자기가 일하는 식당에서 나도 일할 수 있다고 했다. 그러면서 온 김에 식당 주인을 잠시 만나 보고 가라 했다. 정옥이의 안내로 식당 주인을 만나 대여섯 달 일할 수 있다고 했는데, 주인은 잠시 생각하다가 승낙해 주었다. 아마 정옥이를 봐서 그리해 준 것이 아닐까 하는 생각이 들었다. 정옥이에게 거듭 고맙다는 인사를 전하고 정옥이를 봐서라도 성심을 다해 일하겠다는 다짐을 했다.

9월 3일부터 일을 다니기 시작했다. 일하는 시간은 오전 11시부터 저녁 9시까지였다. 설거지나 소제는 집에서도 자주 해 온 일이라 어려운 건 없었다. 다만 아게모노를 담았던 그릇들은 기름기가 많아 신경이 쓰였지만, 소다 세제를 쓰면 간단히 해결되니 내가 정성 들여 설거지 한 그릇들은 항상 윤이 나고 만지면 뽀드득 소리가 났다. 식탁이나 벽면 유리창에는 먼지 하나 없게 한다는 마음으로 소제하고, 바닥에는 모래알 하나 밟히는 일이 없도록 하려고 애를 썼다. 식당은 사람들 입으로 들어가는 음식을 만들고 또 그것을 먹는 곳이다 보니, 청결을 조리하고 청결을 먹는다는 생각으로 일해야 한다는 믿음이 있었다.

  식당 주인은 내가 일하는 태도를 마음에 들어 했고 첫 달 급료로 20엔을 주었다. 내가 태어나서 처음 번 돈이었다. 나의 땀과 작은 손이 만들어 낸 돈이라 생각하니 한 푼도 쓰지 않고 함에 넣어 평생 보물처럼 간직하고픈 맘이 먼저 들었지만 그것도 잠시, 이 돈이 있게 해 준 사람들을 위해 쓰는 것이 더 기쁜 일이라는 생각이 들었다.

  우선 첫 번째로 고마운 사람은 식당 주인이었다. 나에게 일할 수 있는 장소와 기회를 제공해 준 사람이기 때문이었다. 꽃 파는 기게에 가서 작은 문제를 하나 샀다. 크고 좋은 것은 많이 비싸서 나무 높이가 두 뼘 정도 되는 것을 샀다. 크진 않아도 모양은 수백 살 되는 느티나무 같아 당당한 기운이 풍겼다. 수백 년을 산다는 느티나무처럼 식당도 대를 이어 번창하기를 바라는 내 마음을 담아 식당 주인에게 선물할 것이었다.

다음으로 고마운 사람들은 정옥이, 엄마, 아버지, 동생들로 순서는 없었다. 식당 주인 다음이지만 고맙다는 것은 모두 똑같기 때문이었다. 엄마와 아버지, 동생들 선물로는 신발 가게로 가서 게타를 샀다. 우리 가족 모두 낯선 남의 나라 땅 일본에 와서 새 삶을 시작했는데, 언젠가 고향으로 돌아갈 날을 기다리며 지치지 않고, 함께 걸어갈 수 있기를 비는 마음을 담은 선물이었다. 엄마와 추자의 게타는 니스칠이 되어 있고 고정끈이 예쁜 비단으로 되어 있는 것을 샀다.

다음에는 잡화점에서 정옥이에게 줄 머리핀을 샀다. 연분홍 매화꽃이 활짝 피어 있는 머리핀이었다. 지금 정옥이의 가슴에 품은 꿈이 꽃처럼 활짝 피어 버찌같이 영그는 결실로 이어지길 기원하는 내 정성을 담았다.

집으로 돌아오는 길에 와가시 가게로 가서 단고와 만쥬를 아버지 몫까지 좀 넉넉히 샀다.

"엄마, 내 오늘 급료 받었데이."
"하매 한 달 됐나? 넌 고생하니라꼬 날짜가 더디 갔겠다만 난 여영부영하다 보이 한 거도 없이 시가이 빨리 가네."
"급료 가꼬 이거저거 선물 몇 개 샀데이. 자, 이건 엄마 게타. 그라고 이거는 선물 사고 남은 돈."
"아이고, 야야! 꼬사리 그튼 손으로 죽을 고생해가 벌인 돈인데 내가 어에 게타를 신고 니 돈을 쓰겠노? 눈물이 날라 칸데 이…….”

말을 더 잇지 못하고 있던 엄마는 정말로 돌아앉으며 손등으로 눈물을 훔쳤다.

"에이 엄마, 난 오늘 기분 좋은 날인데 와 우노? 알라 됐나? 호호호…….”

"남들 흔히 하는 학교 공부도 몬 씨긴는데, 니가 잘 커 주이 고맙고 기특하이 그르체.”

"아고 엄마, 학교 몬 댕긴 아들이 한둘이가? 내 학교 몬 댕긴 기 엄마 아부지 탓도 아이고, 시상이 그른 걸 어야겠노? 낸 개안타 엄마. 식당 일도 얼매나 재밌다고. 설거지, 소지 말끔하이 해 놀 때매중 갱문에 목욕한 거그치 온 정신이 다 맑어진데이. 그라고 내가 머 기특하다 카노. 세상에 내보다 착하고 똑똑한 아 천지삐까리다. 정옥이마 해도 내 그튼 아 열 합친 거보다 낫데이.”

"아이다. 엄마 눈엔 니보다 나은 아 하나도 안 비이드라.”

"에구, 울 엄마 눈 단디 탈난 기라.”

"아무듯 고맙데이 설정아. 게다 깔 신고 니기 준 돈 우리 식구들한테 요긴하이 잘 쓰께.”

"고마버 엄마. 그라고 이거는 아부지캉 동생들 게타고, 저 분재는 식당에 줄 선물이데이. 정옥이 줄 선물은 이거 머리삔 샀고, 우리 멀라꼬 단고하고 만쥬 사왔데이.”

"너어 아부지하고 동생들 게타꺼지 다 사왔네. 우리 식구들 모도 니가 사 준 새 신 신고 부지러이 저 멀리 걸어가제이."

"응, 엄마! 내도 그른 맘으로 게타를 사 온 기데이."

"글쿠나. 그른데 참, 니 신도 샀제?"

"아이다. 내 신은 한참 더 신어도 될 만치 새기다."

"딴 사람들 꺼는 하나도 안 빼고 선물 다 사 놓고 니껀 없다 카마 말이 되나?"

"내 선물도 있데이, 젤 큰 선물."

"누가 주든데?"

"내가 내한테 주고, 내가 내한테 받었제."

"멀 받었다 말이고?"

"'마음'이라 카는 선물을 받었제."

"그기 무신 말이고?"

"엄마, 내는 시상에서 젤 좋은 선물은 '마음'이라 생각한데이. 부모 자식 형제간에 주고받는 '정'이라 카는 마음, 부부간에 주고받는 '사랑'이라 카는 마음, 동무간에 주고받는 '우정'이라 카는 마음, 남남 새에서도 느끼는 '감사'라 카는 마음, 내는 그른 마음이라 카는 거보다 더 나은 선물은 없다고 생각한데이. 아께 이른 마음을 느끼만서 선물을 사다 보이 내가 줄라 카는 마음이 내한테로 다부 선물이 돼가 돌아오데. 그래가 내가 내한테 젤 큰 선물을 받었다 카는 기라."

"아이고, 내가 니한테 배운데이. 니 말이 맞다. 매사에 감사하고 정을 두마 그 마음이 선물이고 살아가는 거 자체가 선물이제."

보통 때처럼 아버지는 저녁 7시 약간 지나 귀가했다. 자지도 않고 아버지를 기다리고 있던 동생들을 부르고 엄마, 아버지와 함께 내가 사 온 단고와 만쥬를 맛있게 먹었다. 아버지한테 게타를 선물했더니 동생들도 게타를 들고 와 아버지 앞에서 신어 보며 자랑하느라 야단이었다. 아버지도 처음에는 엄마처럼 나를 안쓰러워하다가 나중에는 고맙다는 말과 함께 지금 신는 신이 아직 말짱하니 그게 떨어지면 잘 신겠다고 했다.

다음 날 분재와 머리핀을 식당 주인님과 정옥이한테 전달했다. 두 사람 모두 전혀 생각지도 못했던 일이라며 거듭 고마워했다. 주인님은 수십 년간 식당을 해 오면서, 급료를 받아 이렇게 마음을 담은 선물을 해 온 사람은 처음이라며 진정으로 감격스러워했고, 정옥이는 나의 마음을 알고 나서는 자신이 꿈을 이뤄 성공하는 날까지 머리핀을 고이 간직하겠다며, 그때가 오면 우리 이 머리핀을 꺼내 보면서 오늘의 우정을 다시 느껴 보자고 했다. 어제와 오늘은 내가 세상에 태어난 이후 지금까지 살면서 내 기어으로는 가장 마음이 부자였던 날이었다.

하루하루 시간은 빨리 흘러가고, 빠른 시간만큼 엄마 배도 빨리 불러 갔다. 어느덧 해도 1944년으로 바뀌었다. 3월 2일 근무를 끝으로 나는 식당 일을 그만두었다. 출산이 가까워져 오는 엄마의 집안일을 돕다가 엄마가 내 동생을 낳으면 출산 뒷바라지와 집안일을 맡아 해야 하기 때문이었다. 식당에서 일한 여섯 달 동안 정옥이의 도움을 무척 많이 받았고, 주인님의 은덕도 많이 입었다. 언젠가는 갚아야 할 마음의 빚이라 생각하니 식당을 떠나는 나의 발길이 무거웠다.

내가 식당 일을 그만두고 보름 남짓 지난 3월 20일, 마침내 나의 넷째 동생이 태어났다. 남동생이었다. 이름은 '의청'으로 지어졌다. 온갖 꽃이 피어나는 따뜻한 봄날, 만발한 벚꽃 따라 세상에 나온 의청이의 앞날은 꽃처럼 밝고 예쁜 삶이 되기를 바라는 마음 간절했다.

일본에 와서 걱정했던 것과 달리 아버지는 별일 없이 회사에 잘 다니고 돈도 적잖게 모여 갔다. 의청이도 큰 탈 없이 젖 잘 먹고 순하게 자라 주었다. 아버지와 엄마와 나는 가끔씩 고향 생각이 날 때면 일본 올 때 가지고 온 돌밑 마을의 흙을 담아 둔 항아리를 보면서 향수를 달랬고, 성공을 향한 발걸음에 힘을 내었다.

의청이와 동생들을 돌보며 엄마를 도와 집안일에 매달려 지내는 사이, 세월에 날개가 있는지 또 한 해가 날듯이 멀어져 가고 기온이 영하 가까운 추위 속에 세밑을 맞았다. 겨울엔 다행히 좀 더 일찍 귀가하는 아버지와 저녁 식사를 마치고 우리 가족은 코타츠를 둘러싸고 앉았다. 코타츠는 일본식 온방 기구로 다리 난로같이 보였는데, 식탁이나 들마루처럼 사각 틀을 짜고 그 위에 상판을 놓은 다음 전체를 이불로 덮고 이불 위에 다시 판을 얹어 놓은 구조였다. 히로시마는 일본의 남쪽에 있어서 겨울에도 기온이 영하로 내려가는 일이 잘 없다고 했지만, 그래도 다른 계절보다는 춥고 더구나 우리는 올해 태어난 의청이도 있어, 올겨울 들면서 아버지는 진작에 코타츠를 마련해 두었더랬다.

아버지는 숯불이 담긴 화로를 들고 와 이불을 젖히고 코타츠 안에 넣었다.

"자, 인제 전부 두 다리를 이불 안으로 뻗치 바라, 화로에 발끝 안 대이그러 조심하고."

우리는 아버지가 시킨 대로 했다.

"우와, 따시다."

"차말로 뜨시데이."

"아이고, 뜨새라."

너나 할 것 없이 가족 모두 한마디씩 탄성을 질렀다. 엄마와 아버지는 따뜻한 차를 마시고 나와 동생들은 타이야끼를 맛있게 먹었다. 영환이의 손톱이 많이 자란 것을 보고 나는 가위를 갖고 와서 손톱을 깎아 주려 했다. 그걸 본 엄마가 말렸다.

"밤에 손발톱 깎으마 복 날아간다 캤데이. 낼 낮에 깎아 조라."

엄마의 말을 듣자 나는 평소에 궁금하게 여겼던 것이 문득 생각나 엄마에게 물었다.

"엄마가 그카이 생각나는데, 우리나라 사람들은 머 하마 좋다 카는 거보다 머 하마 나뿌다 카는 말을 더 마이 하든데, 와 그른동 모리겠드라. '문지방 밟으마 복 나간다. 다리 떨마 복 달어난다. 생쌀 먹으마 엄마 일찍 죽는다. 밥상 귀티에 앉으마 복 날어간다. 밥 먹고 바로 누부마 소가 된다.' 그튼 기 생각나는데 이른 기 다 참말 아이제?"

"참말도 아이제만 거짓말도 아이데이. 하마 나뿌다 카는 것들에는 속으로 숨은 뜻이 다 있는 기라. '밤 되마 호롱불 써 놔도 어더분데 까시개로 손발톱 깎다 보마 잘못해가 살 찝어 다칠 수 있다. 문지방은 좁고 높으이 잘못 발따 넘어지마 다치기 숩다. 다리를 덜덜 떨어사마 사람이 경박시러버 보이가 인상이 안 좋다. 밥상 귀티에 앉어가 밥 먹다 보마 각진 상 귀티에 가슴 받히가 다칠수도 있다. 밥 먹고 바로 누부마 소화가 잘 안될 수 있다. 쌀이 귀한데 생쌀을 자꾸 축내마 식구들 밥할 쌀이 부족해진다.' 이르케 바로 이야기해 뿌리마, 사람들은 조심하마 되제 머 카만서 대수롭자이 여길 거 아이가. 그르이 복이 달어 나네, 소가 되네, 엄마가 죽네 카마 겁을 주는 기라. 이른 소리 들으마 아무라도 찝찝해가 이른 행동을 안 하게 되제. 그르이 이른 말들은 겉말은 거짓말이제만 속뜻은 참말이제. 멀 하마 안 좋다 카는 말은 우리 조상들에 경험에서 나온 삶에 지혜가 가득 담기 있제. 경험보다 좋은 지

혜는 없는 기라."

"엄마 말 듣고 보이 차말로 그르캤네. 와 멀 하마 나뿌다 카는동 소로시 알어먹겠데이. 그라고 할 말을 바로 안 하고 삥 돌리가 말하이 더 새기 듣기 된다 카는 거도 알었데이. 엄만 어에 그키 아는 기 많노? 내한테 슨생님이다."

"그카이 내가 쭈굴시럽다. 너거 위할매한테 마이 배았는데 잊어뿐 거도 많데이. 옛말에 '어른 말 들으마 자다가도 떡 생긴다.' 캤는데, 시상 일에 미리 살어 본 어른들 말 잘 새기마 사는 데 보탬이 될 일도 많을 끼다."

해는 다시 바뀌어 1945년이 밝았다. 태평양 전쟁은 더 치열해지는지 미군 비행기의 공습이 부쩍 늘었고, 우리는 공습에 대비해 대피 훈련을 수시로 받았다. 각 가정집이나 사무실, 공장마다 방공호를 파 놓고 공습경보가 울리면 대피하는 훈련이었다. 대부분이 목조 주택인 일본은 공습으로 인한 화재에 취약할 수밖에 없어, 화재 발생에 대비해 바께스와 방화수, 방화사 등을 반드시 갖춰 두어야 했다.

국민학교 운동장에 사람들을 모아 놓고, 촌 사무소에서 직원이 나와 불 끄는 시범도 보이고 사람이 다쳤을 때 지압하는 방법이나 붕대 매는 요령을 가르치기도 했다. 야간 공습을 대비해 전깃불을 끄는 훈련도 하는 한편, 실내의 불빛이 밖으로 새 나가지 않도록 유리 창문을 모두 담요나 마분지로 완전히 가리는 연습도 했다.

  이전에도 공습경보가 많이 울렸지만, 이 해에는 하루 한두 번이 아니라 서너 차례, 많을 땐 대여섯 차례 이상 경보가 울려서 방공호로 대피를 하곤 했다. 경보 중에는 훈련용이 많았지만, 실제 미군 비행기의 공습이 있는 경우도 있었다. 방공호로 대피할 때에는 머리를 보호하는 모자인 보코보를 쓰고, 개인마다 방화수를 담은 바께스를 들고 뛰어가도록 훈련을 받았다.

  우리 가족들이 일본으로 건너온 후 2년 동안, 아버지는 몸을 아끼지 않고 죽기 살기로 일을 해 회사에서 크게 인정받았다. 계속 오른 아버지의 급료와 엄마의 검소한 살림살이 덕에 돈도 제법 모였다. 우리는 구지마촌을 떠나 히로시마 시내로 이사를 가기로 했다. 집에서 아버지의 일터가 있는 히로시마 시내까지는 거리가 멀어 아버지가 출퇴근하는 데 시간이 많이 걸리고 힘도 들기 때문이었다. 번잡한 것을 좋아하지 않는 엄마는 처음에는 시내로의 이사를 반대했지만, 아버지를 생각해서 결국 이사 가기로 결정했다. 아버지와 엄마는 하루 시간을 내어 함께 히로시마 시내의 복덕방을 다니며 알아본 끝에, 시내 중심부인 고아미정의 주택가 2층에 세를 얻었다.

  1945년 8월 5일, 비가 내렸지만 마침 일요일이라 출근하지 않는 아버지의 일정에 맞춰 계획대로 이사를 했다. 덥고 습한 날씨로 이삿짐을 꾸리고 차에 싣는 데 힘이 많이 들었다. 도라꾸에 짐을 실은 뒤에는 짐이 비에 젖지 않도록 방수포인 가빠까지 덮어야 했다. 아버지와 나, 그리고 정환이는 짐칸에 타고 가야 했기 때문에 아무리 궁리해도 짐을 다 싣지 못하고 결국 보따리 서너 개가 남게 되었다. 남은 짐은 나중에 아버지가 다시 와서 버스를 이용해 옮기기로 하고, 우리 가족은 점심을 먹은 뒤 오후 2시쯤 구지마촌을 떠났다.

그런데 새집으로 가는 과정은 순탄치 않았다. 군데군데 구덩이가 파여 물이 괸 도로 위로 많은 짐을 싣고 가다 보니 차가 달린다기보다는 긴다는 것이 어울릴 듯했다. 엎친 데 덮친 격으로 앞바퀴 하나가 펑크나서 운전수가 연장을 꺼내 보조 바퀴로 바꾸는 데 시간이 한참이나 걸렸다. 그 바람에 새집에 도착한 것은 오후 5시를 훌쩍 넘긴 해거름쯤이었다. 부랴부랴 짐을 내리고 대강만 정리하며 서둘렀지만 아버지가 다시 오늘 중으로 밤이 되기 전에 구지마촌을 다녀오기에는 이미 시간이 늦어 버렸다. 남기고 온 짐은 어쩔 수 없이 이튿날 아버지가 옮겨오기로 하고, 피로에 지친 우리 가족은 어수선하게 널브러진 이삿짐 사이에서 잠을 청했다.

"아부지, 지도 따러갈라누마."
"야야, 아침잠이 흔해가 만날 해 뜨도록 자는 니가 올은 와 이키 일찍 일났노. 짐이 및 개 안 되이 내 혼자 퍼뜩 가가 가 오마 된다. 안주 날도 안 샜으이 더 자고 일나가 냉제 엄마 도와가 짐이나 하나썩 정리하그라."

"아이구마 아부지, 아부지 따러갈라누마."

"어허 참, 야가 올 따라 와 이키 고집을 부리노. 생전 안 그르튼 아가. 내한테 머러캐이고 싶어가 그카나?"

"머러캐이도 따러갈라누마."

나는 급기야 눈물까지 글썽이며, 어제 구지마촌에 남기고 온 짐을 가지러 집을 나서는 아버지를 따라가겠다고 끝까지 고집을 부렸다. 평소 아버지나 엄마의 말을 한 번도 따르지 않은 적이 없었는데 이날은 왜 그랬는지, 왜 날도 밝기 전에 눈이 떠졌는지 나도 알 수가 없었다. 나는 아버지보다 먼저 방문을 나서서 게타를 신었다. 말없이 나를 지켜보던 엄마가 아버지에게 말했다.

"저키 따러갈라 카는데 딜꼬 갔다 오소. 지 아부지 힘드까 바 그카는데 기특하자니껴. 여어 짐은 천처이 정리해도 되이 그라소."

"너 어매가 저카이, 그라마 가자."

"야 아부지, 퍼뜩 가시더. 엄마, 갔다 오께. 내 갔다 와가 짐 정리할 테이 짐은 손대지 마고 의청이 잘 보고 있어래이. 아들 배께 나가마 길 잃어뿔라 몬 나가게 하고."

"그래 알았다. 아침 해 노으께. 갔다 와가 같이 먹제이."

"응, 엄마."

엄마는 문밖까지 따라 나와 손을 흔들었다. 아직 동녘 하늘은 미명에 젖어 있는데, 몇 걸음 걷다가 뒤를 돌아보니 어둠 속에 엄마 모습은 보이지 않았다.

오늘은 월요일이라 아버지가 출근해야 하므로 날도 밝기 전에 서둘러 짐을 가지러 가는 것이었다. 너무 이른 시간이라 버스도 없어 구지마를 향해 걸어가다가 지나가는 어느 차라도 세워 차비를 조금 주고 타고 가려는 것이 아버지의 계획이었다. 히로시마 시가지를 손가락 펼치듯 가르며 바다로 흘러가는 오타강의 지류를 둘 건넌 뒤, 서히로시마인 고고나카에 이르러 구지마로 가는 차도를 걷는데 도라꾸 한 대가 뒤에서 다가왔다. 아버지가 손을 들어 차를 세우고 사정 이야기를 하자 운전수는 고맙게도 우리를 구지마까지 태워 주었다.

이삿짐이 남아 있는 구지마의 집에 도착한 우리는 바삐 히로시마 새집으로 돌아가는 길을 서둘렀다. 아버지는 어깨끈을 만들어 두었던 짐 하나는 등에 짊어지고 그보다 작은 짐 하나는 오른손에 들었다. 남은 보따리 하나는 내기 머리에 이었다. 그러고는 히로시마 시내 방향으로 가는 차도를 걸었다. 운이 따르는지 이번에도 도라꾸 한 대를 만나 고맙게 얻어 타고 시내로 향했다. 이 도로는 공업 도시이면서 군사 도시인 히로시마시로 통하는 주도로라 새벽이나 이른 아침에도 통행하는 차가 더러 있었다. 덕분에 아버지의 계획이 잘 맞아 떨어진 것이었다.

　운전수가 자기는 오난조로 간다며 고고나카에 우리를 내려 주었다. 아버지의 손목시계는 8시 2분을 가리키고 있었다. 한 시간 전쯤부터 공습경보가 수차례 울리고 있어서 불안한 마음에 수시로 하늘을 올려다보기도 하며 걷는데, 어느 순간부터 경보음이 잦아들었다. 정말 다행이다 싶었다.

　어제 비가 내린 뒤 오늘은 하늘이 너무도 맑았다. 그러고 보니 오늘은 우리 가족이 2년 전 일본으로 건너온 바로 그날인 8월 6일이었다. 그날도 전날 비가 온 다음 날이라 날씨가 유난히 쾌청했었다. 일본으로 이사 온 이후 아버지의 피나는 노력 덕에 새로 집을 얻어 시내로 이사를 하게 되었고, 오늘 이사를 마무리하면 이젠 아버지가 출퇴근하는 것이 힘들지 않겠다는 생각에 가슴이 벅차올랐다. 동쪽 하늘에 새 희망처럼 떠 있는 아침 해를 안고 걸었다. 부챗살처럼 갈라지며 여섯 개의 지류로 나뉘어 히로시마 시내를 관통하는 오타강 하류의 지류들 중에 둘만 건너면 어제 새로 이사 온 우리 집이 있는 고아미정이었다.

　첫 번째 지류를 건너가기 위해 강변길로 접어들었다. 지대가 조금 높아 히로시마 시내의 모습이 한눈에 들어왔다. 동녘에 솟아오른 밝은 햇살을 쬐고 있는 히로시마 시가지는 마치 잔잔한 히로시마만을 향해 펼쳐진 한 송이 목단꽃 같았다. 정동 쪽으로 멀지 않은 곳에 웅장한 히로시마 성이 바라보이고, 그보다 가까이엔 옹기종기 이마를 맞대고 아침 인사를 나누고 있는 듯한 고아미정의 목조 주택들이 정겹기 그지없었다. 길거리마다 출근하는 직장인들과 등교하는 학생들로 붐비는 히로시마의 아침은 생기가 넘치고 있었다. 수시로 울리는 공습경보도 일본에서 살아가는 이들에게는 이제 익숙한 듯 일상의 한 부분이 되어 있었다. 전쟁의 공포와 불안도 이제는 밥을 먹고, 차를 마시고 하는 것처럼 일상으로 적응하고 받아들이며 그렇게 살아가고 있는 것이었다.

"아부지, 짐이 마이 무겁제요? 째매 쉬다 가까요?"
"내는 개안타만 니가 짐 이고 가니라꼬 목 아푸겠다. 째매마 쉬었다 가자."
"야 아부지, 그라이시더."
우리는 강변로 옆 가로수 그늘 아래 짐을 내려놓고 앉아 쉬었다. 가로수에서는 매미들이 오늘따라 유별나다 싶을 만큼 요란스런 울음소리를 쏟아 내고 있었다. 마치 불에라도 덴 것처럼 자지러지게 울어 댈 때는 필동에 잠깐씩 소름이 돋기도 했다.
10분가량 쉬었나 싶었는데, 바로 갔으면 지금쯤 집에 도착했을 시간이라는 생각이 들자 귀가를 서둘렀다.
"아부지, 인제 가 보시더. 엄마가 아침 해 놓고 기다릴 끼라요."
"그라자. 내는 짐 갖다 놓고 곧 회사 일 나가야 되이 부지러이 가자. 인제 다 와 간다."

우리는 짐을 챙겨 다시 우리 집을 향해 걸었다. 머리 바로 위 아득한 하늘에서 나지막이 비행기 소리가 들려왔다. 가끔씩 들어왔던 미국 비행기 B-29의 소리인가 싶었다. 그러나 공습경보는 없었다.

오타강 첫 지류의 다리가 바로 눈앞으로 다가왔다.

"아부지요, 인제 집꺼지 얼매나 남었실랑강요?"

"한 2~3리 정도 남은 거 그트이 10여 분 정도마 걸어가마 되제 시푸다."

아버지는 손목시계를 들여다보더니 다시 말했다.

"보자, 인제 8시 15분이끼네……."

그 순간이었다. 손에 잡힐 듯 바라보이는 히로시마성 바로 남쪽 수백 미터 상공에서 눈이 멀어 버릴 만큼 밝은 섬광이 번갯불처럼 번쩍했다. 그와 동시에 시각이 마비되고 아무것도 보이지 않았다. 2~3초 지났을까, 이번엔 귀청이 떨어질 듯한 엄청난 폭발음이 꽝 하며 땅덩이를 뒤흔드는 동시에, 숯불 가마 속에 내던져진 것 같은 극심한 열기와 통증이 뼛속까지 태우고 부숴 버릴 듯 몰려왔고, 연이어 예리한 칼날을 마주 갈듯이 소름 끼치도록 매서운 바람 소리와 함께 어마어마한 속도로 먼지에 휩싸인 열 폭풍이 홱 휘몰아쳤다. 그 순간 내 몸은 공중으로 붕 떠올랐고 바로 정신을 잃었다.

왜 이리 온몸이 뜨거울까? 내 몸이 불에 타고 있는 걸까? 피해야 하는데, 물에라도 들어가야 하는데, 눈은 안 떠지고, 몸은 꼼짝도 할 수 없고……. 나는 꿈을 꾸고 있는 걸까? 꿈이라면 눈만 뜨면 되는 일인데……. 그런데 꿈이라서 더 눈이 떠지지 않는지도 몰라. 아이고 꿈인데 뭐 어때. 깨고 나면 괜찮을 거야. 그래도 너무 뜨거운데, 타려면 조금이라도 더 빨리 다 타 버리면 좋겠는데……. 정신을 잃어버리면 좋을까…….

"실경아, 실경아, 야야, 야야……."
누가 나를 부르는 듯한데 눈이 떠지지 않았다. '또 꿈을 꾸나 보다.'라고 생각하며 가물거리는 의식의 끝을 놓으려는데, 다시 나를 부르는 소리가 희미하게 들려 왔다.
"실경아, 야야, 눈 떠 바라. 실경아……."
양쪽 뺨이 얼얼했다. 물 같은 것이 얼굴 위로 뚝뚝 떨어지는 듯한 느낌도 있었다. 힘겹게 겨우 눈을 뜨니 희미하게 사람의 얼굴이 그림자같이 어른거렸다.
"실경아, 아부지다. 정신 드니? 눈 크기 떠 바라."
조금씩 선명해지는 얼굴 모습. 아버지가 맞았다.
"아부지, 피!"
의식이 돌아온 내 입에서 나온 첫 마디였다.
"어데 어데, 아, 여게 머리 째매 깨졌다. 개안타. 니마 개안으마 아부진 개안타. 그르이 정신 채리고 퍼뜩 일나 보자."

　아버지의 정수리 왼쪽 부근에서 흘러나온 피는 내 얼굴 위로 연달아 뚝뚝 떨어졌다. 나보다 아버지가 큰일이다 싶어 몸을 번쩍 일으켰지만, 그 순간 수천 개의 바늘로 찔러대는 듯한 극심한 통증과 걷잡을 수 없는 현기증에 풀썩 쓰러졌다. 그러나 이내 이를 악물고 다시 몸을 일으켰다. 아버지의 부축을 받고 겨우 일어섰다. 왼쪽 발가락 어디가 부러졌는지 비명 소리가 절로 나왔지만 상관없었다.

　"아부지, 퍼뜩 저짜로 가 보시더."

　나는 왼 다리를 끌다시피 절룩거리면서도 아버지와 같이 길가의 집으로 갔다. 집이라 해 봐야 폭풍으로 지붕과 벽체는 거의 다 해체되어 날아가 버리고 박살 난 유리창 조각들과 주춧돌만이 거기가 집이었음을 알려줄 뿐이었다. 다행히 쓰러진 기둥에 감긴 채 주춧돌에 걸려 날아가지 않고 남아 있는 이불을 하나 발견하고, 홑청을 뜯어 길게 찢어서 아버지의 정수리 상처와 턱 사이를 친친 동여매었다. 금방 피가 배어 나와 다른 천 조각을 덮고 손바닥으로 세게 눌러 피가 멈추기를 간절히 바랐다.

　그러는 동안 조금은 정신이 들어 시내 쪽을 바라보니 하늘 높이 거대한 독버섯 모양의 검은 구름이 피어 있고 안개인지 연기인지 모를 회색빛 대기 속에 시가지는 불바다가 되어 있었다.

　"실경이 니도 마이 다쳤구나. 전신이 불에 디있네."

아닌 게 아니라 정신이 좀 들고 보니 나도 온몸이 화끈거리며 살갗을 벗겨 내는 듯한 엄청난 통증이 느껴졌다. 무릎 아래 양다리와 목 앞쪽에서 젖가슴 위까지, 어깨를 제외한 양팔 등, 햇빛에 직접 노출된 부위는 전부 벌겋게 익고 살갗이 벗겨져 늘어진 상태로 피와 진물이 흘러내리고 있었다. 그나마 얼굴은 이고 가던 보따리의 그늘에 가려 괜찮았고, 발등도 게타의 고정끈으로 가려진 부분은 화상을 입지 않았다. 아버지도 양팔과 다리 앞쪽에 심한 화상을 입었지만 쓰고 있던 맥고모자의 그늘에 가려진 얼굴과 목은 괜찮았다.

"아부지, 머가 어에 된 일이제요? 어데 폭타이 터졌는강요?"

"내도 모리겠데이. 회사서 다른 사람들한테 일본 큰 도시에 미국 비행기가 폭탄 널짜가 불이 나고 사람도 죽었다는 이야기를 및 분 들었제만, 만약에 그른 기라 카마 이건 얼매나 큰 폭타이 터져가 이르켔노. 암만 큰 태풍이나 지진도 이르키 곽제 섬광이나 폭음, 폭열, 폭풍이 한목에 일나는 법이 없그덩. 무신 일이 단디 났제 시푸데이."

"지는 쪽뿜에 날리 가는 마람에 기절해 뿐는데 아부지는 개안았니껴?"

"아이다. 내도 번갯불이 번쩍카자 눈앞이 깜깜해져 뿌고 땅이 둘로 또개지는 거 그튼 폭음이 들리가 기절할 만치 놀랬는데, 바로 온몸이 오싹해지는 바람 소리가 나만서 폭풍이 몰아치나 싶디만, 질가 집에서 기왓장이 날어와가 내 머리를 때리뿟제. 아푼 것도 느낄 새 없이 바로 정신을 잃어뿟데이.

　얼매나 시가이 흘렀는간 모리제만 어데서 비명을 질러대는 사람들 소리도 들리는 거 긑고 입으로, 코로 먼가 짭조름하고 비릿한 물 그튼 기 자꾸 흘러 들오이 숨이 맥히가 눈을 떴제. 억지로 몸을 일받으이께 낯짝에서 머가 뚝뚝 뜯는데, 이기 마카 피라. 그적새야 머리 쩽배이가 아퍼 만지 보이, 지법 기푸게 쭉 째져 있고 거서 피가 나는 기라. 팔다리는 뻘거이 삶기가 살 껍디는 다 삐끼지고 핏물이 흥건한데, 니가 안 보이는 기라. 그라이 아푼 기 어딨노. 뻘떡 일나가 이래저래 사방을 쫒어댕기 바도 니가 없어. 내는 니가 아직 몸띠도 작으이 폭풍에 해깝기 날아가가 강에 빠져 떠니러 가뿐는갑다 생각했제. 그래도 포기할 수 없어가 사방으로 더 멀리 일로절 로 찾어보다 강둑 알로 가봤디만 물가새 니가 기절해가 아있나. 우리가 걸어가든 데서 거진 50여 미터 날아간 기라. 무르팍 알로는 물속에 잠기 있고, 만분 다행히 상체가 물 배끄로 나와 있었는데 그기 만일에 거꾸로 됐시마 살 수가 없었을 끼고, 한 1미터마 더 날아갔다 캐도 물에 떠니러 가뿌맀을 끼다."

　"아부지, 인제 우린 어에야 되니껴?"

　"우리 집으로 가자. 니 어매캉 동생들 어에 됐는동 모리겠데이. 죽드라도 가가 같이 죽어야제."

　아버지와 나는 보따리를 모두 버렸다. 이렇게 심한 상처를 입고

이 난리 통에 살아난다는 보장도 없을뿐더러 당장 짐을 들고 가는 것 자체가 불가능했다. 무서운 화상 외에도 아버지는 왼쪽 팔이 부러졌는지 말을 듣지 않았고, 나는 왼쪽 발가락이 퉁퉁 부어오르고 아파서 왼발은 걸을 때 뒤꿈치를 겨우겨우 디디며 걸어야 했다.

고아미정으로 가기 위해 오타강의 첫째 지류를 건너는 다리로 접어들었다. 군불이라도 땐 것처럼 땅바닥이 뜨거웠다. 다행히 다리는 무너지지 않아 건널 수 있을 것 같았다. 그런데 맞은편 강둑에 수많은 사람들이 와글와글 몰려 있었다. 자세히 보니 그들은 가만히 있는 것이 아니라 강물 속을 들락날락하며 단말마의 비명을 지르고 있었다.

"코도모 가 아쯔이(아이 뜨거워), 코도모 가 아쯔이(아이 뜨거워)."

그들은 불타는 듯이 뜨거운 몸을 식히려고 강물로 뛰어들었지만, 강물도 김이 날 정도로 뜨거워 반사적으로 튕기듯 다시 물 밖으로 뛰어나오는 것이었다.

첫 번째 다리를 건너니 거기는 후쿠시마정이었다. 다리 하나를 사이에 두고 있을 뿐인데, 이 동네의 상황은 완전히 달랐다. 땅바닥은 발을 디디기 힘들 정도로 더 뜨거웠고, 몇몇 세멘트 건물을 뺀 목조 건물이나 주택들은 완전히 파괴되어 일부는 폭풍에 날아가고, 남은 것은 모두 불타고 있는 중이었다. 매캐한 냄새가 코를 마비시키고 잿빛 연기 자욱한 거리는 시야를 가로막았다. 대낮임에도 앞으로 나아갈수록 어스름한 기운이 더 짙어졌다. 사방에서 비명 소리, 신음 소리가 천지를 메우는 듯했다. 여기저기서 도와 달라, 살려 달라, 물을 달라고들 했지만 도와 줄 사람이 없었다. 성한 사람들이 없기 때문이었다. 건물 안에 있던 사람들은 대부분 무너진 건물에 깔려 죽거나 아니면 큰 부상을 입은 채 겨우 탈출해 나와 쓰러져 있는 것 같았고, 건물 밖에 있었거나 길 가던 사람들은 거의 극심한 화상으로 죽거나 쓰러져 일어나지 못하고 있는 것으로 보였다. 또 수를 헤아리지 못할 만큼 많은 사람들이 폭풍에 휩쓸려 날아가다 떨어져 죽은 듯 길거리에 아무렇게나 내동댕이쳐져 있었다.

번갯불처럼 번쩍하던 섬광을 본 지도 한 시간쯤 지났을까, 하늘에서 몇 방울의 비가 투덕투덕 떨어졌다. 아버지의 손목시계를 보니 9시 17분. 차츰 빗방울 수가 많아지더니 이내 여름비처럼 내렸다. 그런데 보통 비가 아니라 끈적한 기름 같고 먹물처럼 검은 비였다. 하지만 몸 곳곳이 불탄 채 목마름에 물을 찾던 사람들은 두 손으로 비를 받아먹었고, 두 팔을 쓰지 못하는 사람들은 하늘을 향해 입을 벌리고 있었다. 비를 피할 곳도 없고 우산도 있을 리 없는 아버지와 나는 고스란히 검은 비를 맞으면서 발걸음을 멈추지 않았다. 발걸음을 옮길 때마다 화상으로 벗겨진 피부가 당기고 입이 딱딱 벌어질 만치 고통이 따랐지만, 빨리 엄마와 동생들을 봐야 한다는 일념으로 아버지의 걸음에 뒤처지지 않도록 온 힘을 다했다.

고아미정으로 가는 두 번째 다리가 조금씩 가까워지고 있는데, 눈에 띄는 수많은 사람들의 모습이 또 다르게 변해 가고 있었다. 신음 소리가 진동하는 것은 마찬가지였지만 사람들의 모양은 끔찍했다. 꿈틀거리는 사람들이나 전혀 움직임이 없는 사람들이나 모두 옷이 다 타 버려 알몸인 상태였고, 머리카락도 전부 타 버려 남녀 구분도 안 되었으며, 머리부터 발끝까지 커다란 숯 덩어리처럼 까맸다. 살이 탄 냄새와 피비린내가 진동했다.

발걸음을 옮겨갈수록 차츰 신음 소리들이 잦아들더니 종내 아무 소리도 들리지 않았다. 조금 전까지 사람들의 비명 소리, 신음 소리가 공포스러웠는데, 이젠 인기척이 전혀 느껴지지 않는 적막이 공포로 다가왔다. 이쯤에서부터는 살아 있는 사람은 하나도 안 보였고, 하나같이 검은 숯 덩어리가 되어 버린 시신들이 몰아친 폭풍에 이리저리 흩어져 널렸는데, 그 광경은 마치 석탄 덩어리로 뒤덮인 탄광처럼 보이기도 했다. 수도 없이 흩어져 뒹구는 까만 시신들만 넘쳤다. 온전한 모양의 시신은 거의 없었다. 눈알이 튀어나오거나 배가 터져 내장이 삐져나온 채 숯 덩어리가 되어 있는 시신들, 머리가 없거나 팔다리가 떨어져 나간 상태로 숯이 된 시신들, 아이들인지 까맣게 탄 작은 해골로 남아 있는 시신들, 몸뚱이는 없이 두개골만 뒹구는 시신들 등, 대부분이 그런 모습이었다.

　나는 지옥이라는 말을 여러 번 들어본 적이 있는데, 지금 내가 보고 있는 이것이 지옥일지 모른다는 생각이 들었다. 그러나 무섭지는 않았다. 꿈일 거라는 생각이 들었기 때문이었다. 꿈이 아니라면 사람 사는 세상이 도저히 이럴 리는 없을 것이었다. 꿈은 꾸는 동안에는 무섭지만 깨고 나면 아무것도 아니란 걸 알기에 나는 조금이라도 빨리 꿈에서 깨어나기 위해 용을 쓸 뿐이었다.

　그래도 꿈이 계속 이어지는 걸까. 아버지와 나는 드디어 오타강의 두 번째 지류를 가로질러 놓인 다리를 건넜다. 고아미정, 우리가 어제 새로 이사 와서 짐을 풀어놓은 집이 있는 곳이었다. 그 집엔 엄마가 아침상을 차려 놓고 나의 네 동생들과 함께 아버지와 나를 손꼽아 기다리고 있을 것이었다. 어서 가자. 빨리 가야 한다. 스스로를 재촉하며, 끓는 듯한 땅바닥의 열기도, 온몸이 삶기고 찢어진 상처의 고통도 잊고 발걸음을 떼려는데……,

　이상했다. 바라보니, 고아미정 동네가 안 보였다. 길도 없고 집도 없었다. 거기는 보리타작 끝난 후 평평하게 써레질해 놓은 논바닥 같았다. 고아미정은 종이 위에 그려진 그림을 지우개로 깨끗이 지운 것처럼, 그림 없는 한 장의 백지가 되어 있었다. 불에 탈 수 있는 것들은 모두 탈 시간조차 없이 증발해 사물 자체가 사라져 버렸고, 탈 수 없는 것들은 녹아버린 것이었다. 일본 가옥에 많이 쓰이는 그 흔한 유리 조각 하나도 찾아볼 수 없었다. 엿 덩어리처럼 군데군데 뭉쳐 있는 것이 녹은 유리 덩어리인가 짐작할 수 있게 할 따름이었다. 우리 집이 어디쯤에 있었는지조차 가늠할 수 없었다. 여기까지 걸어오면서 수없이 보았던 시신도 없고 불타는 것도 없었다. 황량한 평지와 어스름에 싸인 적막, 그것뿐이었다. 지옥의 모습조차 없는 이곳은 차라리 평화로워 보이기까지 했다.

한없이 착한 내 엄마와 동생들은 죽은 것이 아니었다. 죽음에도 과정이 있고 시간이 필요한 것인데, 엄마와 동생들에겐 그런 것도 없었으니 죽은 게 아니라 그냥 사라진 것일 뿐이었다. 눈물도 나지 않았다. 그저 어이없고, 허망하고, 기가 막히고……. 눈물이 아니라 실없는 헛웃음이 나올 것만 같았다. 세상에 뼈도 살도 남지 않는 죽음이 어디 있단 말인가!

사람이 슬픔을 느낀다는 건 널 늦펴시 슬픈 것이다. 나는 일본에 와서 사카린을 먹어 본 적이 있었다. 아주 작은 조각 하나를 입에 넣었을 때는 단맛이 느껴졌지만, 두세 조각을 한 번에 입에 넣으니 단맛은커녕 쓴맛만 강하게 느껴졌다. 무엇이나 정도가 지나치면 본래의 모습을 느낄 수 없다는 걸 그때 알았다. 슬픔도 감당할 정도를 넘으니 그것이 느껴지지 않았다. 그냥 우습고 망연할 뿐이었다.

　엄마 나이 서른여덟, 정환이는 열둘, 영환이가 아홉 살, 추자 다섯 살, 의청이는 겨우 두 살, 아깝지 않은 나이가 없다는 생각이 들었다. 아침에 이삿짐을 들고 올 때 도중에 10여 분간 쉬지만 않았어도 엄마와 함께 우리 가족 모두 한곳으로 갔을 텐데. 잠깐의 휴식이 우선은 생사를 갈라놓았지만 내가 숨 쉬고 있는 동안은 한이 될 것 같았다.

　어른들은 초상이 나면 죽은 사람의 명복을 빈다는 말을 했다. 그러나 나는 엄마와 동생들의 명복은 빌 수가 없다는 생각이 들었다. 명복이란 죽은 사람들에게 빌어 주는 것이기 때문이었다. 그런데, 이렇게 오랜 시간 꿈에서 깨나지 않는 걸 보면 이건 꿈이 아닐 거라는 생각이 들기 시작했다.

　어디선가 도라꾸 소리가 희미하게 들려왔다. 또 무슨 위험이 닥치는가 싶었지만 피할 곳도 없고 피할 생각도 없어 아버지와 멍하니 주저앉아 있는데, 어스름한 안개 저쪽으로부터 도라꾸 한 대가 불을 켠 채 천천히 다가오더니 멈칫멈칫하다가 우리 앞에 섰다.

　"코코니 히토가 이루(여기 사람이 있다)."

　"하야쿠 쿠루마니 노리나사이(어서 차에 타시오)."

일본 군인들이었다. 오갈 데 없는 처지가 된 아버지와 나는 일본 군인들이 짐칸에 걸쳐 주는 철제 사다리를 밟고 도라꾸에 올라탔다. 차에는 이미 대여섯 사람이 타고 있었는데, 모두 심한 부상이나 화상을 입고 있었다. 도라꾸 한 대에 운전사를 포함해 군인들이 2명씩 타고 시가지를 돌아다니면서 부상자들을 어디로 실어 나르는 모양이었다. 우리가 탄 차는 가면서 계속 부상자들을 실었다. 죽은 사람들은 싣지 않았다.

콩나물시루처럼 빽빽하게 부상자들을 실은 차는 20여분 쯤 굴러가더니 어느 학교 운동장으로 들어섰다. 거기엔 우리보다 먼저 도착한 차에서 많은 부상자들이 내리고 있었고, 일부는 건물 안으로 들어가고 있었다. 제대로 걸을 수 있는 사람은 찾아보기 힘들었고 사람 몰골을 한 이들도 거의 없었다. 반 가까이는 알몸 상태인데, 불에 타 홀떡홀떡 벗겨진 피부는 흘러내려 옷자락같이 너덜거렸으며 많은 사람들이 기어가다시피 했다.

교실 바닥은 베니어합판이 깔린 곳도 있었지만 대부분 그냥 세멘트 바닥이었다. 그나마 맨바닥보다는 합판 바닥이 나았지만 아버지와 나는 우리보다 더 심하게 다쳤을 사람들이 쓸 수 있게 합판 바닥을 양보하고 맨바닥을 택했다. 수십 대의 도라꾸들이 쉴 새 없이 부상자들을 실어 왔고, 우리가 수용된 5학년 2반 교실도 이내 발 디딜 틈 없을 만큼 부상자들로 가득 찼다. 유리 조각에 눈알이 터져 눈두덩이가 푹 꺼진 사람, 유리 파편을 맞고 볼살이 날아가 이와 잇몸이 훤히 보이는 사람, 이마 가죽이 훌떡 벗겨져 뼈가 드러난 사람, 코나 입술이 없는 사람, 팔다리를 못 쓰거나 아예 팔다리 한둘이 없는 사람들이 반을 넘었다. 피부가 성한 사람은 하나도 없는데, 얼굴과 목, 팔다리 등에 수없이 많은 유리 조각이 박힌 사람들의 모습은 모두가 꿈에나 나타날 듯한 귀신의 형상이었다.

시간이 지날수록 교실마다 부상자들이 넘치고 교실마저 부족해지자 나중에는 운동장에 천막이 하나둘 쳐지더니 천막 수도 빠르게 늘어 갔다. 학교에는 처절한 신음 소리, 전율이 느껴지는 피비린내가 흘러넘쳤다. 어디에 비는지는 알 수 없으나 살려 달라고 비는 사람들도 있었고, 어서 죽게 해 달라고 비는 사람들도 있었다. 고통에 신음하고 울다가 어떤 사람들은 정신을 잃고, 어떤 사람들은 끝내 숨을 거두었다. 몇몇 사람들은 고통을 더 이상 견디지 못하고 건물 위층에서 뛰어내려 스스로 목숨을 끊기도 했다. 군인들은 시신들을 도라꾸에 실어 학교 인근 쓰레기장으로 옮긴 뒤 기름을 부어 불태웠다. 수용소 안에는 피비린내, 수용소 밖에는 시신 타는 냄새가 코를 마비시켰다.

저녁 6시 조금 지나 소금 간을 한 잡곡 주먹밥이 하나씩 나왔고, 군인 두 사람이 바께쓰에 담아 온 불그스름한 색깔의 물을 솜에 묻혀 부상자들의 상처에 발라 주었다. 아까징끼라고 하는 소

독약을 탄 물이라고 했다. 그 물을 바르는 부상자들마다 따갑다며 몸서리를 쳤다.

주먹밥 하나로나마 허기진 배를 채웠다는 안도도 잠시, 여기저기서 토하는 사람들도 있었고, 이 한여름날에 한겨울 얼음물에 빠진 것처럼 온몸을 부들부들 떠는 사람들도 많았다. 숨소리가 불규칙한 사람, 이따금씩 숨 가빠하는 사람, 새우처럼 등을 완전히 구부린 사람, 똥오줌을 그대로 싸는 사람, 정신병자처럼 아무 뜻도 없고 말도 아닌 소리를 웅얼거리거나 눈을 희번덕거리며 히히 웃는 사람, 한숨을 크게 내쉬고는 다시 숨을 들이켜지 않는 사람……, 아픈 모습도 각양각색이었다.

수용소의 첫날은 그렇게 저물어 갔지만 밤새 잠을 제대로 이룬 사람은 거의 없었다. 화상 부위를 수백 수천 개의 바늘로 찔러대는 듯한 날카로운 통증이나, 골절로 인한 극심한 통증만도 견뎌내기 힘든데, 부장자들로 꽉 찬 교실의 찜통 같은 더위와 시도 때도 없이 달려드는 모기떼에 물린 가려움 때문에 대부분 뜬눈으로 밤을 새웠다.

날이 밝자 눈에 들어온 교실의 모습은 그야말로 아수라장이었다. 우리 교실의 부상자 60여 명 중에 3분지 1가량 되는 21명이 죽어 있었다. 그들은 하나같이 흔히 '저승똥'이라 부르는 마지막 똥오줌을 싸 놓고 있었다. 아침 8시 무렵, 그들은 각 교실마다 순

찰을 도는 군인들에 의해 도라꾸에 실려 소각장으로 떠나갔다. 살아 있는 사람들은 끝도 없이 밀려오는 고통으로, 죽어 나가는 이들에 대한 연민도 느낄 여유 없이 오히려 고통에서 해방된 그들을 부러워해야 할 형편이었다.

두어 시간이 지나자 그 자리에는 새로 실려 온 부상자들로 채워졌다. 사람들의 화상 부위마다 출혈은 멈췄으나 더 많은 진물이 흘러내렸고 물집도 터질 듯이 부풀어 있었다.

우리 부녀 옆에는 고향이 안동 풍천이라는 한 중년 남자와 열네 살 먹었다는 여자애가 자리하고 있었다. 둘도 부녀지간이었다.

"실경이 아부지, 이거 한 분 발러 보소."

중년 남자가 그 귀한 신문지로 싼 무엇을 아버지에게 내밀었다.

"이기 머이껴?"

"불에 꿉은 똥이구마. 화상에 바리마 그키 좋다 카두마. 딸아한테도 발러 줘 보소."

"똥도 약이 될 때가 있는가 보제요? 이걸 어데서 구했니껴?"

"통시깐에 가다가 고향 사람 만냈는데 그 행님이 한때 풍천 장에서 약초 장사 했그덩요. 미칠 전에 여게 당숙 집에 댕기로 왔다 어제 일을 당해가, 저짝 교실에 수용돼 있다 카두마. 그 행님도 화상을 심하게 입어가 치료한다고 이래 약을 맨들었다 카만서 내한테 농갈러 주두마. 아께 아무도 모리게 딸아하고 배께 나가가 한 분 발러 보이, 기분상 그른동 디인 데가 째매 덜 아픈 거 긑기도 하두마. 그라고 참, 이것도 한목에 발러 보소."

"이건 또 머이껴?"

"야, 이건 맹 그 행님이 준 긴데 생감자 찧은 기구마. 감자가 또 화상에 좋다 카이, 약도 없는 이 마당에 이른 기라도 발러가 좋아지마 오감채요."

"여게서 이래 귀한 걸 안 애끼고 농갈러 주이 얼매나 고마분둥 모리겠구마."

"빌 소릴 다 하누마. 다 쓰그덩 말하소. 행님이 또 줄라 캤으이 얻어 오마 되누마."

"아이고, 이래 고마불 데가 있니껴? 형씨도 여식애하고 퍼뜩 나으소."

달리 방도가 없는 아버지와 나는 약이라고 받아 든 구운 똥가루와 찧은 감자를 상처에 바르며 견뎠다. 수용소에서는 하루 한 번씩 아까징끼 탄 물을 상처에 발라 주고, 아침저녁으로 주먹밥 하나씩 나눠 주었다.

다음 날도 다다음 날도 똑같은 일상이 반복되었다. 낮이고 밤이고 매일 사람들이 죽어 나갔고 3~4일째부터는 새로 들어오는 부상자보다 죽어서 나가는 사람이 더 많았다. 수시로 생기는 시신들은 도라꾸에 실어 쓰레기장으로 운반한 뒤 수백 구씩 산더미처럼 쌓아 소각했다. 이젠 바로 옆 사람이 죽어 나가도 아무도 놀라지 않았고 크게 관심을 보이지도 않았다. 매일 사람들이 죽는 것을 보고 시신 타는 냄새를 맡는 것도 점차 익숙해져 이 또한 일상의 한 부분이 되어 있었다. 삶과 죽음의 경계마저 없는 듯한 이곳에서는 삶도 죽음도 아무런 의미가 없고 어떤 차이도 없어 보였다. 아버지와 나도 모든 걸 내려놓고 차례가 되면 그저 도라꾸에 실려 소각장으로 떠나게 되리라는 것만 생각하며, 매일 저녁이면 말없이 눈빛으로 작별 인사를 해 두는 것 외엔 할 수 있는 일이 없었다.

들리는 말에 의하면 이번에 터진 폭탄은 '원자 폭탄'이라는 것인데 미군이 B-29 비행기로 싣고 와서 히로시마 시가지 한복판 상공에 터뜨렸다고 했다. 세계에서 처음 사용했다는 이 폭탄의 제일 무서운 점이 '방사능'이라는데, 우리가 6일날 아무것도 모르고 맞았던 검은 비는 '죽음의 재'로 불리는 방사성 낙진 덩어리였다고 했다. 우리들은 방사능비를 마시고 죽음의 재로 목욕을 한 것이었다. 그날 이후로 몸도 씻지 못하고 지내 오고 있으니, 우리들은 모두 방사능에 절여진 김치 신세가 되어 하루하루 생사의 외줄타기를 하고 있는 셈이었다. 방사능을 많이 맞으면 몇 시간에서 몇 주 내로 사망한다고 하니 모두들 언제 어떻게 될지 몰라, 살아 있고 정신 있을 때 작별 인사라도 나눠 두어야 하는 것이었다.

일주일 가까이 접어들자 부상자들의 상처는 덧나고 대부분 감염이 심해졌다. 상처 부위가 썩어 들어가면서 누런 고름으로 뒤덮였다. 고름 속에는 허연 구더기가 버글거리고 터진 고름 주머니에서는 연신 고름이 흘러내렸다. 눈이 성한 사람들은 그나마 몸의 구더기도 떨어내고 흐르는 고름을 신문지로 닦아 내기도 했지만, 폭탄이 터질 때 강렬한 빛에 장님이 되어 버린 사람들은 자신들의 상처 상태가 어떤지를 볼 수 없기 때문에 더욱 처참한 모습으로 지낼 수밖에 없었다. 몸에서 굴러떨어진 구더기들이 쌀을 뿌려 놓은 것처럼 바닥에 허옇게 널렸는데, 발에 밟히거나 드러누운 몸에 눌리면 툭툭 터지는 소리를 내며 물이 튀었다. 처음에는 모두 징그러워했지만 이런 상황도 이내 익숙해졌다. 교실 안은 살 썩는 냄새와 고름 냄새, 똥오줌 냄새, 땀 냄새로 채워져 끈적끈적한 공기가 온몸을 감싸고 있는 것 같은 느낌이 들기도 했다.

그런데 어떠한 상황도 잘 받아들이며 견뎌 내는 부상자들이었지만 감염으로 인한 합병증이 나타나기 시작하면서 사정은 더욱 악화되기만 했다. 오한으로 떨거나 반대로 고열에 시달리는 사람도 많고, 폐렴에 걸렸는지 밭은기침에 피를 토하는 사람도 숱한데, 얼굴이 누렇고 퉁퉁 부은 사람, 살갗이 시퍼레지고 정신 착란 증세까지 보이는 사람들도 많아졌다. 이런 상황이 심각해지면서 죽는 사람도 빠르게 늘어만 갔다. 다른 교실 상황도 마찬가지였다.

어느 날 또 한 가지 충격적인 소식이 전해졌다. 히로시마에 원자 폭탄이 터진 지 3일째인 8월 9일 오전 11시 2분에 미국이 나가사키에 또 원자 폭탄을 터뜨려 시가지가 폐허로 변했다는 것이었다. 히로시마 지옥에 나가사키 지옥이 하나 더 생겼다는 생각에 몸서리를 쳤다. 먼 훗날, 나는 이번 히로시마 원폭 투하로 14만여 명, 나가사키 원폭 투하로 7만여 명이 폭사하고 이후 35만여 명이 피폭 피해로 사망했다는 것을 알게 되지만, 이때만 해도 나는 그렇게나 많은 사람들이 죽고 죽을 것이라는 생각은 전혀 하지 못했다.

8월 15일, 일본 왕이 연합군에 항복했다는 소식이 들려왔다. 일본인들은 그 소식을 듣고 대부분 눈물을 흘렸고 대성통곡을 하는 사람들도 있었다. 조선 사람들은 속으로 이제 해방이 되겠구나 하며 기뻤겠지만 겉으론 내색하기 어려운 형편이었다. 그런데 일본인이고 조선인이고 간에 일본의 항복에 대한 반응은 살 가망이 있는 사람들에게나 해당되는 것이었다. 아버지와 나는 죽어 나갈 날만 기다리는 처지라 일본의 항복의 의미를 생각해 볼 마음의 여유가 없었다. 우리 교실의 수용자들은 하루가 멀다 하고 서두르듯이 훌훌 황천길로 떠나가고 이제 스무 명 조금 못 되는 인원이 남아 있었다.

그런데 일본이 항복했다는 소식이 전해지고 대엿새가 지난 무렵부터 이상한 이야기가 들렸다. 일본인들이 일본에 있는 조선 사람들을 해칠 거라는 소문이었다. 해방이 되자 조선에서 일본인들이 조선인들에게 살해당하는 일이 많이 발생했고, 그에 대한 보복으로 일본인들이 일본에 있는 조선인들을 죽일 거라는 것이었다. 소문이 날로 커지자 조선인들 사이에는 불안감이 확산되었고, 짐을 챙겨 서둘러 조선으로 귀국하는 사람들이 늘고 있다고 했다.

  우리 부녀는 그런 문제가 아니어도 하루빨리 귀국하지 않으면 안 될 형편에 처해 있었다. 살 집이 없어진 데다 당장 수용소를 나가면 밥 한 끼조차 먹을 방도가 없고, 무엇보다도 우선 심각한 화상을 치료할 장소도, 방법도 없었던 것이었다. 겉으로는 아버지와 나보다 화상이 덜 심한 사람들도 연일 죽어 나가는데, 방사능 때문에 생긴다는 원자병이 원인인지도 모를 일이었다. 우리 부녀도 언제 그런 병이 나타나 어떻게 될지는 알 수 없는 일이었지만, 우선은 죽지 않고 살아 있는 한 속히 귀국하여 감염된 화상은 어떻게든 치료를 해 봐야 고통이 줄어들 것 같았다. 하지만 모든 걸 잃어버린 빈 몸뚱이가 된 마당에 조선으로 귀국할 경비가 없었다.

  삶과 죽음, 고통과 절망만이 뜨고 지는 나날 속에서 8월은 가고 9월로 접어든 지 대여섯째 되던 날, 생각지도 않았던 철한이 아재가 수용소를 찾아왔다.

  "아이구 동생, 그라고 실경아, 이기 어에 된 일이고? 와 여게 있는 기고? 몸은 좀 어뜬노? 배는 안 고푸나? 실경이 니 엄마하고 동생들은……?"

철한이 아재는 걱정이 되었는지 여러 가지를 한꺼번에 연달아 물었다.

아재의 질문을 몰아 듣고 나자 그제야 내 눈에서 눈물이 쏟아졌다. 8월 6일 피폭 후에도, 이 수용소에 들어온 이후에도 한 번도 눈물을 흘리지 않았는데, 죽을 듯한 상처의 고통에도, 엄마와 동생들이 사라져 땅이 꺼지는 슬픔에도 눈물을 비추지 않았는데, 내가 눈물을 보이면 아버지가 더 걱정할 것 같아 그랬었는데…….

한 번 터진 눈물은 멈춰지지 않았다. 그러나 나는 울지는 않았다. 가 울면 어디선가 엄마가 듣고 슬퍼할 것 같아서였다. 그런데도, 울지 않는데도, 눈물은 내 맘대로 되지 않았다. 그동안 참고 참았던 눈물이 이렇게나 많이 고여 있었는지, 흐르는 눈물은 저고리를 적시고 몸빼 바지까지 적셔 갔다.

"아이고 행님, 여겔 어에 알고 오셨니꺼, 소식 전할 사람도 없는데."

"안 그라이도 히로시마에 원자 폭탄 터졌다 카는 소식 듣고, 동생네가 걱정돼 휴가 내가 구지마 동생 집으로 안 가봤나. 그른데 거게서 동생네가 마카 히로시마 시내로 이살 갔다 카데, 그것도 원자 폭탄 터지든 날 하로 전에 말이라. 아이고 이거 큰일났다 싶어가 내는 히로시마 시내로 안 쫓아갔나. 집 주소도 모리고 무저

끈 달리갔으이 어데를 어뜨케 찾어바야 될동 모리겠데. 그른데 내 생각에, 히로시마 시내로 이사 갔시마 마카 죽었실 수도 있겠 제만 그래도 요행히 살았다 카마 어데서라도 치료받고 안 있겠나 싶드라꼬. 그래가 눈에 띄는 순사나 군인들한테 이리저리 물어보이 히로시마 시내에 열 개 남짓한 구급 구호소가 있다 카길래, 그 때부터 하나하나 구호소를 물어가 돌어댕기만서 동생네 행방을 찾어봤제. 하로만에 될 일이 아이래가 미칠 뒤에 따로 사흘 휴가를 내가 이래 돌어댕긴 기라. 하늘이 도왔는동 이르케 살어 있는 동생하고 실경이를 만내이 고맙기마 하다만 지수씨하고 다른 아들은 어딨노?"

"지 처하고 딴 아들은 흔적도 없두마. 이사 간 집 개작은 곳에 폭타이 터졌다 카든데 거게 가 보이 암 것도 없고 써레질해 논 시꺼먼 논바닥 긑두마."

"아이고 저런 저런, 흐유 이 일을 어야노?"

철한이 아재는 창문 너머 먼 하늘을 바라보며 몸을 떨었다.

"지하고 실경이 야는 우선은 살었제만, 우리도 앞으로 어에 될 랑가는 안주 노리겠구마. 들리는 말에는 요분 폭탄은 보통 폭타이 아이고 원자 폭타이라 카드만요. 여겐 다른 폭탄엔 없는 방사 능인가 먼가 카는 기 많애가 원자뱅을 일받는데, 그기 그키 무섭다 카네요. 그 뱅으로 당장 죽기도 하고 시간을 두고 천처이 죽기도 하제만, 질게는 아래 대꺼지 뱅이 잇아진다누마. 자식, 손자 대로도 니러갈 수 있다는 기제요. 시방 이 교실에도 딴 교실매로 매일 부상자들이 감염으로 죽기나 원자뱅으로 죽어 나가가 인제 산 사람이 얼매 없는데, 우리도 죽을 날만 기다리고 있구마."

"동생, 그래도 힘을 내야 한데이. 실경이도 기운 채리야 하고. 떠나뿌린 가족들 생각해가라도 살어야제. 내가 어에라도 해 볼 테이 서둘러가 조선으로 나가게. 내도 다른 사람 입을 거치가 관에 근무한다는 사람 이야길 들었는데, 원자 폭탄 터지고 나가 사망자 처리나 부상자 치료 그른 거는 일본인 피폭자들을 우선으로 지원한다 카네. 일본 내 외국인 생존자에 대한 구호 조치는 전혀 안 해가 사망률이 일본인보다 훨씬 높단 말도 하드라꼬. 그라고 지금 히로시마시에서 운영하는 구호소들도 얼매 뒤마 다 철수 씨기는데, 이후론 환자들이 뱅원에 가가 각자 돈을 내고 치료받어야 할 끼라는 말도 있고. 아무래도 조선인들보다는 일본인들을 우선하다 보마 조선인들은 치료 시기가 늦어질 수도 있을 끼라는 소문도 들리네. 그르이 퍼뜩 귀국해가 해방된 고향에서 심신에 입은 큰 상처를 치료하고, 뺏긴 땅도 찾어가 사는 기 잘하는 거 아인가 시푸네."

"행님 말씸대로 지도 그래 하고 싶제만 당장 돌어갈 여비조차 없으이, 아픈 몸이제만 어데 노가다 일이래도 해가 여비 장만부터 해야 될 거 겉구마. 가다 죽디라도 째매라도 고향 개작은 데서 죽고 싶구마."

"동생, 여비는 걱정 마래이. 내가 줄 테이. 처자식 잃고 가는 마음이사 천근만근 무겁겠제만 가주고 갈 짐 하나 없으이 몸이라도 해깝기 가마 안 되겠나."

"생각도 몬 했는 행님이 이래 찾아 주시이 꿈인 거 같구마. 안그라이도 이사 끝내고 이사한 거 알굴라꼬 휴가 내가 행님 회사로 한 분 찾아갈라 캤는데, 행님이 미칠씩이나 걸리가 지들을 찾어오시그러 해뿌릿네요. 면목이 없구마."

"이기 어데 동생 잘못이가, 쥑일 놈의 시상 탓이제. 어에 보마 내 탓이기도 하데이. 내가 동생네를 일본으로 건네오라고 권하지마 않었어도 이른 일이 없었을 낀데 말이라."

"아이구, 행님도 말이 되는 소릴 하이소. 행님이사 지들을 어에라도 살그러 해 줄라꼬 친동생 이상으로 마음 써 주싰든 긴데, 마카 지들 팔자고 운맹이제요 머. 다신 그른 말씸 마이소. 다부로 지들이 행님 바램대로 사는 모습을 몬 보이 드리가 지송시러불 뿌이구마."

"아이구 동생, 피눈물이 난데이. 무신 운맹이 이른노?"

"그라고 지들 고향까지 갈라 카마 여비도 마이 들 낀데 행님이 그걸 주신다 캐도 어에 받니껴. 친혈육그치 베풀어 주시는 정에 말씸만 들어도 가심이 미어지누마. 지가 어에라도 여비 벌이가 가도록 합시더."

"동생, 와 그카노? 둘 다 이르키 마이 다친 데다 동생은 한짝 팔도 지대로 몬 쏜다만서 무신 몸띠로 여비를 벌인다 카노? 여서 이카다 치료도 올키 몬 받고 실경이마자 어에 되는 거 볼라 카나?"

"그라마 행님. 여비는 좀 빌리주이소. 고향 가마 몸 낫아가 농살 짓든 품을 팔든 간에 어에라도 벌이가 갚음시더."

"동생, 빌리 돌라 카마 안 줄란다. 내는 그래도 꼬박꼬박 월급이 나오이 먹고 살 수 있고 그동안 모다 논 돈도 쩨매 있다. 전생에 동생이 내한테 빌리줬던 거 돌리받는다 생각하고 암 말 말고 받어 가. 요분에 내 하자 카는 대로 하마 담부턴 동생 하자 카는 대로 하께."

"행님, 무신 말을 해야 할동……."

"아무 말도 필요 없데이. 내 갔다가 당장 닐이나 모레 안으로 돈 찾어가 오께."

다음 날 오후 4~5시쯤에 철한이 아재가 다시 찾아왔다.

"동생, 이거 잘 넣어 둬래이. 80엔인데 많진 않애도 고향 가는 동안에 여비는 되제 싶네. 부산 갈 때 밀선인 야미배를 타고 갈라 카마 히로시마 여게서 타도 되제만 그건 위험성이 커가 파이라. 야미배는 개인 소유 목선인데 개인 물품이나 살림을 마이 실어갈 수 있으이 그걸 이용하는 사람들도 있제만, 배 크기가 작다 보이 풍랑에 약해가 파선이나 침몰 사고가 자주 일나제. 그뿐만 아이고 중간중간 다른 항구에 들리기도 하고 큰 풍랑을 피해 가마 운항하다 보이 부산꺼지 가는 데도 시일이 엄청 오래 걸리는 기라. 어뜬 때는 한두 달썩이나 걸리는 수도 있다 카드라꼬. 그르이 여서 기차 타고 시모노세키 가, 거서 관부 연락선 타고 부산으로 가마 돼. 부산 도착하마 부산은행 가가 일본 돈을 조선 돈으로 바까가 여비로 쓰마 되고. 여비 하고도 혹 째매라도 남으마 그건 치료비에 보태고."

"행님, 행님이 지들한텐 부처님이고 보살님이구마."

"어이구 무신 소릴. 부처님, 보살님 노하실따. 그른 소리 암 데 나 하는 거 아이다."

아버지 말대로 철한이 아재는 우리에겐 구원자임이 틀림없었다.

"아재, 차말로 고맙심데이. 이 은혜를 어에 갚을 수 있실동 모리겠구마."

"실경이 니도 빌소릴 다 한데이. 먼 타국에 와가 살어 보마 고향 사람은 친혈육캉 마찬가지라. 혈육끼리 정을 나누는 기야 당연한 거 아이가. 아부지 잘 모시고 고향 가가 아푼 거 치료 잘 받고, 냉제 좋은 데 시집 가가 잘 살어 주마 아재는 젤 고맙겠데이. 엄마하고 동생들 마카 잃이뿌고 돌어가는 니 빌질이 얼매나 무거불동 짐작도 몬 하겠다만, 니가 아부지하고 건강 회복해가 잘 살어가야 엄마도 동생들도 맘 핀히 쉴 수 아있겠나. 실경이 그랄 수 있겠제?"

"야, 아재 은혜 늘 맘에 새기고 힘 내가 살어가께요."

철한이 아재는 돌아갔고 우리 부녀는 이틀 뒤인 9월 8일 오후에 수용소를 나와 히로시마를 떠났다. 아재 말대로 기차를 타고 시모노세키에 도착해 여인숙에서 하룻밤을 보낸 뒤, 이튿날 아침 10시 40분경, 시모노세키항을 출발하는 연락선 백두함에 올랐다. 배삯은 일등실이 20엔, 이등실이 10엔, 삼등실이 5엔이었는데 우리는 돈을 조금이라도 아껴야 하기에 당연히 삼등실 표를 끊었다.

뿌웅-! 출발을 알리는 긴 뱃고동 소리. 꿈을 안고 건너왔던 현해탄을, 이젠 꿈도 가족도 잃고 건너가야 하는 우리 부녀의 서글픈 한숨같이 울렸다. 모든 것이 변해 있었지만, 이날도 우리 가족들이 일본으로 건너오던 그날과 같이 날씨만은 서럽도록 맑았다. 이번에도 배 뒤를 갈매기 몇 마리가 따랐다. 일본으로 올 때 부산항에서 배를 따르던 갈매기의 날갯짓이 금녀의 손짓처럼 보였는데, 오늘 시모노세키항에서 배 뒤를 따르는 갈매기들의 날갯짓은 엄마와 동생들의 손짓으로 보였다. 잘 가라는 것인지, 가지 말라는 것인지……. 저 갈매기들이 진정 엄마와 동생들이라면 뱃길 따라 찻길 따라 함께 우리 고향 돌밑으로 갈 순 없을까?

일본으로 건너오던 그날, 배 위에서 엄마는 일본 생활이 어떨지 몰라서 무섭다고 했었고, 온 세상이 파랗게 질린 것 같다며 하늘에 피어난 버섯 모양의 구름을 보고도 독버섯 같아 겁이 난다 했었다. 엄마는 일본 생활이 이처럼 슬프게 끝날 것을 자신도 모르게 느꼈던 것이나 아닐까. 히로시마 하늘의 버섯구름은 결국 엄마와 동생들을 데려가고 만 것을. 우리의 일본 생활은, 엄마에겐 몰라서 무서운 것이었고 나에겐 알고 나니 무서운 것이 되고 말았다.

　우두커니 갑판 위에 서서 철썩이는 파도에 시름을 씻어 보내다 문득 눈을 들어 바라보니, 검푸른 바닷물에 둥둥 떠내려가듯 시모노세키항이 멀어지고 있었다. 엄마와 네 동생들이 사라진 히로시마, 일본 땅이 가물가물 아득한 수평선 너머로 떠나가고 있었다. 갈매기도 이젠 더 따라오지 않고, 우리 가족들의 소박했던 꿈도, 단란했던 웃음도, 머나먼 창공으로 잠겨가는 구름 따라 아스라이, 그렇게, 가뭇없이 스러져 가고 있었다.

땅도 없는 하늘 아래

"엄마, 내 왔데이. 어딨노 엄마. 엄마 딸래미 실경이 왔데이. 엄마 어딨노……."

엄마가 없었다. 불러도 대답이 없고 찾아도 모습이 없었다. 나는 엄마가 없어진 무서운 꿈을 꾸고 있다는 생각을 했다. 그런데 이번에도 꿈이 아닌 모양이었다. 큰방 앞 댓돌 위에 놓인 헌 짚신 두 켤레, 살아서 다시 돌아온 아버지와 나를 의미하는 양 덩그러니 놓여 있었다. 부엌 부뚜막 위엔 이사 준비하다가 내가 깨뜨렸던 접시 조각들, 산산조각 난 우리 가정의 모습으로 나동그라져 있었다.

금이 간 벽 아래 흙가루 흘러내려 쌓인 안방 윗목엔 비틀려 짜인 채 덩그러니 빈방을 지키는, 엄마의 떨어진 몸빼 바지로 만들었던 방 걸레 하나. 가슴에 꼭 안자 눈물이 났다. 부뚜막 위의 접시 조각을 쥐고 울었다. 내가 접시를 깨지 않았더라면 우리 가족 괜찮았을 텐데, 우리 가정을 조각내 버린 것 같은 내가 미워 울었다. 댓돌 위 두 켤레 짚신을 안고 울었다. 내가 짚신을 더 올려놨더라면 우리 가족 모두 돌아왔을 텐데, 돌아오지 못한 내 가족들이 아까워서 울었다. 하루를 내내 울었다. 슬픔에 울고, 아픔에 울고, 그리움에 울고, 서러움에 울었다. 불쌍해서 울다가 애달파서 울다가, 원통해서 울다가, 기막혀서 울었다.

2년 하고도 한 달 닷새 만에 다시 돌아온 내 고향 돌밑은 세월도 에돌아 가는지 변함이 없고 굽이도는 곡정천도 그대로였다. 그런데 다시 찾은 고향 돌밑에는 내 마음이 깃들 땅, 내 가슴이 딛고 설 땅은 사라지고 없었다. 아버지는 하늘이요 어머니는 땅이라 했는데, 땅도 없는 하늘 아래 나는 이제 무얼 딛고 살아가야 하는지……. 휑하니 빈 가슴을 허공에 띄워 둔 채 사나흘을 집 밖으로 나가지 않았다. 짙은 잿빛으로 삭아 내린 초가지붕을 덮어 쓴 방구석에 틀어박혀, 나는 바스러지는 흙벽마냥 풍화되어 가고 있었다.

"실경아, 인제 흰죽이라도 째매 먹고 기운 채리가 벵원에도 갔다 오그러 하자."
"야, 아부지 생각하마 그래야 하는데 와 그른동 몸보다 마음이 안 일나지누마."

"오죽하겠나. 아부지도 이키 힘든데 어린 니는 얼매나 더 힘들 겠노. 그래도 실경아, 니는 누구보다 똑똑하고 강한 아데이. 철한이 아재도 니를 얼매나 칭찬하드노. 아부지는 니가 있으이 이래 전디 낸데이. 니 엄마캉 동생들도 극락 세상 가가 우리 잘 살그러 도와주고 있을 끼다. 우리가 잘 살어가야 엄마 동생들 맘도 안 편하겠나 그제?"

"알었구마 아부지. 오늘내일 기운 채리가 병원에 퍼뜩 가 보시더. 아부지도 상처가 마이 덧나가 기양 나뚜마 큰일 나누마."

귀향한 지 엿새째 되던 날, 아버지와 나는 버스를 타고 군위 읍내의 병원에 다녀왔다. 철한이 아재가 준 돈 덕분에 가능한 일이었다. 병원에서는 나의 화상 부위 곳곳이 넓고 깊어 영구적 흉터로 남을 것이라 했고, 감염이 심해 치료를 잘 하지 않으면 위험할 수도 있다고 했다. 나는 아버지가 걱정할까 봐 애써 괜찮다는 말을 반복했다.

살아서 고향으로 돌아왔지만 일주일이 넘도록 심신이 허락지 않아 고향 사람들에게 귀향 인사도 하지 못했다. 그러다가 여드레째가 되어서야 집에서 가까운 이웃부터 찾아다니며 인사를 했다. 모두들 하나같이 우리 가족의 사정을 듣고는 안타까워하고 슬퍼하며 눈시울을 적시기도 했다. 고향 사람들의 따뜻한 정을 위로 삼으며 저녁이 되어 갈 무렵, 마음속으로는 내가 제일 먼저 찾고 싶었던 금녀네 집으로 갔다. 마당으로 들어서며 금녀를 불렀다.

"금녀야, 있나? 내 실경이다."

대답이 없어 더 큰 소리로 금녀를 부르자 부엌에서 인기척이 나더니 금녀 어머니가 나왔다.

"아지매요, 지 실경이구마. 마카 잘 계싰제요?"

"아이고 실경이가? 너어 집 일본 가고 소식 없디만 요분에 댕기로 왔나?"

"아이구마. 아부지캉 둘이 일본서 영 돌아왔구마."

"너어 어매하고 동생들은?"

"히로시마에서 원자 폭탄 터지가 다 죽었구마."

"아이고 그기 무신 소리고? 죽다이, 니 어매가 죽다이, 차말이가? 이기 꿈 아이가?"

"차말이구마. 지하고 아부지도 마이 다치가 한 달쯤 피폭자 수용소에 있다가 귀국한 지 오늘이 여드레째 되는 거 같구마."

"그르쿠나 그르구나, 아이고 원통헤기 어야노. 망할 시상, 망할 놈에 전쟁……."

금녀 어머니는 내 손을 부여잡고 기어이 눈물을 보였다.

"아지매, 금녀는 집에 있니꺼?"

"가가 집에 있시마 니가 왔는데 안 쫓어나올 아가? 금녀, 이 시상에 없데이."

"야? 머라꼬요? 이 시상에 없다꼬요? 그라마, 그라마……."

"그래, 너 집 일본으로 이사 가든 그해 겨울게 감길 오래 하디만 그기 잘못돼가 폐병으로 안 죽었나. 지침을 그래 하고 냉제는 피꺼지 토하만서도 실경이 니 보고 싶단 말을 및 분 하드라. 부모 잘몬 만내가 아퍼도 약도 지대로 몬 써 보고 간 거 생각하마 가심 아푸제."

금녀 어머니는 낡은 무명 저고리 깃으로 다시금 눈물을 훔쳤다. 나는 아무 말도 하지 않았다. 아니, 할 말이 없었다. 금녀 어머니도 나에게 더 이상 나의 어머니와 동생들에 대한 이야기를 하지 않았다. 나도 그랬지만 금녀 어머니도 이런 상황에선 어떤 말도 서로에게 위로가 되어줄 수 없다는 걸 알고 있을 것이었다.

나는 무슨 얻은 것이 그리 많길래 이렇게 또 하나를 잃어야 하는지. 엄마를 잃고 동생들을 잃고 이제 다시 혈육 같은 동무를 잃고……. 마음, 허공을 헤적이며 허위허위 집으로 돌아오는 길엔 황혼의 서녘 하늘에 비낀 저녁노을만 모질게도 고왔다.

날이 가면서 몸의 상처는 조금씩 아물어 갔지만 깊게 남은 흉터처럼 마음의 상처는 아물 줄을 몰랐다. 아버지는 두 식구가 먹고 살아야 한다면서 날일로 남의 농사일을 도와주고 날삯을 받아 왔다. 때로는 쌀이나 잡곡 같은 곡식으로 받아 오기도 했다. 나도 마음을 좀 추스르고 무슨 일이라도 해서 아버지를 도와야 한다는 생각은 시시때때로 했지만 생각으로만 머물 뿐 몸이 따라 주지 않았다. 극도의 우울감에 빠져 방 밖으로는 나가기도 싫고 햇빛을 보는 것조차도 무서운 날들이 이어지던 어느 날, 꿈에 엄마가 보였다. 깨끗하고 단아한 옷차림에 얼굴은 한없이 평온해 보였다. 기억은 잘 나지 않지만 내가 몇 마디 말을 건넨 것 같았는데, 엄마는 아무 말 없이 미소만 지으며 나를 한동안 바라보기만 했다. 엄마를 두세 번 부르다가 잠에서 깼다. 엄마가 내게 무슨 마음을 전하고 싶었을까 생각에 잠겼다. 평온한 모습에 따뜻한 미소를 보인 엄마는, 아마도 나에게 당신 걱정일랑 하지 말고 기운 차려 아버지와 잘 살아 달라는 당부를 하러 온 것일지도 모른다는 생각이 들었다. 꿈속에서나마 엄마가 편히 잘 있는 모습을 보고 나니 내 맘이 조금 가벼워졌다. 엄마를 봐서라도 내가 자리를 떨치고 일어나야 할 것 같았다.

'그래 실경아, 일나자. 일나가 걸어가자. 걸으마 길이 생길 끼다. 길이 생기마 또 걸으마 되고.'

"아부지, 지도 인제 일을 좀 해야겠구마. 밭일이라도 개안으이 일 나가실 때 어데라도 좀 알아바 주이소."

"야야, 아직 아픈 데도 덜 나았는데 무신 일을 한다 카노? 아부지 혼자 벌이도 두 식구 밥 먹는 기야 얼매든지 된다. 니 몸이나 퍼뜩 낫그러 애써라."

"아부지요, 밥만 머어가 어야니껴. 아부지는 우리 집안 장손이고 대를 이사야 될 낀데, 그랄라마 우선 새엄마도 모시 와야 될 끼고, 불어날 식구들 먹고 살라 카마 쩨매한 땅뙈기라도 있어야 안 될니껴. 그라이 지가 일해가 밥 먹고 살고, 아부지가 벌이는 거는 하나라도 애끼가 우리 땅부터 사그러 하시더."

"니가 꼭 니 어매 닮었데이. 어에 그래 영글고 총기가 있는동. 누가 니보고 아라 칼노?"

"아부지도 참, 지가 무신 아이꺼? 나이 열다섯 됐시마 다 컸제요. 엄마는 열아홉, 아부지는 열여섯에 시집 장개 가시 놓고요."

"허허, 차말로 그른네. 그전 그트마 니도 시집갈 나이가 다 돼 간데이. 시집 이야기 나오이 칸다만 니도 머잖아 좋은 혼처가 나와야 할 낀데."

"온 몸띠 숭터 구딘데 누가 데루 갈 까라고요. 지는 시집 안 가누마. 아니 몬 가누마."

"시집 안 가마 어데서 어에 살라꼬?"

"땅뙈기 하나라도 살 때꺼지 아부지 돕다가, 냉제 새엄마 들오고 남동생 생기마 지는 절에 가가 중으로 살고 싶구마."

"야가 무신 소리 하노. 중도 아무나 되는 기 아이다. 팔자에 있어야 되는 기제."

"지는 이미 두 부이나 죽었든 밍인데, 어에 살든 간에 우애로 사는 거 아인가 싶구마. 아부지가 고생 안 하고 편하이 사실 수 있다 카마 지는 어에 살아도 개안쿠마."

"그래, 니 마음 알겠다만 니도 타고난 복이 아있겠나. 그기 있으이 두 부이나 죽었제만 하늘이 다부 살리 났겠제. 팔자대로 운맹대로 살어가 보자. 그라고 일을 꼭 하고 싶다 카마 억지론 몬 말리겠다만 아픈 데나 다 낫고 나가 생각해 보자."

"알었구마 아부지요. 아부지도 안주 다 나은 거 아이끼네 일할 때 몸 좀 애끼마 하이소."

"그래그래 그라께. 고맙데이."

 아버지는 내가 일하는 것을 바라지 않아 그런지는 모르겠지만, 내가 일할 곳을 애써 알아보는 듯한 기미가 별로 보이지 않았다. 자꾸 보챌 수만도 없는 일이라 나는 스스로 우리 동네는 물론이고 이웃 동네까지 걸어 다니면서, 심한 육체노동만 아니면 어떤 일이라도 할 수 있으니 일손이 필요하면 불러 달라고 집집마다 부탁을 했다. 집 밖을 나설 때는 언제나 팔이 긴 저고리를 입고 발목까지 충분히 덮이는 봄빼 바시를 입은 뒤 얇은 무명천으로 목도리를 했다. 화상 흉터를 가리기 위해서였다.

 의사의 말대로 흉터는 그대로 남는 것 같았다. 흉터는 목과 위 가슴, 양 팔뚝과 어깨, 종아리에서 발등까지 땀구멍도 없이 붉은 고무 막처럼 번들거리며 주름이 잡힌 채 이리저리 당겨진 상태로 남아 있었다. 군위 병원에 몇 번 치료하러 다니면서 우리처럼 히로시마에서 피폭된 후 귀국한 사람들을 더러 만났는데, 그들이 화상을 보이고 다니면 문둥병 환자인 줄 알고 다른 사람들이 피해 다니더라는 말을 해 주었다. 또한 원자 폭탄 맞은 사람들이 시집 장가가면 원자병이 자식, 손자 대까지 이어져 기형아를 출산한다는 소문이 파다하게 퍼져 있다고 했으며, 피폭 사실이 알려지면 혼삿길이 막히게 되므로 그러한 사실을 숨길 수밖에 없다는 이야기도 했다. 나는 혼사 문제에 대한 것은 생각한 바가 없어 그런 이유로 피폭 사실을 숨기고픈 마음은 없었으나, 다만 남에게 불편한 시선이나 감정을 느끼게 하고 싶지는 않았기 때문에, 흉터를 가리려 애쓰고 목이나 몸을 움츠리는 습관을 갖게 되었다.

일을 하기 위한 나의 발품 팔이가 효과를 보아 심심찮게 날일 의뢰가 들어왔다. 늦가을 철이라 마늘이나 보리 파종을 돕는 일, 방아 찧는 일 같은 것을 주로 하고, 소보 장날인 2일과 7일 자 날에는 소보 시장 안의 식당에서 설거지 등 잡일을 했다. 일이 없는 날이면 혼자 시냇가로 나가 몇 시간이고 냇물을 바라보곤 했다. 언제부턴가 나는 외로움이 좋아졌다. 외로움은 나에게 세상 그 무엇도 대신해 주지 못하는 동무가 되어 주었기 때문이었다.

올해도 어김없이 나뭇잎이 가지와의 작별을 고하는 늦가을 어느 날 오후에, 나는 외로움이 나를 기다리는 곡정천을 찾았다. 예전에 금녀와 나란히 앉아 얘기를 나누던 왕버들나무 아래로 갔다. 거기엔 나보다 먼저 온 여자애들 대여섯이서 고무줄놀이를 하고 있었다.

"원숭이 엉덩이는 빨개 / 빨간 것은 사과 / 사과는 달다 /
단 것은 엿 / 엿은 길다 / 긴 것은 기차 / 기차는 빠르다 /
빠른 것은 비행기 / 비행기는 높다 / 높은 것은 백두산 /
백두산 뻗어 내려 반도 삼천 리
무궁화 이 강산에 역사 반만년
대대로 이어 사는 우리 삼천만
복되도다 그의 이름 조선이로세"

아이들의 고무줄놀이 노래를 들으며 냇둑에 앉으니, 일본으로 떠나기 전 금녀와 나란히 냇가에 앉아 나누었던 얘기들이 엊그제 일처럼 생각이 났다. 풀꽃을 따서 냇물에 던지며 자기 마음 동남쪽 하늘에 있을 테니 우리 두 마음 언제라도 하늘에서 만나자고 하더니, 이제는 마음도 몸도 모두 정말 하늘로 가버린 금녀. 친엄마가 보고파서 그리도 빨리 갔을까?

내가 일본으로 갈 때 금녀가 주었던 조약돌도 이젠 나에게 없었다. 그리도 소중히 여기며 늘 곁에 두고 금녀를 대하듯 했는데, 원자 폭탄의 버섯구름은 그 조약돌마저도 뺏어가 버렸다. 핵폭발의 열기에 녹지 않았다면 지금도 한 맺힌 히로시마 고아미정 어느 땅속에 묻혀 있을까? 나는 풀꽃을 하나 따서 냇물에 던졌다.

처음 놀이를 시작할 땐 발바닥에서 시작했을, 아이들의 고무줄 높이는 발목, 무릎, 허벅지를 거쳐 어느덧 허리 위치에 올라가 있었다.

"가랑잎 타박타박 엄마 무덤 위에서
엄마 엄마 불러도 대답이 없네
그리운 내 고향을 찾아갑니다"

나도 지금보다 어렸을 적에 금녀랑 여러 동무들 함께 모여 거의 매일이다시피 고무줄놀이를 했는데, 그때 꼭 불렀던 노래, 죽은 엄마를 그리워하는 노래였다. 그때는 멋도 모르고 불렀는데, 오늘 다시 들으니 새삼스레 가슴이 울컥했다. 단지 엄마의 죽음만이 슬픈 것은 아니었다. 이 노래 속의 주인공이야 엄마 무덤이라도 있어 찾아갈 곳이 있지만, 내게는 찾아가서 슬퍼할 엄마 무덤마저 없는 것이 서러웠다.

저 냇물 따라가면 낙동강을 타고 부산 앞바다로, 거기서 현해탄을 건너면 엄마와 같이 살던 히로시마로 갈 수 있을까? 그곳에 가면 엄마는 바람으로라도 남아 있을까? 우리 식구들 일본으로 이사 가던 날, 오늘 떠나가면 다시 올 수 있을까 싶다며 마당에서 하염없이 큰방을 바라보던 엄마. 결국 다시는 돌아오지 못할 것을 예감이나 했던 것이었을까? 불쌍한 우리 엄마, 그리고 내 동생들.

끝없는 그리움을 한 아름 다시금 냇물에 띄워 보내고 나는 냇가를 떠났다. 타박타박 내 발걸음은 빈 달팽이 껍질 같은 나의 집을 향하고 있었다. 허공을 디디며 석양을 뒤로 하고 돌아오는 등 뒤에서는 아직도 이어지고 있는 아이들의 고무줄 노랫소리가 들려오고 있었다.

"울 밑에 귀뚜라미 우는 달밤에
길을 잃은 기러기 날아갑니다
가도 가도 끝없는 넓은 하늘로
엄마 엄마 찾으며 홀로 갑니다"

히로시마에서 돌아온 지 두 해째인 1947년, 우리는 남의 땅 네 마지기를 빌려 농사를 짓게 되었다. 아버지와 나는 그야말로 몸이 부서질까 겁이 날 만큼 열심히 일했다. 아버지와 함께 우리 일을 히면서도 쉬는 날 없이 삯일을 이어갔다. 나는 장날의 식당 일도 계속했다. 우리 밭의 일을 하는 날엔 아버지를 도와 같이 일을 하다가 새참 때나 점심때가 되면 음식을 장만해 밭으로 이고 갔다.

오늘도 마늘을 심는 아버지를 위해 새참을 가지고 갔다.

"아부지, 배고푸제요? 입 좀 다시고 하시더."

"그래, 그라자. 참 해가 이고 오니라꼬 애멌다."

나무 그늘 하나 없는 밭머리에 짚을 깔고 삶은 고구마 몇 개와 보리 미숫가루 탄 물을 내려놓았다. 들에서 음식을 먹을 때는 늘 그래 왔듯이 오늘도 아버지는 음식을 입에 대기 전에 삶은 고구마 하나를 집어 들더니 멀리 던지며 외쳤다.

"고시네!"

"아부지, 그거는 와 하니껴?"

"아, 이거는 '고시네'라 카기도 하고 '고수레'라 카기도 하는 긴데, 나쁜 일은 물러가고 좋은 일만 생기도록 해 돌라고 비는 기제. 특히 농민들한테는 농사가 잘되기를 기원하는 맴이 담기 있어가 농사 짓는 사람들은 거진 다 들에서는 음석 먹기 전에 고시네를 하제."

"아, 그른 거였니껴? 고시네라 카는 말에 뜻은 머이껴?"

"이 음석은 고씨에 몫이끼네 받어 잡수시라 카는 뜻이제."

"고씨는 누군데요?"

"옛날 안동 땅에 고씨 성을 가진 할매가 있었는데 일점 혈육도 없이 혼재 살았다제. 들일하는 마실 사람들에 도움으로 근그이 목숨을 이사갔는데, 언 날 할매가 죽자 마실 사람들은 할매를 불쌍히 예기가 고끼 장사를 지내 줬다 카네. 이후 마실에 한 사람이 들일 하든 중에 새참을 먹기 됐는데, 지가 먹기 전에 음석을 쩨매 집어가 '고씨네' 카만서 공중으로 떤짔다네. 그른데 그해 가을게 유독 그 사람 농사가 잘돼가 풍작을 이뤘다는 기라. 그 후로 소문이 퍼지가 안동은 물론이고, 우리나라 농민들은 들일 하다 음석을 먹을 땐 첫 술까락에 음석을 떠가 고시네를 하만서 고씨 할매에 혼령을 위로했는데, 그 풍습이 여지껏 전해지고 있제."

아버지의 이야기를 듣고 나서 나도 미숫가루 물을 사발에 조금 부어 공중으로 뿌리며 고시네를 했다. 고씨 할매의 덕분이었을까, 우리의 첫해 농사는 다른 집 못지않게 잘되었다.

우리가 소작으로 농사 짓는 땅이 넓지는 않았지만 인력으로 해내기가 힘든 일이 있었는데, 그것은 논이나 밭을 가는 일이었다. 작은 땅은 더러 사람이 소처럼 쟁기를 끌면서 갈이를 하기도 했지만, 한 사람은 쟁기를 잡아 주어야 하므로 우리 집 사정으론 그리 할 수도 없었다.

'천석꾼도 소가 반쪽, 만석꾼도 소가 반쪽'이란 말이 있듯이 소는 농사에 최고의 효자 구실을 하는 것이었지만, 값이 비싸 소가 있는 농민들은 많지 않았다. 그래서 소를 하루 빌리는 것도 쉬운 일이 아니었는데, 소를 빌리기 어려운 이유는 따로 있었다. 소를 빌려 간 사람은 어렵게 빌린 소를 조금이라도 더 부려 먹을 욕심에 아침 일찍부터 해가 질 무렵까지 소를 혹사시키는 일이 흔했는데, 종일 중노동에 시달린 소는 귀가 후 입에 거품을 물고 여물을 줘도 먹지 않는 일이 더러 있었다. 여름에는 소가 일을 하다가 더위를 먹어 헐떡일 때도 있는데, 소 주인으로서는 소가 아까울 수밖에 없으니 소를 잘 빌려주지 않으려 하는 것이었다.

그런데 소를 가진 사람도 소 이외의 인력이 필요한 경우가 많았기 때문에, '소 품앗이'를 통해 소를 빌려주고 대신 인력을 구해 쓰기도 했다. 소 품앗이는 소를 하루 빌려 쓰면 소를 빌려 간 사람이 이틀간 소 주인집의 농사일을 해 주는 식이었다. 그러니까 남의 소를 빌려 쓰는 하루는 사람이 되지만, 소 주인의 집에 가서 일을 해 주는 이틀간은 소가 되는 셈이었다.

10월도 하순으로 접어들 무렵, 아버지는 밭갈이를 하기 위해 소 품앗이를 했다. 소를 빌려온 날, 나는 수고해 줄 소를 위해 아껴 먹는 보리쌀 한 바가지에다 콩도 반 되 정도 넣은 다음, 소화가 잘되도록 잘게 썬 짚을 넣고 오랫동안 쇠죽을 푹 끓였다. 소가 하루에 갈 수 있는 논밭 넓이가 대략 열 마지기 정도라 하니, 우리 밭을 가는 데는 한나절 정도면 될 것 같았다.

농군들 대부분이 그렇지만 우리 아버지도 익숙한 손길로 소를 몰았다. 오른손으로 굴레와 연결된 줄인 고삐를 잡고 소의 등을 툭툭 치면서 '이랴이랴' 하면 소는 앞으로 갔다. 고삐를 흔들면서 소의 오른쪽 배를 때리며 '어디어디'라고 하면 소는 왼쪽으로 가고, 고삐를 잡아당기며 '일러러일러러'라고 외치면 소는 오른쪽으로 가는 것이었다. 그러다가 '워워'라고 하면 소는 제자리에 섰다.

소도 사람 말을 알아듣는 것을 보면 일하는 괴로움도 사람과 같을 텐데, 부려 먹는 것이 너무도 미안하고 묵묵히 사람 말을 따르는 모습이 한없이 안쓰러웠다. 그래서 아버지에게 한나절 할 일을 하루 걸려도 괜찮으니 소를 자주 쉬게 하면서 밭을 갈자고 했다. 점심때 쇠죽을 소에게 대접하면서 아버지와 나의 새참으로 준비해 두었던 삶은 호박을 섞어 올렸다.

"아부지, 우리도 쇠 한 마리 있시마 좋겠구마 그제요?"

오늘 생광스럽게도 빌린 소 덕분에 밭갈이를 잘 마치고 저녁을 먹으며 아버지에게 말을 건넸다.

"쇠가 있시마 좋기사 하제만 우리 헝핀에 사는 거는 어려부이 두루 알아보마 '배내기'나 '이내기' 그른 걸로 쇠를 믹일 수도 있겠제."

"배내기, 이내기가 머이꺼?"

"배내기는 누가 암솬지를 사 주마 큰 쇠가 될 때꺼지 잘 믹이 키운 담에, 그 쇠가 새끼를 낳으마 큰 쇠는 본래 주인한테 돌리주고 새끼는 내가 차지하는 기제. 솬지가 커가 새끼를 날라 카마 보통 1년 남짓 걸리고 임신 기가이 아홉 달 째매 넘으이, 젖 뗀 솬지 받어가 큰 쇠 맨들어 새끼 하나 얻는 데는 빠르마 1년 반 정도 걸리고 보통은 그보다 째매 더 걸린다 보마 되제.

이내기는 솬지가 아이고 큰 쇠를 사 주마 그 쇠를 임신시키가 새끼를 낳을 때꺼지 잘 믹인 담에, 새끼를 출산하마 새끼는 내가 하고 큰 쇄는 주인한테 돌리주는 기라."

"새끼를 줘 뿌리마 쇄 주인은 손해 보는 거 아이껴?"

"새끼는 뺏기제만 그동안에 쇄를 믹이는 비용은 안 드이 그걸 애끼는 기제."

"아, 그르켔네요. 그른데 남의 쇄를 받어가 새끼를 얻을 때꺼지 비용도 신경 써야 되겠제만 쇄가 안 아푸고 안 죽도록 알라 키우는 거매로 정성을 다 쏟어야 되겠구마."

"그르치. 그르이 우리 조상들은 쇄라 카마 새끼 때부터 죽을 때꺼지 사람 대하는 거그치 정성을 쏟었제. 그르이 쇄를 '생구(生口)'라 카기도 하는 기라."

"생구가 먼데요?"

"우리가 '식구'란 말 마이 하제? 식구는 한집에 살만서 밥을 같이 먹는 가족을 말하는 기고, 생구는 한집에 사는 하인을 말하는 긴데, 결국은 쇄도 사람 대접을 하는 기제."

"다른 짐승도 많은데 와 쇄를 그키 중하이 예기고 사람그치 대접하는강요?"

"그기야 쇄는 농민캉 같이 살만서 힘든 일을 도맡아 해 주이 열 사람 일꾼하고 똑같고, 값도 비싸가 새끼를 놓으마 재산을 불우는 데도 큰 보탬이 되이 그르치. 그르이 사람 끼니보다 쇄죽을 먼저 챙기는 기라."

해가 바뀌어 1948년. 봄이 멀지 않은 2월 중순에 우리 집은 새 가족 같은 생구를 맞아들였다. 아버지가 이웃 동네인 송원동에 사는 우리 일가의 한 사람으로부터 배내기로 송아지 한 마리를 맡아 온 것이었다. 태어난 지 8개월이 되었다는데 코뚜레도 한 상태였다. 늘 적적하던 집안에 생기가 돌았다. 금빛 털을 가진 생구라는 뜻으로 나는 송아지의 이름을 '금구'라고 지어 주었다. 아직 날이 추워 외양간 바닥엔 짚을 두둑이 깔아 주고, 출입구엔 바람이 들지 않도록 가마니를 엮어 발처럼 늘어뜨려 두었다.

금구가 갑자기 바뀐 환경에 낯설어하거나 마음이 불안할까 봐, 나는 외양간에 오래 머물면서 금구의 등을 손질해 주기도 하고 목을 쓰다듬어 주기도 하면서 눈을 맞췄다. 처음 외양간에 들어왔을 때 금구는 둥그렇게 뜬 눈을 이리저리 굴리면서 무얼 경계하는 듯한 모습이었는데, 내가 계속 친함을 표시하자 금구의 눈빛도 순한 모습으로 변해 갔다.

"아부지요, 인제 금구가 울 집에 살로 왔으이 금구를 잘 보살피야 하는 건 지 몫이제 시푼데, 쇄에 대해가 알아 놔야 될 거 있시마 이야기 좀 헤 주이소."

"내도 아는 기 마이 없다만, 쇄가 등치는 커도 겁이 많으이 놀래지 않도록 하는 기 중요하데이. 특히 쏸지 때는 더 잘 놀래고 민감하이 큰 소리를 지르마 안 된데이. 어뜬 때는 오양깐 안에 있는 밧줄을 배미로 보고 놀래기도 하고, 또 어뜬 때는 지 그널 보고 흠칫 놀래기도 안 하나. 조심성이 많애가 껌껌하고 어더분 데는 잘 안 드갈라 카제. 괌을 지르기나 지짝대이 그튼 거로 절대 위협하마 안 되는 기라."

"쇄가 놀래마 어에 되니껴?"

"그라마 머리를 울로 치키 들만서 귀를 빼짝 서우고 꼬랑대이를 내젓기나 눈이 디집히가 허애지제. 그라다가 똥오줌을 싸기도 한데이."

"아이고, 그를 땐 어에야 하니껴?"

"그를 땐 가마이 기다리야 돼. 한 2~30분 지내마 놀랜 기가 진저이 돼가 정상으로 돌어오제."

"쇄가 무디기는 커도 성질이 순해가 그른동 참 여린 짐승이라 카는 걸 알었구마."

"그래. 여린 데다 예민해가 째매한 변화에도 반응을 보이제. 평소 눈에 익게 보든 것들도 다른 방향에서 보곤 놀래기도 하고, 혹 오양깐에 드나들다 기둥 그튼 데 한 분 받치고 나마 다시는 거게 안 드갈라 카기도 하는데, 그른 거 보마 쇄는 기본 머리가 있고 기억력도 상다이 좋은 거로 생각되제."

"그라마 쇄가 기분 좋을 때 하는 행동도 있는강요?"

"있제. 기분이 좋으마 걸음이 해깝고, 지 몸을 핥기나 지지개를 키기도 하제. 또 되새김질을 천처이 여덟 시간 가차이 하제."

"참, 궁금한 기 또 있는데 쇄는 와 되새김질을 하는강요?"

"그거는 곰이나 호래이 그튼 육식 짐승들에 공격이 언제 있을지 모르이, 우선 풀을 뜯어 닁긴 담에 시간을 두고 천처이 되새김질하만서 안전하게 소화를 씨길라고 그라는 기제. 되새김질은 풀이나 쇄죽을 먹고 나가 30분 내지 한 시간 후부터 시작하고 하로 여섯 시간 내지 아홉 시간 정도 하는데, 4분지 3은 누버가 하고 나머진 서가 하기나 천처이 걸을 때도 하제. 그라고 낮에 보다 해가 지고 나마 마이 하는데, 무슨 소리가 나마 되새김질을 멈추고 헹핀을 살피다 아무 일 없시마 다시 하는 기라."

"되새김질도 숩은 일이 아이겠구마."

"먼 거 다 소화씨길라 카마 보통 하로 이삼만 분썩 씹어야 된다 안 카나. 여물을 잘게 썰이가 죽을 끼리 주마 되새김질 시가이 줄어들제."

"먹고 소화 씨기코 하니라꼬 쇄는 잠 잘 시간도 마이 없겠구마."

"잠은 하로 네 시간 정도 자고 여덟 시간은 자부는데, 이때도 되새김질을 하제. 그르이 하로 열두 시간 정도는 누버서 지내는 기라."

"그래노이 밥 먹고 바로 누부마 쇄가 된단 말도 나온 모양이구마. 아부지는 쇄에 대해가 아는 기 마이 없다 카디마 차말로 마이 아네요 머. 쇄를 돌볼 때 알아 둬야 할 꺼 이시마 더 갈치 주이소."

"쇄는 추분 건 잘 전디는데 더분 건 힘들어 하이 오양깐은 여름에 통풍이 잘 되그러 신경 쓰고, 겨울겐 덕석을 등에 덮어 조가 추위를 이기 내도록 해 주마 되제. 운동을 적당히 씨기코 햇볕도 쪼이게 해 주만서 목이나 배, 등 그튼 데를 솔로 빗질해 주마 쇄가 기분 좋애하고 건강하이 크는 기라. 마이 먹고 눈에 생기가 있으만서 코가 촉촉하마 건강한 쇄제.

그라고 쏜지에 대한 이야길 잠시 하마 쏜지는 태이나마 탯줄은 지대로 끊치끼네 손댈 거 없고, 끊친 데를 아까징끼로 소독해 주마 되제. 태이나고 30분쯤 지내마 젖을 빨어 먹기 시작하고 한 시간쯤 지내가 태변을 누제. 사나흘 지난 때부텀 운동도 씨기코 햇볕도 쬐게 하만서 쇄죽도 잘 끼리 조야 되는데, 생후 1년이 될 때꺼지 신경 마이 써가 보살피야 된데이."

"아부지, 잘 알었구마. 우리 금구 안 아푸고 잘 크도록 보살피께요."

아버지의 설명이 나에겐 큰 도움이 되었다. 소의 건강을 위해서 제일 먼저 신경 써야 할 것이 소의 식사였는데, 여름이면 꼴을 베어 외양간에서 먹여도 되고 소를 직접 강변이나 산과 들로 몰고 나가 풀을 뜯기면 되지만, 다른 계절에는 집에서 아침, 저녁으로 하루 두 번씩 쇠죽을 끓여 주어야 했다. 쇠죽 재료로는 여름에 베어 말려 두었던 꼴은 물론이고 보리등겨, 콩싸라기, 콩깍지, 볏짚, 조짚, 고구마 넝쿨, 메밀 껍질, 감자 껍질, 목화씨, 옥수수 잎 등, 거의 모든 농작물의 부산물과 부엌에서 나오는 쌀뜨물이나 설거지 때 나오는 구정물 같은 것들이 쓰였다.

　쇠죽솥은 어느 집이나 사랑방 아궁이에 걸려 있었다. 하루 두 번 쇠죽을 끓이다 보니 한겨울에도 사랑방은 절절 끓었고 아랫목 장판은 으레 검게 타 있었다. 쇠죽솥의 용도는 쇠죽만 끓이는 것이 아니었다. 설 전날에는 쇠죽솥에 물을 그득히 데운 다음 솥 안에 들어가 목욕을 하면서 새해 맞을 준비를 하였으니, 쇠죽솥은 소와 사람에게 모두 필요한 생활용품인 것이었다.

　금구가 우리 집에 들어온 첫날인 오늘, 금구를 위해 정성 들여 쇠죽을 끓였다. 되새김질의 수고를 좀 줄이고 소화가 잘되도록 작두로 볏짚을 잘게 썰어 넣은 다음, 보리등겨와 콩싸라기를 듬뿍 넣었다. 설거지 구정물도 붓고 아궁이에 불을 지펴 한참을 때니, 구수한 냄새가 나며 솥뚜껑 사방으로 눈물이 흘렀다. 솥뚜껑을 열고 쇠죽바가지로 죽을 한 번 뒤집었다. 다시 솥뚜껑을 닫고 한동안 불을 때니 솥뚜껑이 들썩거리면서 '쉐-'하는 날카로운 소리와 함께 하얀 김이 세차게 뿜어져 나왔다.

　불길을 낮추고 10여 분간 뜸을 들인 뒤, 솥뚜껑을 열고 구수한 김이 무럭무럭 나는 쇠죽을 양철 동이에 퍼담아 금구가 기다릴 외양간으로 갔다. 금구는 배가 많이 고팠는지, 그래서 먹을 것이 반가웠는지 동그란 눈을 끔벅거리며 이리저리 왔다 갔다 하더니 머리를 위아래로 흔들었다. 굵은 통나무에 홈을 파서 만든 쇠죽통에 쇠죽을 부어 주었다. 금구는 반갑게 다가와 뜨거운 죽을 혀로 이리저리 헤쳐 가며 아주 맛있게 먹어 주었다.

　요즘도 그렇지만 예전부터 어느 집이나 쇠죽 끓이는 일은 대부분 아이들의 몫이었다. 아침 일찍 일어나 쇠죽 끓이는 일도 힘든 것이었고, 동무들과 재미있게 놀다가 저녁 쇠죽을 끓이러 가야 하는 것도 정말 성가신 일이었다. 그러나 나에겐 금구가 온 후로 쇠죽 끓이는 것이 하루 일과 중 제일 기다려지고 즐거운 일이 되었다. 금구와 나는 서로 마음이 잘 통했고 금구는 나를 보면 언제나 반가운 티를 냈다. 아주 추운 날이 아니면 거의 매일 금구를 밖에 데리고 나가 냇둑을 걸으며 운동을 시키고 햇볕을 쬐게 했다. 아직 겨울 추위가 남아 있어 밤에는 금구가 춥지 않도록 양쪽 배까지 내려오는 덕석을 덮어 주었다.

　금구가 새 가족같이 들어온 지 한 달여 만인 3월 하순 무렵, 우리 집엔 새봄처럼 찾아든 진짜 새 가족이 생겼다. 아버지의 재혼으로 새엄마가 들어온 것이었다. 새엄마는 나보다 다섯 살 많은 스물두 살의 '박순분'이라는 사람이었는데, 엄마와 고향이 같고 성씨도 같았다. 거기다 엄마 이름인 '분련'처럼 이름에 '분(分)'자가 똑같이 들어 있었다. 필연 같은 우연이란 생각이 들며 장손인 아버지가 대를 잇는 책무를 다할 수 있게 될 것 같아 마음이 놓였다. 집 안에는 활기가 더 넘쳤고 부엌일과 끼니 준비 등을 새엄마가 도와주니, 나도 시간적 여유가 좀 생겨 금구를 돌보거나 밭일을 하는 데 더 많은 시간을 보낼 수 있게 되었다.

여름에 접어들면서부터는 쇠죽을 끓이지 않고 매일 꼴을 베어 와 금구에게 먹인 뒤, 남는 것은 겨울에 대비해 건초를 만들었다. 시간을 아끼기 위해 금구를 냇둑이나 산으로 데려가 풀을 뜯게 하고 그동안에 나는 부지런히 꼴을 베기도 했다. 풀을 뜯는 금구의 몸에 붙어 피를 빠는 쇠파리를 이따금씩 잡아 주고, 쇠솔로 금구의 목과 등, 배를 솔질해 주었다. 갖은 정성을 쏟은 덕분인지 금구는 10월 중순 무렵에 새끼를 가졌다. 한 몸으로 두 식구가 된 금구가 영양이 부족해지지 않도록 보리등겨와 콩싸라기 등을 더 넣어 쇠죽을 끓였다.

바쁘면 세월도 더 빨리 가는지 해는 다시 바뀌어 1949년이 밝았다. 새해가 밝고 이레째 되던 날 우리 집엔 아기 울음소리가 정적을 깼다. 나의 여동생이 태어난 것이었다. 나는 새엄마의 산후조리를 돕고 수발을 드느라 더 바쁜 나날을 보냈다. 여동생 이름은 '정연'이라 지어졌고, 정연이의 건강한 울음소리는 우리 집의 또 다른 활력소가 되어 주었다.

여름이 시작되고 얼마 지났을 무렵, 아버지가 읍내 갔다가 명우 아재한테서 듣고 온 소식을 전했다. 우리 정부에서 자작농을 육성하기 위해 '농지개혁법'이란 걸 제정해 농민에게 농지 분배를 한다는 것이었다. 그 법에 의하면 전국적으로 농가 실태 조사를 하여 농지 분배를 실시하는데, 해방 후 국외에서 귀환한 농가에도 농지를 분배해 준다고 했다. 듣던 중 반가운 소식이었는데, 우리에게도 얼마간의 농지가 돌아왔으면 하는 바람이 간절했다.

여름이 절정을 향해 가는 7월 하순에 무더위를 이겨 내며 금구가 출산을 했다. 예쁜 암송아지였다. 나는 귀하고 사랑스럽다는 뜻을 담아 '귀애'라는 이름을 붙여 주었다. 귀애의 탯줄이 끊어진 곳에 아까징끼를 발라 주고 금구한테는 소보 장터 두부 공장에서 얻어 온 두부 초물을 먹였다. 송아지 딸린 소는 먹이양도 늘리고 영양도 더 챙겨 줘야 하기에 금구가 먹을 쇠죽엔 보리등겨와 콩싸라기를 듬뿍 넣고 보리쌀도 반 되 넣었다.

귀애는 엄마가 그리 좋은지 잠시도 금구 곁을 떠나지 않고 젖도 잘 먹으며 무럭무럭 자라 주었다. 금구도 귀애를 얼마나 아끼는지 틈만 나면 귀애를 핥아 주었는데, 되새김질 시간마저 줄이는 게 아닐까 싶기까지 했다. 내가 아기였을 때 우리 엄마도 밥 먹는 시간까지 아껴 가며 나를 키웠을 텐데 하는 생각이 들자 눈가가 촉촉해졌다. 나는 엄마가 생각날 때면 금구와 귀애 옆으로 가서 함께 시간을 보내며, 먹을 것을 챙겨 주고 일광욕과 운동을 시키곤 했다.

귀애가 태어난 지도 어언 간에 100여 일이 훌쩍 지나간 11월 초순. 마지막 한 잎사귀마저 떠나보내는 겨울나무의 휑뎅그렁함보다도, 무명 적삼 속 살갗을 파고드는 초겨울 바람의 쌀쌀함보다도 더 가슴 시린 또 하나의 이별이 오고야 말았다. 엄마 젖을 뗀 귀애를 홀로 남겨 두고 이제 약속대로 금구를 주인에게 돌려주어야 할 때가 된 것이었다. 1년하고도 아홉 달간 든 정을 어찌 떼어야 할지…….

금구가 떠나기 전날 밤을 거의 뜬눈으로 새우고, 먼동도 트기 전에 금구가 먹고 갈 마지막 죽을 끓였다. 넣을 수 있는 재료는 종류대로 다 넣고 우리 식구들도 아껴 먹는 쌀도 한 되를 넣었다. 내 몫으로 먹을 쌀을 금구한테 주었지만, 내가 해 줄 수 있는 것이 더 없어 마음이 아팠다. 날이 밝아 올 때까지 일부러 천천히 불을 땠다. 이날따라 솥뚜껑이 흘리는 눈물은 쉴 새 없이 줄줄 이어지고, 뿜어내는 김 소리는 가늘고 애틋하게 들려 왔다.

금구가 떠날 때 나는 말없이 금구의 목을 안아 주었다. 우리 집에 와서 엄마가 되고 가족이 생기자 떠나야 하는 금구가 안쓰러웠다. 말 못 하는 대상과의 이별이라 더 가슴 아팠다. 저도 할 말이야 왜 없으랴만 표현할 길이 없는 금구는 나를 향해 그저 눈만 몇 번 끔뻑거리고 떠나갔다.

금구가 떠난 뒤 외양간이 갑자기 커져 버린 듯, 홀로 우두커니 서 있는 귀애가 방금 전보다 무척이나 작아 보였다. 귀애의 목덜

미를 꼭 안아 주다가 밤이 되어 잠자리에 누웠지만 잠이 오지 않았다. 외양간에선 엄마를 찾는지 귀애의 울음소리가 끊이지 않는데, 지금쯤 금구도 귀애를 찾아 울고 있지 않을까 하는 생각에 가슴이 미어졌다. 사람에게나 짐승에게나 세상에 아프지 않은 이별이 어디 있을까. '만남'이란 참으로 슬픈 것이라는 생각을 곱씹는 가운데, 귀애의 애처로운 울음소리가 내 귓전에 켜켜이 쌓이며 밤은 깊어만 갔다.

엄마와 이별한 후 귀애는 사나흘 간 쇠죽도 거의 먹지 않고 밤낮으로, 나에겐 '엄마~'라고 들리는 '음메~' 소리를 내며 울고 눈물도 흘렸지만, 정성을 다한 나의 보살핌 속에 고맙게도 하루하루 잘 견뎌 주었다. 제 엄마를 떠나보내고 열흘 정도 지난 후 귀애는 목에 고삐를 매는 '목매기'를 했고, 이후 석 달 정도 지나서 뿔이 나기 시작했다. 이 무렵에 '코뚜레'를 해야 하는데, 나는 그게 또 큰 걱정거리였다. 코뚜레를 하려면 양쪽 콧구멍 사이를 가로막고 있는 코청을 뚫어야 하는데, 귀애가 얼마나 아플까 생각하니 걱정이 될 수밖에 없는 것이었다. 나는 엄지손가락과 검지손가락을 나의 양쪽 콧구멍에 넣고 코청을 손톱으로 마주 세게 눌러 보았다. 너무 아파 저절로 눈물이 났다. 뚫리지도 않을 만큼 눌렀는데도 이리 아픈데 그 막을 강제로 찢어 뚫는다니 얼마나 아플까? 팔뚝에 소름이 돋고 몸이 떨렸다. 코뚜레는 보통 생후 5~6

개월쯤에 한다는데, 아버지가 서두르는 것을 내가 자꾸 늦추자고 간청하는 바람에 미뤄져 왔다.

그러나 지금은 해가 바뀌어 1950년 2월인데, 귀애가 태어난 지 7개월째 되는 때라 더 이상 미룰 수가 없었다. 코뚜레 시기가 늦어질수록 소가 힘이 세어져 통제하기 어렵고, 코청이 두꺼워지기 때문에 코청을 뚫을 때 소가 느끼는 고통도 더 커진다는 것이었다.

"아부지요, 우리 귀애도 인제 코꾼디 하도록 하시더."

"그르키 코꾼디 못 하그러 말리디만 어엔 일이고?"

"언제 해도 하긴 해야 되고 자꾸 있실수록 냉제는 귀애가 더 아풀 거 그트이 서둘러가 해뿌시더."

"그래. 그라도록 하자. 오늘내일 양일간에 내가 코꾼디 맨들어 놓고 사람 불러가 하마 안 되겠나?"

"그른데 아부지, 코꾼디는 와 해야 하니껴?"

"쇄는 자랄수록 등치가 엄청 커지고 힘이 안 시지나. 그라마 사람이 힘이 딸리가 쇄를 맘대로 부리기가 어려버지이 쇄를 숩게 다루고 사람 말을 잘 듣도록 할라꼬 코꾼디를 하는 기라. 코꾼디 한 쇄는 사람이 코빼이를 삽어 땡기마 고기 아푸이 말을 잘 듣제."

"코꾼디는 멀로 맨드는데요?"

"코꾼디는 주로 노가지 나무로 맨드는데, 어른 손가락 굵기 정도 되는 가지를 짤러가 우선 끓는 물에 삶어야 되제. 이후 껍디를 비낀 담에 불로 꾸부만서 뚱그렇게 굽은 테를 만들마 되는 기라."

"코꾼디를 쇄 코에 찡굴 때는 어에 하니껴?"

"우선 쇄가 몸부림을 몬 치그러 오양깐 기둥에 단디 삐끌어 매고, 빼쪽하이 깎은 나무 송구로 쇄에 코청을 데분에 뚤버가 구무를 내제. 그 담에 코꾼디 한 짝 끄티서부텀 뚤핀 구무에 찡구코, 코꾼디 끄티가 합치는 데는 끄내끼로 무꾸는 기라. 그라고 나가 쇄 목안지에 매는 줄인 구리하고 코꾼디를 시 군데 줄로 이순 담에 구리에다가 코빼이를 매마 끝나는 기제."

"들어보이 마이 어려분 거 그튼데 아무나 몬 하겠구마."

"암만. 특히나 코청 뚤블 때 젤 얇은 델 찾어가 데분에 뚤버야 되이 경험 많고 숙달된 사람이 해야 하제."

"코청 뚤블 때 쇄가 마이 아푸겠제요?"

"생살을 뚫는데 당여이 아푸겠제. 그래 째매라도 덜 아푸게 할라꼬 코꾼디 재료로 노가지 나무를 쓰는데, 이 나무는 물기가 많애가 껍디가 잘 비끼지고, 나무가 매끄러버가 뚤핀 코청에 대일 찍에 고통이 덜하제. 그라고 코꾼디를 코청에 찡굴 찍에 들지름 그튼 걸 발러가 하마 미끄럽기 들어가이 덜 아푸데이."

"코청 뚤븐 상처는 오래 가는강요?"

"한 이레쯤 지내마 상처는 아물제."

"코꾼디는 한 분 하마 그마이고요?"

"아이지, 쇄가 커 가만 지 몸집에 맞그러 큰 걸로 바까 조야 하제. 새 걸로 바꾼 담에 기왕에 썼든 코꾼디는 내삐리잖고 대문이나 방문 우에 걸어 두기도 하고, 오양깐 처막에 꼽어 놓기도 한데이."

"그걸 와 그래 놓는데요?"

"쇄가 코꾼디에 한 분 끼이마 죽을 때꺼지 몬 벗고 사람한테 구속돼가 살어야 안 하나. 코꾼디는 열쇠 없는 자물통 그튼 기제. 그르이 질병 귀신이나 잡귀들이 한 분 들오마 몬 나간다 싶어가 무서버서 안 들올 끼고, 다른 한 핀으로는 한 분 들온 복이나 재물은 그 집에 꽉 잡히가 안 나갈 거 아이가. 그른 믿음이 있으이 촌에 어느 집에 가나 헌 코꾼디가 걸리 있는 기라."

"아, 듣고 보이 그를 듯하구마. 그른데 쇄를 부릴라 카마 쇄한테 또 연장을 얹어야 되제요?"

"그르치. 후치이로 밭을 갈기나 구루마를 끄수코 가그러 할라 카마, 목안지 우에 밍게를 가로로 걸치 얹어야 되제. 그라고 짐을 실어 나릴라 칼 땐 쇄 등 우에 질마를 덮어 얹고, 질마 양쪽으로 거지게나 옹구, 걸채 그튼 연장을 걸어야 하는 기라."

"쇄를 부릴라 카이 이대 많은 걸 갖치야 되네요. 이른 장치들캉 관련 있는 말도 많은 거 같든데요."

"많다마다. 코가 끼이다(코가 꿰이다), 코빼이 풀리다(고삐 풀리다), 코빼이 풀린 쏜지(고삐 풀린 송아지), 코빼이를 틀어 쥐다, 구리 씨우다(굴레 씌우다), 구리 벗은 쏜지, 밍게를 쓰다(멍에를 쓰다), 질마 무거버 쇄 드러누불까(길마 무거워 소 드러누울까) 그튼 것이 있제."

"그르이 코꾼다나 구리, 밍게, 코빼이, 질마 그튼 거는 결국 쇄가 지 맘대로 못하그러 억눌리만서 쇄를 부리먹기 위한 장치들 아이껴. 그르키 짐승이 쎘는데 해필 쇄만 사람한테 이르키 부림 당하는 거 보마 쇄가 불쌍쿠마. 순하다고 귀하게 대해 주기는커녕 도로 그걸 이용해가 잇속을 챙기는 기 사람 아이껴. 실컨 부리 먹다가 결국엔 쇄를 잡어먹어뿌는 걸 보마 사람이 차말로 모질단 생각이 드누마. 지는 본래 고기를 안 좋아하제만 앞으로 쇄고기는 더 몬 멀 거 겉구마."

"니 말그치 실컨 부리먹든 쇄를 잡어먹는 건 쇄한테 미안한 일이제. 그른데 쇄로 태이난 거도 운멩이고, 사람한테 지 모든 걸 바치고 가는 거도 쇄의 숙멩 아이겠나. 사람을 위해가 죽도록 노동하다 죽고 나마 살이며, 피며, 뻬며, 가죽이며, 내장에 이르기꺼지 어느 거 하나도 안 냉기고 사람한테 마카 주고 가는 거 보마, 쇄는 절에서 말하는 '보시'를 젤 마이 하는 짐승 아인가 싶데이. 그른 걸 볼 때 사람보다 훌륭하제. 내가 볼 찍에 세상 모든 쇄는 부처란 생각이 든데이. 아매도 쇄는 죽고 나마 보시 공덕으로 마카 부처로 환생하제 시푼데, 마땅히 그래야 하는 기라."

2월 중순 무렵, 쇠 코뚜레 작업을 아주 잘하는 우리 일가 아재한테 부탁해 귀애에게 코뚜레를 하고 굴레와 고삐도 채우기로 했다. 코뚜레를 할 때 들기름을 많이 발라 달라고 아재한테 몇 번이나 부탁했다. 코뚜레를 하는 동안 귀애는 코피와 눈물을 흘리며 많이 울었다. 지켜보는 나도 눈물을 훔쳤다. 저녁에 쇠죽을 부드럽게 끓여 귀애에게 주었지만 코가 아파서 그런지 귀애는 잘 먹지를 못했다. 나도 이날은 저녁을 먹지 않았다. 한동안 귀애의 목을 쓸어 주다가 코의 상처로 추위가 크게 느껴질까 봐 덕석을 두 장 덮어 주고, 포근한 잠자리가 되도록 보릿짚을 몇 단 더 깔아 주었다.

이삼일이 지나면서부터 다행히 귀애는 쇠죽을 입에 대기 시작했고 일주일 정도 되자 코의 상처는 거의 아무는 듯했다. 그러나 이후에도 내가 굴레에 연결된 귀애의 고삐를 다시 잡는 데는 여러 날이 걸렸다.

3월 초에 우리 가족들의 간절한 바람대로 농지가 분배되었다. 농지는 유상 분배였는데, 매년 소출의 5분지 1을 15년간 현물로 납부하는 조건으로 소유권을 넘겨받았다. 다섯 마지기 정도 되는 땅으로 아주 넓지는 않았지만 그래도 우리 땅이 생긴 데 대한 기쁨과 고마움이 가슴 가득 넘쳤다. 정부의 자작농 육성 정책으로 이제 전국적으로 소작농이 많이 사라지고, 대부분의 소작농들이 자작농으로 바뀔 거라는 말이 들렸다. 왜정 시대에 그렇게도 굶주림에 시달렸던 우리 농민들에게는 매일 아침마다 해와 희망이 함께 떠오르기를 바라는 마음 간절했다.

야속한 세월은 때로 인간의 가장 기본적이고 소박한 소망마저도 외면하고 마는 것일까. 6월 25일 일요일 새벽 3시 30분, 어둠을 뚫고 휴전선 철조망 따라 수도 없는 화약 불꽃들이 비처럼 쏟아졌다. 북한군이 쳐들어온 것이었다. 이날 아침에 해와 함께 떠오른 건 희망이 아니라 절망이었다. 북한이 소련의 지원을 받아 남침을 했다는데, 북한의 위장 평화 전술에 속아 마음 놓고 있던 대한민국은 북한의 남침 이틀 만에 수도를 대전으로 옮기고 사흘 만에 서울을 뺏겼다고 했다. 세계 대전이 원자 폭탄 투하와 함께 그리도 참혹하게 끝이 났는데, 겨우 얼마 지났다고 이번엔 동족 간의 전쟁이란 말인지. 나는 무슨 무서운 꿈을 이리도 자주 꾸는가 싶어 깨어나려고 온갖 수를 써 봤지만 안 깨어나는 걸 보았을 때, 이번에도 꿈이 아닌 게 확실했다.

7월 중순엔 정부를 대전에서 대구로 옮겨 갔다는데, 7월 하순이 되자 군위에도 인민군들이 들이닥쳤다. 같은 민족이다 보니 생김새야 우리와 똑같았지만, 인민군 복장에 따발총을 메고 있는 모습이 무서움을 불러일으켰다. 남자만이 아니라 여자 인민군들도 있었다.

한 번은 우리 집에 어려 보이는 여자 인민군 하나가 제 키만 한 총을 땅에 질질 끌면서 우리 집 마당으로 들어서더니, 마침 고구마 잎줄기를 멍석에 말리고 있는 나를 보고 말했다.

"녀성 동무, 배래 고프니꺼니 밥 쬐꼼 주시라요."

마침 점심때 먹고 남은 식은 보리밥이 약간 있어 생된장 한 숟갈과 생 들깻잎 몇 장을 함께 건넸다. 다시 물도 좀 달라기에 찬물을 한 사발 주었더니, 밥을 물에 말아 씹지도 않고 그냥 물과 함께 들이마시고 나서 종지에 담긴 된장은 들깻잎으로 깨끗이 닦아 입에 넣었다.

"잘 먹었시요. 고맙수다. 내래 열여쑤 살, 리정화입네다. 댐에 통일 대문 고치 만납세다."

나보다 세 살이나 어린 북한 여군이 겁이 나면서도 안쓰럽게 여겨졌다. 전쟁이 나지 않았다면 이 여군도 가족들과 함께 단란한 삶을 살아가고 있을 텐데, 언제 죽을지도 모르는 천리 타향 전쟁터를 전전하는 마음은 얼마나 힘들고 무서울까 싶었다.

인민군들은 우리 돌밑 마을 앞 공터에 집결해 마을 사람들을 전부 불러 모은 뒤, 자신들은 남조선을 해방시키러 온 '해방군'이고 같은 동포라며 사람들을 안심시키기 위해 애쓰는 한편, 처음 듣는 노래를 합창했다.

  "장백산 줄기줄기 피어린 자욱
  압록강 굽이굽이 피어린 자욱
  오늘도 자유 조선 꽃다발 우에

력력히 비쳐주는 거룩한 자욱

아~ 그 이름도 그리운 우리의 장군

아~ 그 이름도 빛나는 김일성 장군"

김일성 장군이 누군지는 모르겠지만 인민군들의 총대장일 거라는 짐작을 하는 가운데, 왜 동포끼리 죽고 죽이는 싸움을 해야 하는지 알 길이 없어 가슴만 답답해졌다.

어떤 날에는 인민군들이 소보 시장터에 면민들을 반강제적으로 모아 놓은 뒤, 북조선에서는 너의 재산도 나의 재산도 없어 나라의 재산이 우리 모두의 것이고, 북조선은 누구에게나 차별 없이 평등한 세상이라면서 북조선으로 넘어오라고 선동했다. 신분 차별이나 가난한 소작농의 설움을 겪어 온 사람이라면 누구나 귀가 솔깃해질 법한 말이었다. 특히 그들은 중학교 이상을 나온 지식인이나 군인, 순경, 읍·면사무소 직원들에 대해 집중적으로 사상 교육을 시켰다. 그 영향인지 면내 순경 한 사람은 월북을 했고, 또 한 사람은 월북 도중에 생각을 바꾸고 도망을 해 다시 돌아오기도 했다.

하늘에는 미군 전투기 쌕쌕이가 수시로 나타나 인민군들을 향해 폭격을 했다. 논밭에서 일을 하던 어른들이나 친구들과 모여 놀던 아이들은 물론, 인민군들도 산마루 하늘에서 '쎄엥'하는 비행기 소리만 나면 허겁지겁 수수밭이나 콩밭, 조밭으로 달려가

엎드렸다.

하루는 감자밭에서 감자를 캐고 있던 중에 쌕쌕이 소리가 나서 얼른 귀를 두 손으로 막고 고랑에 엎드렸는데, 곧이어 하늘에서 '타타타' 하는 기총 소사 소리가 나며 곳곳에서 흙먼지가 피어오르는 동시에 내 귓등으로 뭔가 '쎅' 하는 날카로운 소리를 내며 순간적으로 지나가는 듯했다. 잠시 뒤 주변이 조용해진 것 같아 조심스레 몸을 일으키고 살펴보니, 두 고랑 너머에 숨어 있던 사람이 가슴 부분이 피로 흠뻑 젖은 채 죽어 있었다.

어느 날엔 마을 앞에 있는 콩밭에서 김을 매고 있었는데, 콩밭 옆의 공터에는 여자애들 대여섯 명이 공기놀이를 하고 있었다. 그때 하늘 저 멀리서 '베엥' 하는 B-29 폭격기 소리가 들려왔는데, 한 아이가 겁이 나서 자기 집으로 돌아가려고 했다. 나는 위험하다며 그 아이를 못 가게 말린 다음, 모든 아이들을 콩밭 고랑에 엎드리게 하고 양손으로 귀를 꼭 막게 했다. 길지 않은 시간이 흐른 뒤 마을 쪽에서 폭탄 터지는 소리가 '콰쾅' 하며 땅이 흔들렸다. 나중에 마을로 돌아와 보니 자기 집으로 가려고 했던 그 아이의 집이 폭탄을 맞아 폭삭 내려앉아 있었다. 내가 붙잡지 않았더라면 그 아이가 어떻게 되었을까 생각하니 가슴이 섬뜩했다.

인민군들의 만행도 심심찮게 이어졌다. 남자 인민군들이 마을의 닭이나 소를 잡아먹어 버리는가 하면, 여자 인민군들은 주인이 밭일 나가고 없는 빈집에 들어가 귀한 무명천이나 반찬 등을 훔쳐 가기도 했다. 소보 장터의 술 도가에 가서는 허락도 없이 술을 가져가다가 항의하는 주인을 총으로 살해하기도 했고, 순경들을 잡아가서는 고문을 가하기도 했다.

　인민군들의 기세가 꺾이지 않자 8월 18일, 정부는 대구에서 부산으로 옮겨지고 우리 군은 낙동강 방어선에 의지해 수세에 몰려 있었는데, 다행스럽게도 9월 15일에는 유엔군과 한국군에 의한 인천 상륙 작전이 성공하고 9월 28일에는 서울을 찾았다고 했다. 이후 한국군과 유엔군이 북진을 거듭해 10월 하순에는 압록강 유역까지 진출했으나, 중공군의 세 차례에 걸친 공세로 전쟁 이듬해인 1951년 1월 4일에는 유엔군이 서울에서 철수한 1·4 후퇴의 상황을 맞았다고 했다. 그러나 3월 15일에는 서울을 다시 찾았고 이후 서로 공방전이 거듭되고 있었다.

　어느 곳에서는 죽음이 삶보다 더 가까이 있는 전쟁 상황이었지만, 천 갈래 물길, 만 가닥 바람처럼 사람 사는 세상이 다 같지는 않았다. 생사를 다투는 전선의 긴장과는 상관없이 후방 민중들의 삶은 물처럼 바람처럼 각자대로 살아가는 것이었다.

　우리 집에는 1951년 5월 1일, 정연이 아래 남동생이 태어났다. 아버지는 아이 이름을 '정환'이라고 지었다. 일본에서 죽은 정환이와 한자까지 똑같은 이름이었다. 죽은 자식을 얼마나 잊지 못했으면 새로 얻은 자식의 이름을 죽은 자식 이름과 똑같게 지었을까 생각하니 가슴이 아팠다. 정환이는 이제 우리 집안 장손이 되었으니 집안의 대를 훌륭히 이어가 주기를 바라는 마음 또한 간절했다.

전쟁이 언제쯤에나 끝날지는 기약도 없는 가운데 6월 말부터 휴전 얘기가 나와 7월 초순 끝 무렵에는 미국과 소련이 휴전 회담을 시작했다는 소식이 들렸다. 그러나 휴전 이야기가 나오면서, 휴전이 이루어졌을 상황에서 한 치의 땅이라도 더 차지한 상태이길 바라는 남한과 북한의 의도가 반영되어, 전쟁 상황은 더욱 치열해지고 인명 손실도 커져만 갔다.

세상이 열리고 어느 한순간도 시간의 흐름이 멈출 때가 있었으랴만, 포연 탄우의 전쟁 상황 속에서도 세월의 수레바퀴는 쉬지 않고 굴러 1952년으로 접어들었다. 정월 대보름이 지나고 얼마 안 되어 나의 당숙부님이 우리 집에 들렀다. 나의 혼인을 중매하러 온 것이었다. 나는 한 번도 생각해 본 적이 없는 일이라 당혹스러웠다. 하지만 아버지와 당숙부님 사이에는 이날 이후로도 두세 차례 너 나의 혼인에 대한 이야기가 오간 듯했다.

"아부지요, 지가 무신 시집을 가니껴? 옷 배끄로 뵈는 전신이 숭터 구딘데 누가 델꼬 갈 끼며, 설사 델꼬 간단들 낯선 동네 가가 숱한 사람들 시선을 어에 다 받어닝기며 살 수 있겠니껴? 인제 아부지는 새 가정 일갔고 정환이도 있으이, 그전에 칸 대로 지는 고마 절로 드가가 중이 되고 싶구마."

"야야, 중도 물론 사람이고 사는 목적이 있겠제만, 막연히 인생살이가 여의찮애가 세상을 피해 사는 사람들이 아이데이. 몸에 숭터야 니 잘못도 아이고, 운맹그치 적근 원자탄 흔적이라 카마 누구나 이해해 주겠제. 그라고 니 어매 생각해 바라. 니가 시집도 안 가고 중이 돼가 고행하마 사는 거 보마 저승에서 맴이 핀하까? 이쁘고 귀한 딸래미 다른 사람들캉 똑같이 가정 일가가 평범하게 살아가는 걸 바래지 안 할라?"

아버지는 내가 생각을 바꾸지 않자 이후에도 수차례 더 나를 설득했다.

"실경아, 저짝 남자는 의성 봉양면에 사는데 전주 이가라 카드라. 조선 태조 임금에 19대 손이라네. 올해 나이가 스물여덟이고 의성 향교 장의 직책을 맡고 있다 카는데, 장의라 카마 요새 학교로 볼 찍에 교감하고 비슷한 기제. 왕족에다 인물도 좋고, 약관에 향교 장의꺼지 맡아 있는 거 보마 개안은 자리제 시푸다. 그른데 내는 그른 기 탐나는 건 아이고, 니가 남들그치 시집가가 아들딸 놓고 어매 아부지 살든 거매로 살아가마, 저승에 있는 니 어매가 젤 기뻐할 거 그태가 카는 기라."

나도 아버지와 마찬가지로 저쪽 집안의 환경이나 상황 등엔 아무 관심이 없었다. 시집을 가겠다는 생각 자체가 없었기 때문이었다. 그래도 아버지의 계속되는 설득에 마음에서 떠나지 않는 것이 있었다.

'아버지 말대로 엄마는 정말 내가 보통 사람들처럼 살아가길 바라는 걸까? 나는 보통 사람일 수 있을까? 또 한 가지, 중이 된다는 건 단순히 속세의 삶을 피하기 위한 방편이 아니라는 아버지의 말이 맞는 것은 아닐까?'

여러 날을 고민에 젖어 지내다가 나는 결정을 내렸다. '엄마의 바람대로 살자. 삶이란 도피가 되어서는 안 된다. 삶이란 살아지는 것이 아니라 살아 내는 것이다. 내 삶은 엄마의 못다 한 삶, 네 동생들의 못다 핀 삶까지 살아 내는 것이다.'

"아부지요, 지 시집 가께요. 엄마 몫, 동생들 몫꺼지 열심히 사께요."

"그래, 잘 생각했다. 니를 어른 맨들어 나야 내가 훗날 저승 가라도 니 어매 볼 낯이 있제. 이적진 니 어매 대신 니를 믿고 살았는데, 내 맘에 대들보가 하나 빠져 나가는 거 긑제만 니는 인제 니대로에 집을 지야 안 될라."

"시가 아부지한테 무신 대들보꺼지 되기야 했을니껴마는 인제 새엄마캉 정환이가 든든한 대들보가 될 꺼이 어야든동 집안 기둥인 아부지가 만수무강하시야 되는구마."

나의 혼사는 일사천리로 진행되었다. 우선 중신아비가 되는 나의 당숙부님이 신랑 될 사람의 사주인 생년월일시를 받아 우리 집으로 가지고 왔는데, 이것을 '납채'라고 했다. 납채는 남자 쪽에서 여자 쪽에 건네는 청혼인 셈이었다. 며칠 뒤 우리 집에서는 나와 신랑 될 사람의 궁합을 맞춰 보고 괜찮다고 하여 4월 21일로 초례 날짜를 잡은 뒤, 그 날짜와 나의 사주를 중신아비를 통해 남자 쪽으로 보냈다. 이 과정은 '연길'이라고 했는데, 이것은 남자 쪽의 청혼에 대한 허혼인 것이었다.

우리 집에서는 한 달 전부터 혼례식을 준비하면서 시집에 가져갈 이불 다섯 채를 만들고 신랑 신부의 한복도 두세 벌씩 만들었다.

초례 일주일 전인 4월 14일, 신랑 쪽에서 함진아비가 함을 지고 왔다. 이것을 '납폐'라고 했는데, 납폐는 신부 쪽의 허혼으로 성혼이 이루어진 데 대한 신랑 쪽의 감사의 표시로, 예물 등을 신부 쪽에 보내는 것이었다.

함에 가장 먼저 넣는 것은 오곡 주머니였다. 오곡 주머니는 다섯 색깔, 다섯 방향, 다섯 내용물로 구성되어 있는데, 청색 주머니에는 찹쌀을 넣어 동북 방향에 놓고 부부의 백년해로를 기원하고, 녹색 주머니에는 깎은 향나무를 넣어 동남 방향에 놓고 미래의 길운을 기원하며, 분홍 주머니에는 목화씨를 넣어 서북 방향에 놓고 자손 번창과 가문의 영화를 기원했다. 또한 홍색 주머니에는 붉은 팥을 넣어 서남 방향에 두고 잡귀와 부정을 막고자 하는 한편, 황색 주머니에는 노란 콩을 넣어 중앙에 두고 며느리의 부드러운 성품을 기원했다.

　오곡 주머니 다음으로는 청홍 채단을 넣는데, 이것은 신부의 치마 저고릿감으로 쓰이는 것이었다. 청색 비단은 홍색 종이로 싸서 청색 명주실로 매고, 홍색 비단은 청색 종이로 싸서 홍색 명주실로 매어 함에 넣었다. 이때 명주실은 매듭을 짓지 않고 동심결로 얽는데, 이는 혼인 후에 모든 일이 술술 잘 풀리라는 뜻이 담겨 있었다.

　청홍 채단 다음에는 신부가 꾸미는 데 필요한 화장품이나 은수저 등을 넣고 나서, 마지막으로 맨 위에는 '혼서지'를 놓았다. 혼서지는 혼인 증표로 신랑 쪽 혼주가 작성하는데, 한지에 붓글씨로 '귀한 따님을 아들의 배필로 허락해 주셔서 감사하다.'라는 내용을 적은 것이었다. 이 혼서지는 부부가 평생 장롱 속에 간직하고 있다가 죽으면 자식들이 관 속에 넣어 주었다.

　혼서지를 비롯해 신랑 쪽에서 신부 쪽으로 함에 넣어 보내는 예단이나 예물들을 '봉채'라 하고 함진아비를 대접하기 위해 신부 집에서 준비하는 시루떡을 '봉채떡'이라고 했다.

　우리 집에서는 함을 받고 나서 개함 후 혼서지를 먼저 본 뒤, 봉채떡과 술로 함진아비를 후히 대접해 보냈다. 중신아비한테도 술과 떡 등을 대접하고 버선을 사 드렸다.

　마침내 혼례식 전날이 되어 친척과 동네 아주머니들이 모여 떡과 감주를 만들고 채소를 다듬는 한편, 가마솥 뚜껑을 뒤집어 아궁이를 만든 후 불을 피워 갖가지 전을 부쳤다. 남자들은 돼지를 잡아 삶은 후 고기를 썰고, 돼지 피와 채소를 섞어 순대를 만들었다. 잔칫집 일을 해 주러 온 엄마를 찾아온 아이들은 각자 자기 엄마들이 눈치껏 챙겨 주는 전이나 고기 조각들을 얻어먹기도 했고, 잔치 전날 우리 집은 밤이 이슥하도록 잔치 준비로 불을 밝혔다.

밤새 거의 잠을 이루지 못한 상태에서 이튿날 아침이 밝기가 무섭게 세수하고 머리를 감은 뒤, 수모의 도움을 받아 몸단장을 했다. 얼굴에는 분을 바르고 연지 곤지를 찍은 다음, 동네 혼인계에서 빌려온 원삼을 입었다. 그리고 머리엔 큰비녀를 꽂고 족두리를 얹었다.

마당 복판에는 멍석 두 장이 깔린 초례청이 만들어졌다. 초례청 가운데다 높은 다리가 달린 상을 놓고, 상 위에는 쌀이 담긴 사발을 중심으로 대추, 밤, 곶감을 놓았다. 대나무 가지를 꽂은 화병을 남쪽에, 소나무 가지를 꽂은 화병을 북쪽에 놓은 다음, 나무에 신부를 의미하는 청실과 신랑을 의미하는 홍실을 걸쳐 부부의 결합을 나타내었다. 상의 중앙에 술잔을 놓고, 살아 있는 암탉을 붉은 보자기에 싸서 대나무 화병 옆에, 살아 있는 수탉을 푸른 보자기에 싸서 소나무 화병 옆에 놓은 뒤, 북쪽에는 병풍을 쳤다.

시간이 되어 사모관대 차림에 목화를 신은 신랑이 조랑말을 타고 와 초례청 동쪽에 서고, 신부인 나는 서쪽에 섰다. 초례상을 사이에 두고 처음으로 서로의 얼굴을 흘끔 보았다. 이후 집례자가 읽어 주는 의식 순서인 홀기에 따라 예가 진행되었다.

우선 '전안례' 과정이 있었는데, 이것은 부부 금실을 상징하는 나무 기러기를 신랑이 신부 측에 전달하는 것으로, 평생을 함께 하겠다고 맹세하는 의미를 담고 있었다. 다음으로는 '교배례' 과정이 진행되었는데, 신랑 신부는 준비된 세숫대야 물에 손을 씻은 뒤, 수모의 부축을 받으며 신부가 먼저 신랑에게 음을 뜻하는 두 번의 절을 하고 나면, 뒤이어 신랑이 신부에게 양을 뜻하는 한 번의 절을 하는 것이었다. 이것은 신랑 신부가 처음 만나 서로에게 맞절로 예를 표하는 과정이었다. 마지막 과정은 '합근례'로 부부 조화를 의미하는 술잔 나누기였다. 신랑 신부가 꿇어앉으면 시자가 잔에 술을 따라 초례상 밑으로 서로의 술잔을 교환하여 신랑 신부에게 주었다. 신랑은 술을 마시고 신부는 마시는 흉내만 냈다. 이어 잔을 바꾸어 한 잔씩 더 나누면 합근례는 끝이 났고, 마지막으로 신랑 신부는 하객들에게 큰절을 올렸다. 혼례가 끝나고 신부는 작은방으로, 신랑은 사랑방으로 갔다. 하객들은 방이나 마당의 멍석에 앉아 잔치 국수와 술, 떡, 고기, 감주. 전 등을 나눠 먹었다. 초례상에 올렸던 암탉과 수탉은 놓아주었다.

초례를 마친 후 늦은 오후 무렵엔 신랑을 다루는 '동상례'가 있었다. 이것은 신부 측의 가족과 일가친척들이 신랑의 손발을 묶어 매달거나 끌기도 하고 발바닥을 북어로 때리는 등, 재미로 신랑을 괴롭히는 일이었는데, 이를 통해 신랑이 신부 측 친지들과의 교유를 맺고 우의를 다지게 되는 것이었다.

밤늦게 잔치 뒤풀이가 끝나고 신랑 신부는 초야를 치르기 위해 신방에 들었다. 짓궂은 일가친척들 몇몇은 신방 문에 침으로 구멍을 내고 첫날밤 엿보기를 하느라 키득거리기도 했다. 내 나이 21세, 신랑 나이 28세. 서로가 오늘 처음 만나 초례를 치르고, 우리의 부모가 그랬듯이 우리도 이제 한 쌍의 부부로서 누군가의 부모가 되는 길에 오른 것이었다.

날이 밝았다. 어제의 초례로 몸은 많이 고단했지만 오늘은 신부가 친정을 떠나 시집으로 가야 하는 '신행'날이었다. 정들었던 내 고향을 떠나야 한다는 생각에 마음이 무거웠다. 시집까지 신랑은 조랑말을 타고 나는 가마를 타고 가야 하는데, 나의 무거운 마음 탓에 가마가 더 무거워지진 않을까 생각하니 그 마음이 다시 더 무거워지기만 했다.

외양간으로 가서 이제 세 살이 거의 다 되어 가는 귀애의 목을 가만히 안아 주었다. 무슨 말로도 위로가 될 수 없을 걸 알기에 마음으로만 석별의 정을 나누었다. 귀애는 긴 속눈썹에 커다랗고 순하게 생긴 눈을 끔벅거리며 내 마음을 느끼는 것 같았다. 등을 몇 번 톡톡 두드려 주고 돌아오는데 '음머~'하는 귀애의 울음

소리가 들렸다.

친정 돌밑에서 시집 사부동까지는 50리가 넘는 길로 가마로 가는 데는 다섯 시간 이상 걸릴 것이라 바쁘게 서둘렀다. 내가 타고 갈 가마는 비단과 꽃으로 장식돼 있었고 가마 안 방석 밑에는 액막이로 목화씨와 숯이 깔려 있었다. 어떤 이는 꽃가마 타고 시집가는 일을 최고의 행복이라 했지만, 땅 없는 하늘 아래 새색시가 탄 가마는 꽃가마가 아닌 가시 가마로 여겨지고 행복함보다는 슬픈 맘이 자꾸 앞섰다.

가족들과 친지들, 마을 동무와 이웃 사람들의 따뜻한 전송을 받으며 두 사람의 가마꾼이 메고 가는 꽃가마에 올라 상객과 짐꾼을 따라 돌밑을 떠났다. 가마가 잿마루에 올라 잠시 쉬고 있을 때 밖을 내다보니, 내가 떠나온 돌밑은 4월의 꽃구름 아래 아련히 잠겨 있었다. 내 고향 돌밑에는, 이별하는 아버지가 있어 슬프고 이별할 엄마가 없어 서러웠다.

'엄마가 나를 낳고 나를 기른 내 고향 서경동, 돌밑아 잘 있거라.'

스무 해 남짓 길지 않은 삶 속에 이별도 많았지만, 나는 오늘 또 하나의 이별 고개를 넘고 있었다.

엄마의 길을 따라

"바라, 이 바라. 눈 떠 바라. 젊은 새딕이 와 이카노?"

왼쪽 뺨이 얼얼하고 누군가 나에게 하는 듯한 희미한 말소리가 들려왔다. 예전에 이미 두어 번 경험한 적 있는 낯설지 않은 상황, 꿈속일 것이었다. 그러니 꿈은 그냥 꾸면 될 일이었다.

이번엔 양쪽 뺨이 교대로 따끔거리며 머리가 좌우로 마구 흔들리는데, 종전보다 약간 더 또렷이 들리는 목소리.

"이 바라, 이것 바라. 눈 떠 보라 카이. 눈을 뜨라꼬."

꿈속에서 눈 뜨는 꿈을 꾸듯 천천히 눈을 떴다. 눈앞에 희미하게 어른거리는 그림자가 조금씩 선명해지면서 하얀 쪽머리에 주름진 얼굴의 할머니 모습이 시야에 들어왔다. 나는 큰 소나무 밑 풀밭에 누워 있었고 턱 아래 목 부위에 통증이 느껴졌다. 순간, 지금 내가 왜 여기에 있는지 상황 파악이 되었고, 오늘 새벽 이 산에 오기까지 그동안에 있었던 일들이 주마등처럼 빠르게 나의 뇌리를 스쳐갔다.

 약 여섯 달 전이었던 4월 21일, 나는 엄마가 그랬던 것처럼 한 가정을 이루어 엄마가 걸었던 삶의 길을 따르는 출발점에 섰다. 우리 집에서 초례를 마친 뒤, 이튿날 꽃가마에 올라 조랑말을 탄 신랑과 함께 의성군 봉양면 사부동에 있는 시집으로 신행을 했다. 시어머니와 시댁 친인척 어른들께 차례대로 폐백을 드렸고, 이후 두 달 남짓 시집살이를 하다가 안계면 용기동으로 살림을 났다. 남편은 안계 장터와 의성, 군위 일대의 5일 장터를 돌아다니며 고추 장사, 마늘 장사를 했다. 북한의 남침으로 인한 전쟁은 이어지고 있었다. 휴전 이야기는 계속 오간 것 같았으나 전쟁은 언제 끝날지 기약도 없는 가운데, 정부에서는 병력 보충을 위해 이승만 대통령의 방침에 따라 '국민병' 제도를 실시하고 있었다. 50세까지의 남자를 대상으로 지원에 의한 방식으로 군인들을 모집했다. 물론 근무 기간이 끝나면 '제대증'을 받고 병역 의무도 마치는 것이었다.
 남편은 결혼하기 전인 1950년 12월 말경에, 도리원에 사는 친구 신칠언과 사부동에 사는 친구 도창섭과 더불어 육군하사관 교육연대 279기 생도로 지원 입대하여 교육 훈련을 받고 졸업한 뒤, 전장에 배치되어 박격포 사수로 복무하였다. 이후 1951년 5

월 16일부터 엿새 동안 전개되었던 강원도 인제의 '현리 전투'에서, 포탄 파편이 왼쪽 복부를 관통하는 부상을 입고 죽음 직전까지 갔다가 요행히 살아 의병 제대를 하였다. 그런데 운이 없게도 제대 후 귀가하는 도중에 어디서 잃어버렸는지 제대증이 없어졌고, 그 바람에 면사무소에 제대 신고도 못 한 채 지내 왔다.

신혼 6개월째인 10월 중순쯤, 나 혼자 있는 집에 낯선 남자 둘이 찾아왔다. 다짜고짜 남편 어디 있느냐고 물었다. 남편은 장사 나갔다고 했더니, 내일 다시 올 텐데 남편한테 내일은 꼭 집에 있으라 하라고 했다. 그들은 국방부 대구 병사구사령부에서 왔다고 했다.

그날 저녁 남편은 집에 오지 않았다. 남편은 한 번 장사를 나가면 여러 장을 돌아다녀야 했기 때문에 길게는 일주일에서 열흘 정도 집에 오지 않을 때도 있었다. 내가 그런 사정을 얘기했는데도 이튿날 남자들은 다시 찾아왔다. 재차 사정을 말했지만 그들은 내 말을 믿지 않았고, 내가 마치 남편을 숨기거나 남편이 일부러 피하는 것으로 생각하는 듯했다. 그들은 남편이 병역을 마치지 않아 속히 입대를 해야 한다고 했다. 나는 남편이 결혼 전에 군대를 이미 갔다가 온 사실을 얘기했지만, 그들은 남편의 제대 기록이 없다면서 반드시 입대를 해야 한다는 것이었다. 그들은 남편이 제대를 했다면 제대증을 보여 달라 했는데, 제대증이 없으니 보여줄 수가 없었고 제대 사실을 증명할 방법도 없었다.

그들은 이틀 뒤에 또 오겠다며 남편을 꼭 집에 있으라 해서 징집영장을 받도록 하라고 말한 뒤 돌아갔다. 말한 대로 그들은 이틀 후에 다시 왔고, 남편은 어느 시장에 있는지 아직 돌아오지 않고 있었다. 또 남편이 없자 그들은 무섭게 화를 냈다. 이렇게 병역을 기피하면 지금은 전시 상태라 군사 재판을 받아야 하고, 병역 기피나 탈영 같은 죄는 총살형에 처해질 뿐만 아니라, 범인을 숨겨주는 자도 징역을 살아야 한다는 말도 했다.

내일 또 오겠다며 그들은 돌아갔지만, 며칠째 지속되는 불안과 긴장감이 누적되어 극도의 공포감이 밀려왔다. 국방부, 군사 재판, 총살, 징역 등, 모두 내가 감당하기 힘든 말이었다. 나는 혼이 나간 듯 멍해졌고 또 악몽을 꾸고 있다는 혼란 속에 빠졌다.

밤새 한숨도 못 자고 극심한 공포로 몸을 오들오들 떨다가 날이 희끄무레하게 밝아 오는 무렵, 나는 무명 치마끈을 둘둘 말아 쥐고 집을 나섰다. 악몽을 떨쳐 내기 위해 악몽에서 벗어나는 또 하나의 꿈을 꾸어야 한다는 생각밖에 없었다. 집 뒤의 산길로 접어들었다. 풀잎마다 맺힌 이슬방울이 발끝에 차였다. 싸리밭을 지나 중턱으로 오르지 키 큰 소나무 군락이 있었다. 옆으로 굵은 가지가 뻗어 있는 소나무를 골라 맨발로 기어 올라갔다. 내 키보다 한참 더 높은 나뭇가지에 치마끈을 단단히 매어 늘어뜨린 뒤, 나의 목에 두어 번 돌려 맸다. 뱃속에서 임신 여섯 달째가 되는 아이의 태동이 느껴졌지만, 앞뒤 잴 것도 없고 복잡한 생각도 없었다.

다만 악몽에서 깨어나기 위한 꿈을 꾸는 것이란 생각뿐. 편안한 마음으로 나무에서 미끄러져 내렸다.

아직 날이 덜 샜을까, 몽롱해지는 의식 너머로 수많은 별들이 반짝거렸다. 그러나 그 별빛도 이내 사라지고 나는 정신을 잃었다.

"새딕아, 정시이 쫌 드나? 이기 무신 일이고, 와 이카노? 죽을 일보담도 무신 더 큰일이 있어가 이래 죽을라 카노?"

"할매요, 기양 죽그러 내삐리 두제 말라꼬 지를 살맀니껴?"

"머라카노? 사람이 시상에 태이나는 기 지 맘대로가 아인거매로 죽는 거도 지 맘대로가 아이데이. 물이 흐리고 싶다고 흐리고 멎고 싶다고 멎는 줄 아나? 바람은 어데 불고 싶다고 불고 긋고 싶다고 긋는 줄 아나? 물 한 줄기, 바람 한 자락마자도 다 인연 따러 오고 가는 긴데, 와 하늘에 이치를 어길라 카노? 사람 새끼로 태이나가 지은 죄 중에 젤 큰 죄가 먼동 아나? 그건 지가 지 목숨 끊는 기데이. 그 죄는 지 엄마 아부지 쥑인 죄보다 더 크제. 지 목숨 스스로 끊으마 팔대 지옥 중에서도 젤 무서분 '무간지옥'에 떨어지는 기라.

사람이 죽으마 저승 가가 심판을 받는데, 살인한 자나 부모를 쥑인 자, 심지어 부처를 해친 자 꺼지도 지 죄를 변명할 기회가 있고 감형을 받을 수도 있제만, 자살한 자는 변명 기회도 없고 바로 영구히 몬 벗어나는 무간지옥으로 가는 기제. 무간지옥은 고통이 잠시도 멈춤 없이 이사지는 지옥 아이가. 옥졸이 죄인에 살가죽을 삐끼가 그 가죽으로 몸띠를 묶어 불 속에 여어가 태우고, 야차 귀신은 불에 달군 쇠창을 죄인에 배나 입, 코 그튼 데 끼아가 공중에 떤지기도 하는데, 쇠매는 죄인에 눈알을 파먹어 뿌리제. 다른 지옥들은 몇 조, 몇 경, 몇 해 년이라 카는 형벌 기가이 있제만, 무간지옥은 형벌 기가이 아예 없어가 한 분 떨어지마 그마이고 영원히 벗어날 수가 없는 기라.

다른 죄는 인연 따러 지어지는 인과래가 죄를 지었시마 그걸 갚으마 되제만, 자살이라 카는 거는 지 스스로 그른 인연이나 인과라 카는 시상 존재 원리 자체를 부정하는 거이게, 인간으로 지을 수 있는 죄를 넘어설 만치 큰 죄제. 모든 죄는 벌을 받을 수도 있고, 용서받을 수도 있고, 후회하만서 반성할 수도 있제만, 지가 지 목숨 끊어 뿌리마 그른 기회들마자 마카 없애 뿌리는 거이 이거보다 더 큰 죄는 없는 기라.

죽고 나마 끝이고 핀할 거 그트마 시상에 힘든 사람 자진해가 퍼떡 안 죽을 이 어딨겠노? 인생살이 힘든다 카제만 고난도 수행이고 고통도 공부라. 하늘이 사림을 내는 건 지한테 수행이나 공부 기회를 줘가 더욱 성장한 존재로 거듭나게 할라 카는 기고, 하늘은 사람이 감당할 수 있실 만치에 고난과 고통을 주는 기라. 고난이나 고통이 클수록 그 사람은 더 큰 수행이나 더 깊은 공부를 할 기회를 얻게 되는 기제. 암만 못 전디겠다 싶은 고난이나 고통도 전디고 나마 전딜 수 있었던 것인 기라.

'개똥밭에 굴러도 이승이 좋다.' 안 카나. 핀할 때나 힘들 때나 수행하고 공부한다 생각하고 부지러이 살다가 냉제 하늘이 부를 때 즐거이 가마, 거겐 더 행복한 과제가 기다리고 있을 끼데이. 더 혼쭐 낼라 카다 새딕이가 마음 고치 먹제 싶어가 이만 할란다. 자, 퍼뜩 내 손 잡고 마실로 니러 가제이."

할머니는 나를 꾸짖기도 하다가 달래기도 했다. 내 눈에선 주르륵 눈물이 흘렀다. 할머니 손에 이끌려 산길을 내려오는데 갈림길에서 할머니가 말했다.

"새딕아, 이 할망군 인제 저짝으로 가야 되이 잘 니러가가 앞으로 무신 일이 닥치드라도 내 말 멩심하고 평생 잘 살아내야 한데이."

"야, 할매요 그라께요. 살리 주시고 살 힘을 주시가 차말로 감사하구마. 냉제라도 할매 찾어뵙고 시푼데 어데 사시는 누구신동 말씀 쫌 해 주시소."

"아이고, 알 꺼 엄따. 이승이든 저승이든 인연 대이마 새로 볼 날 있실 끼다."

"알겠구마 할매님. 살피 가시고 어에끼나 만수 무강 하시소."

할머니는 뒤돌아서 휘적휘적 걸음을 옮기며 나에게 몇 번이나 손을 흔들어 주었다. 나는 할머니의 등을 향해 잠시 묵례를 드렸다. 다시 고개를 들어 할머니 쪽을 바라보니 그새 할머니 모습은 뵈지 않았다. 나는 집을 향해 걸으면서 어쩌면 이 할머니는 내가 두 살 무렵 홍진에 걸려 다 죽었을 때, 나를 실경 위에 올려놓게 해 목숨을 살려 준 걸배이 보살님이 아닐까 하는 생각이 자꾸 들었다.

  모든 것이 꿈이 아니라 현실이었음을 깨닫고 다시 집으로 돌아온 다음 날 남편이 왔다. 그간의 사정을 남편에게 얘기했지만 남편에게도 별다른 대책이 있을 리 없었다. 주변에 증인이 있다 해도 긴박한 전시 상황에서 1명의 군인이라도 아쉬운 것이 나라 형편이고 국민 지원병까지 모집하고 있으니, 문서상에 제대가 기록되어 있지 않으면 징집을 피할 방법이 없었다.
  남편이 귀가한 다음 날 예정대로 병사구사령부의 남자들이 왔고, 남편은 결국 징집 통지서를 받았다. 입대 준비 기간도 며칠밖에 주지 않아, 3일 뒤 남편은 육군 훈련소로 떠났다. 남편은 왜정 때 조선 지원병 제도의 시행으로 강제로 끌려가 해방 전까지 군 복무를 했고, 해방 후엔 재작년에 군 입대를 자원해 지난해 의병 제대할 때까지 육군 포병 부대에 복무했는데, 이번의 징집으로 세 번째의 군대 생활을 하게 되었다. 무슨 군대 복이 그리 많은지 한스럽기도 했지만, 전방은 치열한 전투가 연일 이어지고 있으니 살아 돌아올 수 있을지 그 걱정이 먼저였다.

남편이 떠난 지 나흘이 지나고, 나는 다시 사부동 시댁으로 들어갔다. 홀시어머니를 비롯해 손위의 두 시숙 내외, 여덟의 질녀들과 다섯 조카들, 손아래 시동생 둘, 사촌 시동생 셋에다 사촌 시누이 넷 등, 나를 포함하면 모두 스물여덟 사람이 한 울타리 안, 세 채의 집에 모여 살았다.

　이것도 전쟁이었다. 잠은 하루 너댓 시간 자면 많이 잤고, 깜깜한 새벽에 눈 뜨면 날이 바뀌어 잠자리에 드는 시각까지, 종일 세 끼니 준비에다 논밭일 하는 남자들의 새참 준비, 설거지, 빨래, 디딜방아 찧기, 물 긷기, 논밭일 거들기, 바느질, 옷 다림질, 베 짜기 등으로 일 속에 뒹굴다 보면 하루해는 뜨는 듯 이내 지곤 했다. 나라는 죽음과의 전쟁, 민초들은 삶과의 전쟁, 세상이 전쟁을 위해 존재하는 것 같다는 생각이 들었다. 물에 빠지면 가라앉지 않기 위해 헤엄치는 행위 외엔 다른 생각을 할 여지가 없듯이, 매일 반복되는 삶의 전쟁 속에서 남편에 대한 걱정이나 친정 생각 같은 것은 비집고 들어올 사이도 없었다.

　곡식을 저장하는 뒤주와, 쌀독이 놓여 있는 도장방은 관리를 철저히 했다. 총관리는 큰며느리인 맏동서가 했고, 둘째 동서와 나는 보조 관리를 맡았다. 쌀독 관리를 잘못하면 쌀이 축나게 되는데, 그것은 늘 배가 고파 생쌀을 유일한 간식으로 씹어 먹는 집안 아이들의 손을 타기 때문이었다. 생쌀 먹으면 엄마가 일찍 죽는다는 말도 큰 효과가 없었다. 생쌀을 씹어 먹다 보면 입가에 흰 뜨물이 말라붙게 되는데, 그걸 증거로 생쌀 내 먹은 아이를 찾아내기도 했다. 맏동서는 밥을 짓기 위해 쌀을 퍼내고 나면 항상 손바닥으로 윗면을 꾹 눌러 손도장을 찍어 두었다. 쌀에 누가 손을 댔는지는 다음 날 밥 지을 때 쌀독을 열고 손도장의 상태를 보면 바로 알 수 있는 것이었다.

시어머니의 여자에 대한 차별은 유별났다. 시어머니는 시집올 때 몸종까지 데리고 왔다는데, 스스로 옷도 입지 못할 만큼 귀하게 자란 경주 이씨 자손이었다. 본인은 그렇게 유복하게 자랐음에도 매사 여자에 대한 시선은 아주 차가웠다. 아이들은 잘 놀다가 싸우기도 하는데, 남자애가 맞으면 경을 치지만 여자애가 맞을 때는 계집애는 맞아도 된다면서 그냥 맞도록 두라고 하기 일쑤였다. 여자애들을 부를 때의 호칭은 이름이 아니라 그냥 '이년아'였다. 마루나 방에서 여자애들이 놀고 있으면 시어머니는 일부러 애들의 손을 밟아 버리고 '몹쓸 년'이라는 말을 달고 살았다.

그런 시선 때문에 우리 며느리들도 시어머니와는 눈도 마주칠 수 없었고, 방 안에서 식구들과 함께 식사한다는 것은 언감생심 꿈도 꾸지 못할 일이었다. 남자들이 모두 식사하고 밥상을 물려 부엌으로 들여오면, 먹다 남은 상 위의 밥과 반찬들을 바가지나 양푼에 쏟아 대강 비빈 뒤, 아궁이 앞에 쪼그리고 앉아 허겁지겁 몇 술갈 떠 먹으면서 허기를 채웠다. 며느리들의 밥은 따로 챙기지 않는 걸 알기에 남자들은 식사가 양에 차지 않더라도 부엌의 여자들을 위해 일부러 그릇을 다 비우지 않고 밥과 반찬을 조금씩 남겨 주는 것이었다.

 1953년 2월 25일, 나도 엄마가 되었다. 첫딸 태란이가 태어난 것이었다. 첫 출산이라 그런지 산통으로 기력이 소진되다시피 했지만 무엇에 쫓기듯 아이의 모습을 이리저리 살폈다. 원폭 피해자는 기형아를 출산할 수 있다는 말을 여러 번 들어왔기에 혹여나 내 아이가 그러면 어쩌나 하는 불안감이 엄습했기 때문이었다. 눈, 코, 귀, 입, 손가락, 발가락, 팔다리 모두 정상인 것 같았고, 피부도 엉덩이의 시퍼런 몽고반점 외엔 발그스름한 빛으로 아주 깨끗했다. 나도 모르게 두 손을 모으고 누구에게 하는지도 모르면서 감사하다는 말을 되뇌었다.
 시어머니는 내가 딸을 낳았다는 소식을 듣고는 그럴 줄 알았다는 듯이 쏘아붙였다.
 "그라마 그르체. 우리 집구석에 지지바 말고 머 놓겠노. 볼 거 엄따. 패나키 바뿌제에 싸가 못에 갔다 내삐리라."
 여자에 대한 차별 의식이 워낙 강한 데다, 맏며느리는 아들 하나 없이 첫애부터 내리 딸만 여섯을 낳았고, 둘째 며느리 역시 딸을 둘 내리 낳은 데 이어 셋째 며느리인 나도 첫딸을 낳았으니, 여자에 대한 시선이 거의 저주의 지경에까지 이른 듯했다. 전장에 있을 남편의 소식은 알 길도 없고 혼자서 애를 낳은 것만도 서러운데, 그런 소리를 들으니 억장이 무너졌다. 산후조리까지야 마음에 둔 적도 없었지만, 산모가 흔히 먹는다는 미역국 한 사발조차도 구경 못 했다. 아직 겨울 추위가 남아 있어 영하에 가까운 날씨가 이어졌지만, 출산 이틀 만에 냇가로 가서 얼음 풀린 물에 산후 빨래를 오래도록 했다. 손도 시렸지만 가슴은 더 시렸다.

전쟁이 지루하게 이어지는 가운데서도 UN군과 북한군 및 중공군 사이에 2년여에 걸쳐 정전 협상이 이어졌고, 마침내 7월 27일에는 전쟁이 일어난 지 3년 1개월 만에 휴전이 이뤄졌으며, 그로부터 한 달 남짓 뒤 남편은 무사히 제대해 귀가했다. 먹는 것을 제대로 못 먹고 하루하루 생사를 오가는 전쟁터에서 심신이 극도로 피폐해진 남편은 그 좋던 덩치가 반쪽이 되어 있었다.

식구가 불과 남편 한 사람 더 늘어난 것뿐이었지만, 4촌까지 모두 한 울타리 안인 큰집에 모여 살다 보니 방이 부족해 불편했다. 고민 끝에 시어머니의 허락을 받아 우리는 분가하기로 했다. 우선 집이 있어야 했으므로 큰집과 못 하나를 사이에 두고 터를 닦아 우리 손으로 직접 집을 지었다. 소여물처럼 썬 볏짚을 황토에 섞어 물로 반죽해 흙벽돌을 수백 장 만들고, 주춧돌과 기둥, 대들보, 마룻대, 서까래 등의 재료들도 남편과 함께 직접 장만했다. 이듬해 봄에 시작한 집 짓기는 초가을 무렵에 끝이 나, 삼간초가 우리 집을 갖게 되었다.

큰집 생활에서 떠나 밥솥을 따로 걸고 나니 먹는 것도 우리 스스로 해결해야 했다. 타고난 재산 없이 남편은 장돌뱅이 생활을 하고 나는 틈틈이 날품을 팔며 버텼지만, 우리 집 굴뚝엔 연기가 올라가지 않는 날이 많았다. 이해에는 봄 가뭄에 이은 여름 가뭄으로 극심한 흉년이 들어 큰집에서 간간이 한두 되씩 얻어먹던 보리쌀과 잡곡도 바랄 수 없었다. 우리만 그런 것이 아니었다. 동민들의 반 이상이 굶기를 밥 먹듯 하고, 하루 한두 끼 먹는다 해도 쌀알이라곤 구경조차 못 하는 꽁보리밥이나 잡곡밥에다가 날된장 한 숟갈이 다였다. 그러나 그것만으로도 오감케 여길 수밖에 없는 형편이었다. 된장마저도 없는 집에서는 소금을 물에 녹여 그것을 반찬으로 삼았다.

12월 하순 무렵 약한 눈발이 날리고 매서운 겨울 추위가 살을 에는 듯한데, 남편이 꽁꽁 언 무를 한 바지게나 지고 왔다.

"이기 웬 무시이꺼?"

"아, 산음재에 나무하로 갔다가 선산띠 밭에 보이, 이기 많애가 가 왔다."

"남에 꺼를 이래 가 와도 되니꺼?"

"아래부터 곽제 추버뿌는 바람에 무시가 마카 얼어 몬 먹기 돼가 내삐리 났데. 마침 선산 아재도 나무하로 왔든데, 무시 아깝다 카이 필요하마 가 가라 캐가 가 왔제. 더 있든데 더 가 와도 되고."

"내삐리는 기라 카드덩 더 가 오소. 삼동에 먹을 거도 없는데 무시라도 먹고 살어야제요."

"그래제. 내 퍼떡 새로 댕기 오께."

남편은 그 길로 언 무를 두 짐이나 더 지고 와서 부엌 바닥에 쏟아 놓았다.

다음 날 아침 부엌에 가 보니 언 무가 밤새 녹아 바닥에 물이 그득했다. 부랴부랴 마당 한구석에 땔 나뭇가지를 흩어 깔고 그 위에 녹은 무를 껵둑껵둑하게 썰어 죽 널었다. 겨울 햇살과 바람에라도 건조를 좀 시켜야 그나마 버리지 않고 겨우내 먹을 수 있을 것이었다.

이후 얼었다 녹아 냄새나는 무로 국을 끓여 술찌끼, 엿밥, 밀기울밥 등과 함께 겨우내 먹고 나니 나중에는 무 냄새만 맡아도 속이 울렁거렸다. 그러나 이때까지만 해도, 내가 무에 질려 평생 다시는 무를 입에 대지 않게 되리라는 생각은 미처 못했다.

1955년 6월 중순에 우리는 다시 이사를 했다. 우리 손으로 직접 지은 집에서 1년도 채 못 살았지만 마침 둘째 동서네가 대구로 이사를 가게 되면서 살던 집을 우리한테 팔게 된 것이었다. 우리가 지어 살던 집은 6·25 전쟁 때 월남해 온 김현찬 씨에게 팔았다. 새로 이사를 한 집은 사부동 본 동네와는 안평천을 사이에 두고 마주한 외딴집이었다. 집 흙담을 경계로 신작로가 지나가고, 신작로 건너 조금 위쪽엔 외딴집 한 채가 더 있었는데, 하나뿐인

이웃 '원개댁'이었다.

　신작로엔 하루에 대여섯 번씩 봉양면 소재지인 도리원에서 안평, 신평까지 오가는 버스가 다녔는데, 버스가 지나갈 때마다 울퉁불퉁한 신작로에선 뽀얀 흙먼지가 뭉게구름처럼 일어 집을 뒤덮었다. 바지랑대에 걸쳐진 빨랫줄에 흰 빨래를 널어놓으면 걷을 땐 누런 빨래가 되어 있기 일쑤였다. 마침 들일을 나가지 않고 집안일을 하고 있을 때는, 버스가 저 멀리 동네 어귀에 있는 흰재를 굽이굽이 넘어 폴폴 날리는 흙먼지를 말아 쥐며 누에처럼 꼬물꼬물 기어오면, 천천히 빨래를 걷고 나도 시간은 남았다.

　우리 집이 한길 가에 있다 보니 수시로 군손님들이 찾아들었다. 밥을 얻으러 오는 걸인을 비롯해 동냥을 하러 오는 중이나 길 가다가 목이 말라 물을 찾는 사람이 드물지 않았고, 체장수, 엿장수, 젓갈장수, 방물장수 같은 이들은 낯설지 않았다.

　한번은 양팔에 쇠갈고리를 찬 남자가 동냥을 왔는데, 강냉이 한 홉을 건넸더니 쇠갈고리에 걸어 받았다. 무서워서 내 손이 벌벌 떨렸다. 그 모습을 보고 그가 말하길, 자신은 6·25 전쟁 중에 영천 전투에서 수류탄 폭발로 두 팔을 잃어버린 상이군인인데, 불편한 모습을 보여 드려 죄송하고 또 귀한 양식을 보태 주어 고맙다며 거듭 머리를 조아렸다. 내 남편도 전쟁터에서 죽다 살아 온 터라 그의 처지가 남의 일 같지 않았다. 잠시 그를 기다리게 한 뒤 급히 부엌으로 가서, 저녁때 안치려고 준비해 두었던 보리쌀 두어 홉을 보자기에 싸서 들고나와 그의 손 대신 달려 있는 갈고리에 걸어 주었다.

이해 7월 16일엔 둘째 딸 명숙이가 태어났다. 이름을 지어 놓고 보니 시어머니 이름에 있는 '숙' 자와 한자까지 똑같았다. 직계 어른과 같은 이름자를 쓰면 안 된다고 해서 할 수 없이 '숙' 자에 기역 자를 빼고 '명수'라고 불렀다. 그러던 어느 날 남편이 자전거를 타고 안평 장에 고추를 사러 가던 중, 들에서 일을 하고 있던 어떤 여자가 딸을 부르는지 '명란아' 하고 소리치는 것을 들었다. 그 소리를 듣는 순간 귀가 번쩍 뜨일 정도로 이름이 예쁘게 들리더라면서 남편은 그길로 명수의 이름을 '명란'으로 고쳤다.

1956년 봄에 우리는 큰 시도를 했다. 시동생의 처남인 사형의 권유로 사과 농사를 시작한 것이었다. 봉양면 내에서는 거의 최초의 시도였다. 이리저리 몇 군데 조금씩 빚을 내어 하천변의 사싥도 밭 다섯 마지기를 7만 5천원에 구입한 다음, 사형의 소개를 받아 '홍옥, 국광, 스타킹, 인도, 골덴' 등의 사과 묘목을 사서 심고, 묘목 사이로는 땅콩을 심었다. 앞으로 7~8년은 지나야 사과가 열릴 것이었지만, 내 땅에서 내 일을 한다는 뿌듯함에 날마다 해 저무는 줄 모르고 일했다. 정성은 토양이 되고 땀은 거름이 되었다.

사과 농사의 꿈에 부푼 것도 잠시, 이듬해 4월엔 황당한 일이 있었다. 내가 딸을 연이어 둘 낳고 나자, 손자를 보아 대를 잇게 해야 한다며 시어머니가 남편에게 소실을 들인 것이었다. 아들이든 딸이든 자식이 태어나면 대는 저절로 이어지는 것인데, 왜 남자만이 대를 잇는다는 건지 납득이 안 되었다. 이름을 지을 때 꼭 남자의 성씨를 따라야 하는 것도 마땅찮게 생각되었다.

돌이켜보니 일본에 있을 때, 한번은 정옥이와 성씨 문제로 대화를 나눈 적이 있었다. 성씨에 관한 문제는 정옥이가 먼저 꺼냈다.

"실경아, 성이 내도 김가고 니도 김가네. 우리 조선 사람들 성은 김씨가 젤 많다 쿠드라. 다섯 중 한 사람은 김씨라 쿠는 말도 있데. 내는 너무 흔한 성카마 우리 엄마가 소씨인데 그걸로 했으모 좋겠드라. 와 성은 꼭 아부지 성을 따라야 하는동 모리겠다카이."

"그기사 딸은 안 되고 아들만 대를 잇아 갈 수 있으이 남자 성을 따르는 기제."

"그케 말이라. 와 남자마 대를 잇을 수 있기 해 놨는지도 이해가 안 되제만, 그보다 여자 성을 몬 쓰는 기 더 불만인 기라. 대는 남자가 잇는따나 성은 여자 성을 써도 안 되나. 안 그라마 엄마 아부지 성을 같이 쓰든동. 예를 들어 내 그트마 '김소 정옥'이라 카마 될낀데."

"정옥아, 그른데 내는 그 생각엔 찬동 안 한데이. 니 말대로 '김소 정옥'이라 카마 아부지 성을 먼저 말하이 어차피 또 남자를 우선해가 내세우는 거 아이가. 그르타꼬 '소김 정옥'이라 카마 이분엔 여자를 우선하이 남자들이 머라 칼 끼고. 문제는 또 있데이. 예를 들어 '김소 정옥'이캉 '이박 명식'이라 카는 사람이 결혼하마 그 자식 이름은 '김소이박 순녀'나 '이박김소 순녀' 그치 안 되겠나. 거게서 한 대 또 더 니러가 바라. 성만 해도 여덟 자데이. 웃기는 말로 '김소이박최강권정 윤식' 그튼 이름이 나올 수도 있는 기제."

"듣고 보이 그르네. 부모 성을 같이 써도 이래저래 문제네."

"그래가 정옥아, 내는 성씨를 아예 안 쓰는 거도 좋을 거 같다는 생각도 해 봤데이. 성씨 자체를 없애뿌리고 이름마 짓는 기제. 그양 '정옥'이, '실경'이, '경철'이 라고 부리마 되잖아. 딸이든 아들이든 태이나마 대가 지절로 잇아지는 기고, 무자식이마 대가 지절로 끊기는 긴데 머 고민할 꺼 있겠노? 성마 안 써도 여자를 차별하는 일이 마이 줄제 싶데이. 그라고 아들 날라꼬 목숨 걸기나 아들 몬 낳아가 시집에서 쫓기나는 일도 없제 시푸다."

예전에 정옥이에게 털어놓았던 나의 생각은 이후로도 변함이 없었다. 하지만 한 개인의 생각이 세상일에 반영되는 건 불가능한 일이란 걸 잘 알기에 가슴에 묻어 두기만 할 뿐이었다. 이런 말을 어른들 누구에게 했다가는 원자탄 맞아서 피부뿐만 아니라 정신까지 화상을 입었다고 할 것이라는 생각이 들었다.

1958년 4월 초순, 남편의 다섯 형제 중 막내였던 시동생이 세상을 떠났다. 셋째인 남편보다 열 살 아래인 막내 시동생은 어릴 때부터 심한 뇌성 마비를 앓고 있어서 시어머니의 큰 근심거리였다. 시어머니는 매일 시동생과 작은방에서 함께 생활하며 시동생을 돌보았다. 그런데 본인이 나이가 들어가면서, 장애가 심한 자식을 두고 떠나면 자식이 고생이고 위의 네 형들에게도 큰 짐이 될 것이라는 생각으로 잘못된 판단을 내리고 말았다.

막내 시동생이 세상을 떠나기 전날, 시어머니는 식구들에게 감주를 담그게 했다. 이튿날 아침에는 쌀밥을 짓게 하고 닭도 한 마리 잡게 했다. 식구들은 이날이 막내 시동생의 생일이라 으레 그런 줄 알고 있었다. 그런데 나중에 알게 된 일이었지만 참으로 어이없는 일이 일어났다.

시어머니는 생일상을 차려 막내 시동생에게 내밀며 말했다.

"희덕아, 오늘이 니 생일이데이. 쌀밥하고 고기 마이 머래이."

시동생은 눈을 둥그렇게 뜨고 흰자위를 번뜩이며 상에 달려들어 음식을 입으로 가져갔다.

"으으으으매, 다다 달꼬기 마마신따. 으으으매도 가같이 머머 먹자."

마음씨가 착했던 막내 시동생은 닭고기가 담긴 그릇을 시어머니 앞으로 자꾸 디밀었다.

"어맨 마이 멋다. 니나 마이 머라."

한참 시간이 걸려 아침 식사가 끝나자 시어머니는 미리 준비한 감주를 시동생에게 건넸다.

"자 희덕아, 이거 감주다. 니 감주 젤 안 좋아하나. 단숨에 쭉 마시라."

"우우우와 가감주가? 이이기 젤 마마마신데이. 으으으매, 고고 고맙데이."

막내 시동생은 워낙 감주를 좋아해 숨도 쉴 사이 없이 감주 한 사발을 모두 들이켰다. 그런데 바로 다음 순간이었다.

"으으으매, 가감주가 와이래 씨썹고 내내냄시가 이이키 나노? 우웩 우웩……."

막내 시동생은 눈을 뒤집으며 연달아 구역질을 하는 한편, 두 손으로 목을 부여잡고 쓰러지며 연신 고통스런 비명을 지르기 시작했다. 그와 동시에 시어머니는 막내 시동생에게 이불을 덮어씌운 뒤 목을 가로질러 걸터앉아 짓눌렀다. 숨줄이 막힌 막내 시동생은 더 이상 비명도 못 지르고 팔다리만 이불 속에서 버둥거리다가 얼마 못 가서 숨이 멎고 사지가 축 늘어져 버렸다.

감주 속에는 당시 농촌에서 흔히 쓰이던 맹독성 농약인 '파라티온'이 섞여 있었다. 강력한 살충제인 파라티온은 농부들 사이에서도 제일 무서운 농약으로 알려져, 약을 칠 때는 이중 삼중으로 마스크를 한 뒤 꼭 바람을 등지고 작업을 하는데, 일단 소량이라도 먹으면 살 가망이 없는 약이었다.

시어머니는 막내 시동생이 느낄 고통의 시간을 조금이라도 짧게 하기 위해 감주 속에 이 약을 넣고 목까지 누른 것이었다. 후에 시어머니가 먼저 세상을 떠나도 산 사람은 어떻게든 살아갈 텐데, 자신의 배로 낳은 자식을 자신의 손으로, 그것도 생일날 다시 저승으로 돌려보낸 비정한 시어머니의 모습에서 소름이 돋을 만큼 무서움을 느꼈다. 자식은 엄마 몸에서 나왔지만 엄마의 것이 아닌데, 어떻게 자식의 삶이 부모의 선택과 결정에 의해 좌우될 수 있단 말인가? 자식이 뱃속에 있을 때는 엄마와 동체로서 둘의 삶이 하나라 할 수도 있겠지만, 세상에 태어나는 순간 아이는 스스로 숨을 쉬고 스스로 몸을 살리면서 하나의 독립된 생명체로 존재하는 것 아닌가?

시어머니의 잘못된 판단으로 착하고 어질었던 막내 시동생은 자신이 세상에 왔던 그날, 스물세 살의 나이로 세상을 떠났다.

막내 시동생의 죽음으로 인한 충격이 쉽게 가시지 않은 날들이 이어지던 5월 8일, 4촌 식구들까지 거의 모여 오전부터 큰덕골의 큰집 밭에 고구마 모종을 심느라고 바빴다. 점심때가 가까워져 오자, 큰집의 둘째 질녀인 열네 살짜리 금선이가 점심 준비를 하러 집으로 향했다. 집 앞에 이르렀는데, 보리밭에서 무엇이 펄쩍펄쩍 뛰어오르는 모습이 눈에 확 들어왔다. 눈을 크게 뜨고 자세히 보니 올해 여섯 살인 태란이가 두 손으로 정수리를 감싸고 연거푸 계속 뛰는 것이었다. 금선이가 놀라서 달려가 보니 태란이는 두 눈알이 한쪽으로 몰려 흰자위만 드러나 있고, 정수리에서 시뻘건 피가 샘솟듯 하는데 옷은 모두 피에 젖어 몸에 달라붙어 있었다. 입은 끝까지 열려 있었지만 소리를 지르는 흉내만 낼 뿐, 아무 소리도 내지 못하고 제자리에서 펄쩍거리며 뛰기만 했다. 주변에 여덟 살짜리 동네 남자애가 둘 있었는데 급한 중에도 어찌 된 일인지 물어보았더니, 아홉 살짜리 남자애 명구가 밭에 있던 고무래를 들고 장난치며 휘두르다가 태란이의 머리를 세게 내리치고 달아났다는 것이었다.

금선이는 바로 태란이를 둘러업고 도리원에 있는 제남병원을 향해 쉬지 않고 달렸다. 사부동 어귀에 있는 흰재를 넘을 때는 숨이 멎을 듯 가빴지만, 이미 죽은 듯이 등 뒤에 늘어져 팔다리와 목을 떨구고 있는 태란이를 살려야 한다는 마음 하나로 10리 가까운 길을 내달린 것이었다. 금선이의 흰 저고리는 검붉은 저고리로 바뀌어 있었다.

병원에서는 출혈이 너무 심해 의식이 없고 빈사 상태인 태란이에게 수혈을 한 뒤, 함몰된 정수리의 뼈와 두피를 접합하는 수술을 했다. 그러나 병원장인 송오딜 의사는 태란이가 뇌 손상이 심해 소생하지 못할 가능성이 크고, 소생하더라도 뇌의 기능이 완전히 회복되기 어려워 언어장애나 지적장애를 겪게 될 수 있으며, 만 1년 뒤에 위험한 상황이 올 수도 있다고 했다. 병원에서 의사의 이야기를 들으면서 나는 머리가 하얘지고 온몸의 피가 다 빠져나가는 듯한 느낌이 들었다.

태란이는 엿새 뒤에 겨우 깨어났지만 제 엄마도 알아보지 못하는 것 같았고, 입은 오물거렸지만 말소리는 나오지 않았다. 말하자면 식물인간이었다. 완전 회복이 된다는 기약도 없어 태란이는 한 달 만에 퇴원을 했다. 나는 만사 제쳐놓고 태란이 옆에 붙어 앉았다. 멍이 들까 봐 손가락 두 개 만으로 약하게 온몸을 주무르며 낮은 목소리로 속삭이듯 태란이의 귀에 대고 말을 걸었다.

"태란아, 엄마다. 엄마 목소리 들리제? 대답은 아직 안 해도 된데이. 머잖아 우리 란이가 '엄마' 카만서 말할 수 있는 날이 올 끼다. 엄마도 시 부이나 죽었다 안 살아났나. 니는 이분 한 분마 해도 된데이. 요분에 죽었다 살아났으이 우리 란이 오래 살 끼다. 니가 얼매나 이뿐동 알제? 우리 사부동에 100여 호가 사는데 니가 젤 이뿌다고 소문 안 났나. 니가 이뿌다 카는 거는 엄마 생각이 아이고 동네 사람들 말이라. 동네 사람들 들일 가다가 니가 보이마 신기한 듯이 일부로 와가 요래조래 뜯어 보고 볼때기도 만지 보만서 이뻐 몬 살잔트나. 그른데 있제. 엄마는 걱저이 한 개 있데이. 머고 카마 '이뿐 사람 일찍 죽는다.' 카는 말이 있는데 그기 찝찝한 기라. 그래가 동네 사람들이나 우리 일가 친척들이 니 보고 이뿌다 카마 빌로 듣기 안 좋데이. 그래가 있제, 엄마가 생각했는데 인제 엄마는 니 보고 '못내미'라 칼라 칸다. 한 사람이라도 못났다 캐야 니가 오래 살 거 아이가 그제? 니는 그래도 이뿌다 카는 소리가 더 좋제? 엄마도 당연히 니가 시상에서 젤 이뿐 거 알고 있으이 속으로는 이뿌다 카고 겉으로마 못내미라 카게 알았제? 아이고, 우리 이뿐이, 와 이키 못났노?"

다시 한 달이 지나고 다친 지 석 달째로 접어든 어느 날, 매일 계속되는 나의 속삭임에 감응을 하듯 태란이는 나와 눈을 맞추고는 한참 동안이나 나를 바라보았다. 팔을 뻗으려는 듯 애를 썼지만 뜻대로 되지 않자 입을 실룩거리며 무슨 말을 하려는 것 같았다.

"으으으음……"

"그래그래 태란아, 엄마다 엄마. 엄-마 해 바라."

"으으 음-마."

"옳지옳지. 잘했데이. 우리 못내미 태란이, 차말로 잘했데이."

나는 태란이의 두 손을 들어 올려 가슴에 대고 꼬옥 품어주었다. 태란이의 표정이 밝아지더니 두 눈에 눈물이 그렁그렁했다. 나는 엎드려 가슴으로 태란이의 눈물을 닦아 주었다.

'잘되면 제 탓, 못되면 조상 탓'이란 말이 있다. 우리 집안에도 안 좋은 일이 자꾸 일어나니 사연히 조상의 묏자리에 대해 의견들이 오가기 시작했고, 결국 6월 3일에 시조부의 산소를 이장하게 되었다. 풍수의 말로는 지금 시조부의 묏자리는 좋은 자리지만, 혈의 위치를 잘못 잡아 집에 우환이 이어지고 앞으로도 계속될 것이라고 하면서, 혈 자리를 바로 잡으면 이 문제는 해결될 것이라고 했다. 그래서 이장을 결정하게 된 것이었다.
　이장을 마친 후 풍수가 말했다.
　"새로 뫼신 이곳은 자손 중에 훈장이 날 자린데, 향후 1~2년 새 젤 먼저 태이나는 아가 그리 될 끼다."

　시조부를 이장하고 나서 사흘 만에 나는 출산을 하였으나 사산이었다. 며칠 전까지만 해도 만삭의 태아는 움직임도 활발하고 아무 이상이 없었는데, 이장한 다음 날부터 태동이 전혀 느껴지지 않더니 이런 일이 생긴 것이었다. 열 달간 한 몸으로 살아온 아이와의 만남이 곧바로 이별이 되어 버린 현실에 또 한 번 가슴이 찢어질 듯 아팠다. 이승에서 눈 한 번 떠 보지도 못하고 이름도 없이, 핏덩이는 남편의 손에 의해 돌무덤으로 떠났다.
　빈자리는 채워지기 마련일까, 몸도 마음도 비어 버린 듯한 날들이 이어지는 가운데 달이 두 번 차고 기울 만큼의 시간이 흘러 8월 중순 무렵, 나의 뱃속엔 다시 한 생명이 자리 잡고 있었다.

　놀람과 슬픔의 연속이었던 한해가 더디게도 가더니 1959년 새해가 되자 이해는 왜 그리 빠르게 흘러가는지 불안했다. 작년에 태란이가 사고당한 5월이 무언가에 쫓기듯 다가오는 것이었다. 사고 이후부터 지금까지 태란이는 매일 머리가 아프다는 말을 달고 살았다. 칭얼대다가 지치면 잠이 들고 깨어나면 머리에 손을 없고 지내다시피 했다. 의사의 말로는 사고 후 만 1년 때가 위험하니 조심하라 했는데, 조심이야 당연히 한순간도 소홀함 없이 해 왔지만 조심만으로 아무 일 없이 지내게 될지는 알 수 없는 일이었다.

초조와 불안 속에 시간은 빨리 흘러 사고 1년째 날인 8일은 무사히 지나갔다. 이후도 하루하루 긴장이 이어지는 나날이었지만 태란이에게 별일이 일어나지 않아 말할 수 없이 감사하고 조금씩 안도감이 생기기 시작했다. 물론 아직 말이 어눌하고 지체장애가 있었으나 살아서 곁에 있어 주는 것만도 매일매일 감사했다.

5월 23일 아침 8시경, 이날도 매일 하듯이 태란이를 개운하게 씻기고 옷을 갈아입혔다. 그리고 부드러운 쌀밥에다 달걀찜을 해서 아침을 먹인 뒤 자리에 눕혔다. 명란이에게는 누룽지 죽을 주었더니 태란이 옆에서 먹고 있었다. 나는 해진 옷도 기울 겸 옷가지 정리를 하고 있는데, 태란이의 모습이 약간 이상했다. 반듯이 누운 자세로 천장을 쳐다보는데 입을 크게 벌렸다가 오므렸다가 반복하는 것이었다. 그걸 보자 명란이는 제 언니가 밥을 달라고 입을 벌리는 것으로 생각했는지 누룽지 죽을 한 순간 떠다가 태란이 입에 흘려 넣었다. 태란이가 그걸 삼키고 또 입을 벌리자 명란이는 그 후 두세 차례 더 죽을 떠먹였다.

태란이가 죽까지 잘 받아먹는 모습에 조금 맘이 놓여 밖으로 나가 장독 뚜껑을 열고, 봄나물을 멍석에 넌 뒤에 다시 방으로 갔다.

"엄마, 언니야 인자 죽 안 먹는데이."

"그른나 명란아, 그라마 언니야 죽 고마 조라. 니 언니 아께 아침 머었다."

그런데 얼핏 보니 태란이의 모습이 좀 이상했다. 고개가 옆으로 틀어진 채 숙이듯 꺾여 있고 사지가 축 늘어져 있었다. 놀라서 어깨를 흔들어 보고 손바닥으로 볼을 수차례 때려 보기도 했지만, 태란이는 아무 반응이 없었다. 급히 손바닥을 허리 밑으로 넣어 보았더니, 허리가 방바닥에 밀착된 상태였다.

몸은 아직 따뜻한 그대로였지만 태란이는 조금 전 이미 숨을 거둔 것이었다. 의사에게 들은 말이 있었기 때문에 한두 번 가슴 아픈 각오를 안 해 본 것은 아니었지만, 정말로 이렇게 태란이가 떠나리라고는 생각지 않았다. 오늘은 머리가 아프다는 말조차 한마디 못 하고 태란이는 문득 한 마리 나비처럼 홀홀 내 곁을 떠났다. 아까 입을 벌리곤 하던 그 순간이 마지막 작별 인사인 줄도 모르고 곁에 있어 주지 못했던 내가 미워 죽을 것만 같았고, 갖은 후회가 밀려왔다. 귀한 자식일수록 이름을 천하게 짓는다는 말도 들었는데, 이럴 줄 알았으면 이름이라도 천하게 지어 부를 것을, 사람들에게 아이 보고 예쁘다고 입 대는 걸 아예 못 하게 막아도 볼 것을······. 아직 반쯤 떠져 있는 태란이의 두 눈을 두 손으로 고이 감겨 주었다.

남편에게 태란이를 사산된 아이가 묻혀 있는 감자골에 나란히 묻어 달라고 했다. 이날 오후부터 내 가슴에는 또 하나의 돌무덤이 생겼다. 가슴이 무겁기야 한량없었지만 평생 내가 안고 가야 할 또 다른 나이기에 모정이란 끈으로 두 개의 돌무덤을 내 가슴에 꽁꽁 묶었다. 부모가 죽으면 땅에 묻고, 자식이 죽으면 가슴에 묻는다는 말을 수없이 들어왔지만, 내가 막상 내 배에서 나온 두 자식을 내 가슴에 묻고 나니, 세상에 태어나 이런 것까지 배우고 경험해야 되는가 하는 서러움에 눈물이 났다. '죽어 보아야 저승을 안다.'라고 했던가. 생전에 자식을 둘이나 먼저 떠나보내야만 했던 내 엄마의 비통했을 심정을 뼈저리게 느끼며, 힘없이 눈을 들어 감자골을 바라보니 이내 낀 산허리엔 석양빛만 쓸쓸했다.

"아버지를 잃으면 하늘을 잃고

어머니를 잃으면 땅을 잃는다네

배우자를 잃으면 반쪽을 잃고

자식을 잃으면 전부를 잃는다네"

홀연히 태란이가 떠나고 보름만인 6월 7일에는 텅 빈 것 같던 우리 집에 그 빈자리를 메워 주듯 내 몸에서 아이가 태어났다. 시조부 이장 후 12개월 만에 맨 처음 태어난 아이였다. 출산하던 날 남편은 의성 향교에 가고 없고, 명란이 말고는 우리 집에서 같이 살고 있는 열한 살짜리 사촌 시동생인 태열이밖에 없었다. 사전

징후도 없이 갑자기 산통이 시작되어 어디 도움을 요청할 수도 없는 상황이라, 태열이에게 빨리 부엌에 가서 가위를 가져오라고 한 다음, 혼자 아이를 낳고 가위로 탯줄을 잘랐다. 아들이었다. 태란이의 죽음으로 인한 상실감이 너무도 컸던 만큼이나 아이가 탄생한 기쁨도 그만큼 컸다. 풍수의 말대로라면 이 아이가 장차 훈장 역할을 하는 사람이 될 수도 있겠다는 생각이 들었지만, 무엇이 되든 간에 별 탈 없이 건강하게 잘 자라 주기만 하면 고맙겠다는 바람이 훨씬 컸다.

그런데 남편이 작명가에게 아이의 이름을 지어 달라고 의뢰를 했지만, 거의 한 달이 되어 가도 이름이 나오지 않았다. 아이의 사주에 맞는 이름이 잘 없다는 것이었다. 그러다가 끝내 한 달을 다 채우고도 사나흘을 더 지난 무렵이 되어서야 마침내 이름이 나왔다. '다행 행', '선비 언'자를 합쳐 '행언'이라고 했다. 이름대로 장차 다행스레 착한 선비가 되었으면 하는 바람을 가져 보았다.

내가 아들을 낳자 시어머니도 처음으로 얼굴을 폈고, 씨받이 소실로 들어와 이때까지 아이를 낳지 못하고 있던 여자는 시어머니의 지시로 우리 집을 떠났다.

삶이란 살아 내는 것이지

산이라도 날려 버릴 기세였다. 강물도 일으켜 세워 버릴 위세였다. 태풍 '사라'의 모습이었다. 1959년도에는 총 일곱 개의 태풍이 우리나라에 영향을 주었는데, 그중에서도 사라는 최저 기압 952밀리바에 중심 부근 풍속이 초속 85미터, 평균 풍속은 초속 45미터로 우리나라 기상 관측 이래 최대 규모의 태풍이었다는 라디오 뉴스가 흘러나왔다.

사라는 추석 연휴인 9월 17일 새벽, 남해안 충무에 상륙해 대구, 군위, 의성, 안동을 거쳐 동해로 빠져나가면서 영남 지방에 엄청난 피해를 주었는데, 사망자와 실종자가 849명, 이재민이 3,459명, 선박 파손 11,704척이었다고 했다. 해방 이후 자연재해로는 가장 많은 인명 피해가 발생했다면서, 또한 강풍과 폭우, 강물의 역류로 인한 홍수, 거대한 해일 등으로 경상도 전역에서 가옥과 농경지가 침수되고, 곳곳의 도로가 유실되거나 다리가 파손되어 막대한 재산 피해가 동반되었다고 전했다.

태풍이 정통으로 지나갔던 우리 의성 사부동도 피해가 실로 컸다. 밭 작물을 살피러 나갔다가 큰물에 휩쓸려 동네 일가 한 사람이 실종되어 버렸고, 태풍 중심부가 지나가면서 초속 80미터가 넘는 강풍으로 100여 호가 되는 초가집들은 지붕이 모두 날아가 온전한 것은 하나도 없었다. 감나무, 대추나무 등 집 주변의 나무들은 뿌리가 하늘을 향하고 있고, 폭우에 쓸린 담벼락은 성한 것이 별로 없이 반파된 집도 여럿인 데다 아예 물에 잠긴 집도 있었다. 돼지우리도 물에 잠겨 어떤 돼지는 물에 떠내려가기도 하고 일부 돼지는 우리 안에서 익사하기도 했다. 본래 농토가 별로 없는 동네인데, 그나마 논이라고 하는 것들은 대부분 하천변을 따라 널려 있는 터라, 수확을 앞둔 논들은 고스란히 물에 잠겼다. 물이 좀 빠진 뒤의 모습은 벼가 서 있던 들판이 아니라 전부 모래밭 또는 진흙밭으로 변해 있었다.

우리 집 사정도 다른 집들과 같았다. 태풍이 지나고 물이 좀 빠진 뒤 사과밭으로 가 보았더니, 하천이 범람해 이삼일 간 물에 잠겼던 밭은 진흙과 모래와 자갈이 뒤범벅된 황무지로 변해 있었다. 바로 서 있는 나무는 거의 없었고, 흙 속에 묻혀 아예 형체도 안 보이는 나무도 많았다.

그러나 낙담은 그날 하루로 족했다. 이튿날부터 남편과 같이 사과밭 복구에 매달렸다. 태열이를 밭에 함께 데려가 명란이와 행언이를 돌보게 하고, 산후 건강도 완전히 회복하지는 못한 몸이었지만 죽기 살기로 나무를 다시 세우고 자갈을 골라냈다. 힘이 들었지만, 살기 위해 하는 일이니 죽을 리야 있겠느냐는 마음으로 독하게 해냈다.

 안계 있을 때 소나무에 목을 매단 나를 살려 준 할머니의 당부를 가슴에 새긴 뒤로, 나는 어떤 난관도 이겨 낸다는 다짐을 스스로에게 해 왔다. '하늘은 사람이 감당할 수 있을 만큼의 고난과 고통을 주는 것이고, 못 견디겠다 싶은 고난과 고통도 견디고 나면 견딜 수 있었던 것'이라던 할머니의 말씀은, 내가 어려움에 처할수록 나를 더 강하게 만들어 주는 담금질 화로의 풀무와 같은 것이었다. 고통은 이겨 내라고 있는 것이고, 고난은 벗어나라고 있는 것일 터였다. 삶이란 살아지라고 있는 것이 아닌 살아 내라고 있는 것임을 믿기에, 나는 내 삶에 끌려가지 않고 내 삶을 끌어가는 사람이 되겠다는 생각을 다잡곤 했다.

 풍파! 바람은 언제나 불고 물결은 어디서나 인다. 그런데 풍파를 일지 못하게 할 수는 없을지 몰라도 그것을 견디고 이겨 낼 수는 있는 것이다. 나는 내가 살아가는 동안에 얼마나 많은 풍파가 밀려오지는 알 수 없었다. 그러나 확실했던 것은 나는 어떤 풍파가 밀려와도 할머니의 당부대로 모두 이겨 내겠다는 다짐을 매일같이 했다는 것이었다.

'사라'는 자연이 만들어 낸 풍파였지만 우리 집에는 때때로 사람이 만들어 내는 풍파가 있었다. 풍파를 만들어 내는 사람은 남편이었고, 나에게 그 풍파는 '남편 시집살이'였다. 시어머니의 영향을 받았는지는 모르겠으나 남편 형제들 중에서도 유달리 가부장적 성향이 강한 남편은 삼강오륜을 종교처럼 신봉하는 사람이었다. 틈만 나면 큰집 조카와 질녀들, 사촌 동생들, 또는 동네 아이들에게 예절 교육을 시키거나 유교적 훈시를 하다 보니, 아이들은 남편의 그림자만 보여도 피하기 바빴다. 성격도 불같아 한번 화를 내면 그 순간엔 누구도 말리기 어려웠지만 뒤끝은 없는 편이었다.

풍파가 생기려고 그런 건지 밥을 먹을 때면 이상하게도 꼭 남편의 밥에서만 돌이 나와 그걸 씹는 일이 가끔씩 일어났다. 그럴 때면 남편은 불같이 화를 내며 밥상을 엎어 버리고, 밥을 다시 해 오라고 소리쳤다. 몇 번을 당하고 나니 식사 때만 되면 남편 입에 밥숟가락이 들어갈 때마다 눈치를 살피며 마음을 졸이는 게 습관이 되었다. 밥이 질다, 되다, 반찬이나 국이 짜다, 싱겁다는 말을 끼니 때마다 하는 편이었지만 그것은 내 탓이라는 생각을 했고, 조금이라도 더 세심하게 신경 써서 음식을 하려고 노력했다.

그런데 태풍 사라가 오기 하루 전에도 우리 집에는 이미 작은 풍파가 먼저 있었다. 다가오는 태풍의 영향으로 전날 오후에는 부슬비가 내렸는데, 하필 그날은 의성 향교에서 집회가 있어서 남편은 오전부터 향교에 있다가, 오후 3~4시경에 도리원에서부터 집까지 걸어서 오게 되었다. 그런데 도중에 비가 내려 결국 도포가 다 젖고 말았다. 나는 도포를 신주처럼 소중히 여기는 남편이 대문을 들어서는 것을 보고 걱정스런 목소리로 말을 했다.

"아이고, 옷 다 젖었제요?"

그 순간 남편은 눈을 부라리며 소리질렀다.

"지금 옷이 중요하나? 사람이 비에 다 젖은 판에 몸띠가 어뜬지 물어 바야 되는 거 아이가?"

남편은 갑자기 도포를 벗어 빗물이 흐르는 마당에 던지더니 발로 지근지근 밟아 버렸다. 소중히 여겼던 도포가 비에 젖어 속이 상했을 텐데, 내가 말을 걸자 그 화풀이를 나한테 한 것 같았다.

"아이고, 미안하구마. 내가 생각이 짧았구마. 성질 푸소."

남편은 더 이상 말은 안 했다. 그 후 나는 진흙 범벅이 된 도포를 빨고 손질하는 데 많은 시간을 보냈다.

1960년 5월 23일, 나는 원개댁 남조 아기씨한테 명란이와 행언이를 잠시 봐 달라고 맡긴 뒤, 혼자 김지골을 찾았다. 이날은 태란이가 떠난 지 1년이 되는 날이었다. 양지바른 언덕에 두 개의 돌무덤이 다사로운 햇살을 받고 있었다. 이름 없는 둘째 아이도 그랬지만 태란이는 함께했던 날들이 많았던 만큼 애틋함이 더 크게 밀려왔다. 이름이라도 천하게 지을 것을, 예쁘다는 소리를 덜 들도록 해 볼 것을……. 다시금 온갖 회한이 가슴을 파고들었다. 언덕 아래 바라뵈는 산모롱이에서 피어오르는 아지랑이는 귀염둥이 태란이의 머릿결 같았고, 굴참나무 가지 사이 연둣빛 잎새에서 재잘대는 멧새 소리는 재롱둥이 태란이의 웃음소리 같았다.

  태란이가 잠들어 있는 돌무덤 위에 물에 불린 생쌀을 한 줌 올렸다. 태란이는 다섯 살 무렵에 생쌀을 먹다가 나한테 들켜 혼이 난 적 있었다. 생쌀 먹으면 엄마가 일찍 죽는다는 것은 무섭지 않았지만, 아직 이가 완전하게 자라지도 않은 때에 생쌀을 씹다 보면 이가 상할 것이라는 생각에 꾸지람을 조금 했었다.

  얼마 뒤 저녁 무렵에 군불을 때려고 작은방 아궁이에 불쏘시개로 보릿짚을 한 단 넣고 성냥으로 불을 붙이려 하다가, 아궁이의 재를 칠 때가 되었나 싶어 안을 들여다보고는 깜짝 놀라고 말았다. 아궁이 속에 태란이가 웅크리고 잠들어 있었던 것이다. 놀란 가슴을 쓸어내리며 태란이를 꺼내어 연유를 물었더니, 엄마한테 꾸중을 듣고는 무서워서 거기에 숨었다는 말을 했다. 군것질거리도 없던 시절이라 입이 심심해 쌀 몇 알을 씹었을 텐데, 부드러운 말로 타이르지 않고 걱정이 앞서 꾸지람을 했던 것이 태란이에게 미안했고, 나 스스로에게 속이 상했다. 바로 불을 땠더라면 어찌 될 뻔했을지, 그 생각만 하면 언제나 온몸에 소름이 돋았다. 그 뒤로는 어느 누구를 나무랄 일이 있어도 절대 큰소리를 내거나 꾸지람하는 투의 말은 하지 않게 되었다.

"태란아, 옛날 일이 되었다만 그때 니를 꾸지럼한 거는 차말로 미안하데이. 생쌀 씹으마 이가 상하이 물에 불리가 먹든지, 아이마 고두밥을 해가 간식으로 먹으마 된다고 엄마가 고분 말로 캐도 됐을 낀데 머러캤다 그제? 거게선 인제 머리 안 아푸고 잘 있제? 엄마는 엄마대로 부지러이 살어 내고 갈 테이 니는 니대로 아무 고생도 마고 잘 지내다가 냉제 엄마 가마 반갑기 만내재이. 니는 그래도 애총이제만 집이 있고 내 가심에 니를 묻었는데, 우리 엄마는 몸띠가 없어가 땅에 묻지도 몬했데이. 빛으로 사라지고, 소리로 없어지고, 구름으로 흩어졌으이 무얼 어데 묻을 수 있었겠노. 그래가 내 엄마는 내 머리에 묻었제. 내 기억 속에 묻어 둔 기라. 인제 더는 내 가심에, 내 머리에 한을 묻을 일이 없었시마 좋겠데이.

태란아, 올따라 니가 더 보고 시푸고, 울 엄마도 더 생각나 눈물이 자꾸 난데이. 이별에 아픔은 보내는 이에 몫이고, 이별에 슬픔은 남는 자에 것이드라……"

1961년 2월에는 둘째 아들 '봉진'이가 태어났고, 이듬해인 1962년 3월에는 명란이가 봉양 국민학교에 입학했다. 내 나이 서른 살에 처음으로 학부모가 된 것이었다. 엄마로서 가르쳐 줄 게 별로 없어 답답했으나 명란이는 학교생활을 잘했고, 공부도 1학년 때 전과목 '수'를 받아 왔다. 태란이처럼 예쁘고 총명해 여러 선생님들에게 귀여움을 많이 받았다.

그런데 2학년 봄 무렵, 학교 체육 시간에 달리기를 하다가 넘어져 무릎이 좀 벗겨진 일이 있었고, 그게 탈이 났는지 얼마 뒤 무릎 속 뼈가 아프다고 했다. 그 정도 다치는 거야 아이고 어른이고 흔히 있는 일이라 대수롭잖게 생각했는데, 며칠이 지나자 몸에 열이 나고 춥다면서 몸을 떨 뿐만 아니라 구토를 하고 설사를 하기도 했다. 입맛이 없는지 밥도 잘 먹지 못하고 나중에는 다리가 붓더니 상처 부위로 고름이 흘러나오는데, 허벅지와 엉덩이뼈 부근까지 아프다며 걷지를 못하는 것이었다.

걱정이 되어 남편이 자전거 뒷자리에 밧줄로 묶어 고정시킨 나무 궤짝 안에 명란이를 태우고 도리원 제남병원을 찾았더니, 외상에 의한 골수염이라고 했다. 골수염은 한창 성장하는 두 살에서 열 살 어린아이한테 잘 생기는데, 상처에 감염된 균이 피를 타고 뼈에까지 들어가 염증을 일으키는 것으로, 무릎이나 넓적다리뼈에 잘 생긴다고 했다. 그런데 초기에 왔으면 항생제로 치료할 수 있었겠지만, 이젠 많이 진행되어 수술을 해야 하고 그것도 좌측 골반뼈까지 포함해 왼쪽 다리 전체를 절단해야 한다고 말했다.

그야말로 청천벽력이었다. 남편은 그 말을 듣고 나서, 차라리 죽는 게 낫지 다리 하나 없는 몸으로 시집도 못 가고 평생 살도록 할 수는 없다는 생각으로, 다시 명란이를 자전거에 태우고 병원을 나와 집으로 오는데, 공동묘지 부근을 지날 때 산비탈에서 무얼 캐고 있던 한 노인이 말을 걸었다.

"보이소. 어린아를 와 기짝에 태아가 댕기니껴?"

"아, 다른 기 아이고 우리 여식아가 다리뼈가 곪는 벵이 생기가 벵원에 갔디마, 한짝 다릴 골반꺼지 다 짤러내야 된다 캐가 차라리 죽는 기 낫다 시퍼 기양 집으로 가누마."

"그르이껴. 그라마 내가 씨기는 대로 한 분 해 보소."

"야, 고맙구마. 어야마 되니껴?"

"여러가지 방법이 있는데, 당장 하기 숩은 거 및 개 갈치 줄 테이께 두세 가지 해 보마 좋을 끼라요. 우선 요새 들에 가마 쌨는데 씬내이를 뿌리째로 캐가 물에 땔이가 하로 두세 분 밥 먹기 전에 믹이고, 독미난지나 복상나무뿌리를 찌이가 고름 나는 환부에 발러 주소. 또 독말풀 이퍼릴 끓는 물에 데치가 하로 한두 분 환부에 붙이도 좋고, 할 수 있시마 지네를 잡어가 볶은 담째 가리를 내가 하로 시 분 믹이고 환부에 뿌리 주마 효과가 있구마."

나는 아이를 살려 내야 한다는 일념으로 만사 제쳐놓고 노인이 가르쳐 준 방법들을 모두 썼다. 다른 건 그래도 어렵지 않았지만 지네를 잡는 일은 정말 무섭고 징그러웠다. 지렁이와 여러 발 달린 벌레를 특히 무서워하는 나는 야산의 돌 밑이나 썩은 나무토막 아래 숨어 있는 지네를 잡을 땐 온몸에 소름이 쫙 돋았다. 그러나 명란이만 살릴 수 있다면 그깟 지네한테쯤은 물리더라도 괜찮다는 생각으로 이를 악물고 잡고, 볶고, 빻아 냈다.

죽기 살기로 애쓴 보람이 있었는지 명란이의 증세는 날이 갈수록 호전되었고, 두어 달 만에 기적처럼 완전히 나았다. '기적을 만드는 건 요행이 아니라 정성'이라는 믿음이 생겼다. 명란이가 투병하는 동안 남편은 명란이를 나무 궤짝 실은 자전거에 태워 등하교시키면서 단 하루도 결석을 하지 않도록 했다.

1964년에는 셋째 딸 광훈이가, 1967년에는 막내딸 영미가 태어났고, 1968년에는 명란이가 중학생이 되었다. 힘든 사과 농사에다 많은 식구들을 챙기며 애면글면 사는 일이 쉽지 않았지만, 세월은 참 쉽게도 술술 흘러갔다.

68년 가을, 도리원에 사는 사촌 시누이 원주 아기씨 내외가 우리 집에 놀러왔다. 원주 아기씨 내외와 우리는 친형제 이상으로 도타이 지내는 사이였다. 사는 곳이 우리 집과 2킬로미터 정도밖에 떨어져 있지 않아 가깝기도 하고, 시매부 신칠언 씨와 우리 남편은 나이가 동갑인 데다가, 6·25 전쟁 때는 육군 하사관 동기생으로 같은 부대에 근무하기도 해서 정분이 남달랐다. 그럴 뿐만 아니라 우리 남편의 중매 역할로 두 사람이 부부의 연을 맺게 되었으니, 이 집안은 우리 집과 귀한 인연들로 얽혀진 친인척이었다. 우리는 큰방에 모여 앉아 집안 이야기며 세상살이에 대한 화제로 이야기꽃을 피웠다.

얼마나 시간이 지났을까. 봉진이와 함께 작은방에서 놀고 있던 행언이가 큰방으로 건너왔다. 작은방은 원주 아기씨한테는 친정 남동생인 태열이가 기거하고 있는 방이었다.

"엄마, 내캉 봉진이캉 이거 맛 봤데이. 마이 씨분 맛이 나드래이."

"그기 머고? 함 보자. 일로 조 바라."

행언이는 투명 유리로 된 작은 병 하나를 내밀었다. 맙소사. 그 병을 받아 살펴본 순간 숨이 멎을 것 같았다. 그건, 그것은 흔히 싸이나라고 불리는 청산가리가 담긴 병이었다. 태열이는 해마다 겨울이면 찔레 열매를 따서 속의 씨앗을 파낸 다음, 안에 청산가리를 채워 들에 놓아 토끼나 꿩을 잡곤 했는데, 지난겨울에 쓰고 남은 청산가리를 병에 넣어 작은방 책상 위에 놓아둔 모양이었다.

눈앞이 캄캄해졌다. '빨리 토하게 해야 한다.' 그 생각밖에 들지 않았다. 원주 아기씨도 하얗게 질린 얼굴로 눈을 둥그렇게 뜨고 소리쳤다.

"언니야, 어야노? 야들 퍼떡 토하게 맨들어야 안 하나?"

"그래 액씨야, 내 쫌 도와도."

나는 정신없이 쌀 한 식기를 퍼냈다. 바가지에 물과 함께 넣고 손바닥으로 치대어 쌀뜨물을 만들었다. 두 아이한테 강제로 한 그릇씩 먹인 뒤, 손가락을 아이의 목구멍으로 넣고 원주 아기씨한테는 아이의 등을 세차게 두드려 달라고 하면서 강제로 토하게 했다. 그 과정을 두 아이에게 번갈아 가면서 미친 듯이 반복했다. 먹게 하고 토하게 하고, 또 먹게 하고 토하게 하고……. 몇 번을 반복했는지 모르겠지만 기진맥진할 때쯤 동작을 중단하고, 아이들을 작은방에 눕힌 뒤 안정을 취하게 했다.

독약 하면 으레 떠올리는 청산가리는 극소량만 먹어도 죽을 수 있는 무서운 약으로, 시골 동네 어딜 가나 청산가리 먹고 자살한 사람이 있다는 이야기는 흔히 들을 수 있었다. 청산가리가 든 찔레 열매를 먹은 꿩이나 토끼가 멀리 가지 못하고 대개 근처에서 죽어 있는 것만 봐도, 청산가리가 얼마나 맹독성을 가진 독약인지 알 수 있었다. 청산가리는 설탕이나 사카린 가루와 비슷하게 보여 자칫하면 아이들이 먹을 수도 있는데, 태열이는 그 위험한 것을 소홀히 취급한 것이었다.

30여 분 지나도록 다행히 아이들은 별 탈 없이 안정된 모습을 보였다. 마음이 조금 놓여 아이들에게 왜 그걸 입에 넣었느냐고 물어보았다. 예상대로 설탕인 줄 알고 입에 댔다는데, 행언이가 먼저 손가락으로 조금 찍어 혓바닥에 대고 맛을 보니 쓴맛이 나서 뱉아 버린 뒤, 이번에는 봉진이에게 한번 먹어 보라고 하자 봉진이도 맛을 보곤 써서 뱉았다고 했다. 그걸 아무 생각 없이 삼키기라도 했으면 어떻게 됐을까 생각하며 가슴을 쓸어내렸다. 아차 하는 순간에 나는 열 살, 여덟 살의 두 아들을 동시에 잃을 뻔했다.

청산가리 사건이 있은 후 한 달도 되지 않아 행언이에게 또 일이 생겼다. 행언이는 동생들을 잘 데리고 놀면서 자주 업어 주기도 했는데, 남자가 계집애 업으면 고추 떨어진다며 제 할머니가 가끔씩 겁을 주었지만, 행언이는 그런 말엔 아랑곳하지 않고 광훈이와 영미를 잘 업어 주었다. 하루는 광훈이를 업고 원개댁 뜨락 위에서 놀다가 앞으로 엎어지는 바람에, 댓돌에 얼굴을 부딪쳐 앞니 하나가 쏙 빠져 버렸다. 얼굴도 찢어져 피투성이가 된 행언이는 그래도 울지 않고, 동생이 괜찮은지 먼저 챙기더라는 원개 아주머니의 말에 행언이가 기특하다고 생각했다.

행언이는 넘어질 때 많이 놀랐는지, 이튿날 저녁 무렵부터 갑자기 경풍이라 불리는 바람기가 있었다. 의식이 흐려지고 경련을 일으키며, 눈을 치뜨고 입으로 거품을 흘렸다. 급히 서둘러 태열이에게 행언이를 업히고, 자정 가까운 시각이었지만 노매실 골짜기에 사는 천산 할머니한테 가서 바늘로 바람을 따고 왔다. 마침 집에 조금 있던 천마를 푹 달여 먹이고 재웠더니 이튿날 아침에는 거의 정상으로 돌아왔다. 두어 달 후에 행언이는 대구의 치과 병원에 가서 보철을 하고 왔는데, 나의 이가 빠진 것처럼 마음이 아팠다.

봉진이가 아홉 살 되던 해 여름, 행언이와 함께 집 뒷마당에서 술래잡기 놀이를 하다가 앞으로 고꾸라지면서 장독 모서리를 세게 박아, 콧등이 심하게 부어오르고 이마가 깨지는 사고가 났다. 다행히 병원에 가지 않고도 상처는 아물었지만 흉터는 남았다. 그 일 때문은 아닌 듯했지만, 어느 때부터인지 봉진이의 얼굴이 자고 일어나면 부어 있고, 밤사이 오줌을 눈 요강을 보면 거품이 많았다. 처음엔 별것 아니라 여겼지만 날이 갈수록 눈이 붓고 얼굴빛이 누레지며, 머리와 아랫배가 아프다고 했다.

어느 날 도리원 제남병원에 가서 진료를 받아 본 결과, 병원장은 봉진이의 병이 신장염이라고 하면서 현재의 의술로는 치료할 방법이 없고, 아마 앞으로 1~2년 더 살 수 있을 거라고 했다. 날벼락이었다. 치료 방법이 없다지만 혹시 큰 병원에 가 보면 살릴 길이 있을까 싶어 대구의 대학 병원 한 곳을 찾아가 진료를 받아 보아도 결과는 마찬가지였고, 마지막 끈을 잡는 심정으로 서울의 대학 병원까지 가 보았지만 치료법이 없다는 대답만 똑같이 듣고 왔다.

'나의 삶에는 무슨 날벼락이 이리도 많은지……'

처음엔 절망감이 전신을 감쌌지만, 그것은 차츰 슬픔과 한스러움으로 바뀌었고, 나중엔 생각할수록 화가 나면서 오기로 변했다.

'살려 보자, 아니 살려 내자, 병원이 못하면 내가 해 내자, 하다 하다 안 돼도 그까짓 죽기밖에 더 할까……'

병은 자랑하라는 말이 있다. 우리 아이가 신장염이 있다는 것을 만나는 사람마다 붙잡고 이야기했다. 하루는 운람사 절에 갔다가 주지 스님에게도 봉진이의 병을 이야기했다. 그러자 주지 스님은 옥수수염이나 측백나무 열매를 꾸준히 달여 먹이라고 했다. 그리고 밥은 끼니마다 두세 숟갈 정도만 주고 반찬은 주지 말라고 했다.

이튿날부터 바로 주지 스님의 말을 실행에 옮겼다. 밥을 먹을 때는 미닫이문을 사이에 둔 작은방에 봉진이를 앉히고 밥 두세 숟갈에 맨간장 몇 방울 정도만 주었다. 밥이 반 공기 분량도 안 되니 봉진이는 순식간에 식사를 마쳤다.

"엄마, 밥 째매마 더……."

봉진이의 말이 끝나기도 전에 나는 단호하게 말했다.

"안 된데이. 니 살라 카마 적기 머야 된데이. 냉제 뼝 다 낫고 나마 밥 마이 주께. 참어래이."

"난 배고퍼가 사는 거보다 배불러가 죽는 기 더 좋다."

봉진이의 말을 듣고 남편이 말했다.

"아 배 마이 고풀 낀데 한 술까락만 더 주제 와."

평소에 엄하고 성격이 불같아도 잔정이 많은 남편이었다.

"안 되누마. 아 샬릴라 카마 부모가 모질고 냉혹해야 되고 인정사정 보마 안 되누마."

내가 워낙 단호하게 말하자 남편은 더 이상 말을 안 했다.

이후로 봉진이는 밥을 더 달라고 하지는 못하고, 식구들이 밥 먹는 모습을 부러운 듯이 지켜보다가 눈물을 뚝뚝 흘리곤 했다.

측은한 그 모습에 식사 시간이 제일 고통스러웠는데, 나도 봉진이와 함께해야 한다는 마음으로 가족들이 식사할 때 나는 밥을 먹지 않았다. 가족들이 식사를 마치고 나면 남편이 습관처럼 남기는 한두 숟갈의 식은밥을 설거지 삼아 먹는 것이 고작이었다.

나중엔 봉진이가 가족들의 식사 모습을 보지 못하도록 미닫이문을 닫고, 식사 시간을 작은방에서 봉진이와 함께 보냈다. 물론 봉진이에게 병을 고치고 살기 위해 이렇게 해야 한다면서 차근차근 끼니때마다 설명은 했지만, 아직 아홉 살에 불과한 아이가 배고픔과 단절감을 홀로 견디기엔 너무도 큰 고통이란 생각이 들었다. 그래서 봉진이가 스스로 혼자가 아니라는 생각이 들도록 나는 작은방에서 봉진이와 똑같은 양의 밥과 간장을 같이 먹었다. 가족들의 식사가 끝나는 시간에 맞추기 위해 봉진이와 나는 두세 숟갈의 밥을 한 알, 한 알 세듯이 천천히 천천히 먹었다. 간혹 밭일을 가야 할 때나 집안일을 할 때, 너무 기력이 달려 쓰러질 것 같을 때는 봉진이 몰래 따로 식은밥을 몇 숟갈 더 먹기도 했지만, 그것은 먹는다기보다는 살아 내기 위해 그냥 삼키는 것에 불과했고, 봉진이한테 대한 미안함으로 매번 가슴이 아파 체할 것만 같았다.

측백나무 열매와 옥수수수염은 제철이라 쉽게 구할 수 있었으므로, 하루 세 번씩 시간을 꼭 지켜 정성껏 달여 먹였다. 특유한 냄새 때문에 봉진이가 먹기 괴로워했지만 그때마다 어르고 달래어 한 손으로 코를 쥐고 마시게 했다. 재료는 명란이와 행언이가 수시로 구해 왔다. 옥수수염은 우리 사과밭 주변에 일구어 놓은 옥수수밭에서 뜯어 오고, 측백나무 열매는 봉양 국민학교에 가서 따 왔다. 학교 교문 입구 좌우와 운동장 둘레가 전부 측백나무로 울타리가 되어 있어 열매가 아주 흔했다.

봉진이의 약을 달이는 일은 하루 일과의 시작이면서 끝이기도 했다. 봉진이도 많은 어려움을 잘 이겨내 주었고, 마침내 만 1년이 지났을 무렵에는 신장염 증세가 거의 사라진 듯했다. 특히 눈두덩이를 비롯한 얼굴 부기가 없어지고 오줌에 거품도 일지 않았다. 이해가 저물어 갈 무렵, 봉진이는 병원에 가서 완치 판정을 받았다.

봉진이는 2학년 가을부터 시작해 3학년 학기 전체를 휴학했던 생활을 끝내고, 다음 해 봄 신학기에 바로 4학년으로 올라갔다. 남들이 안 된다고 하는 일이었지만, 내 손으로 또 하나를 해내었다는 보람 속에서 모든 것에 감사하는 마음을 잊지 않았다.

나는 또 하나를 깨달았다. '행운'은 '행동'이 주는 선물이라는 것을.

1970년 2월에는 또 한 인연으로 막내아들 '광호'가 태어났고, 석 달 뒤인 5월에 우리는 신작로 변의 초가집을 떠나 과수원에 새로 지은 양옥으로 이사했다. 전기를 처음으로 들였고, 텔레비전도 처음 구입해 옥상에는 안테나가 위풍당당하게 세워졌다.

이해에는 나라에도 변화가 많아 경부 고속 도로가 개통되고 새마을 운동이 시작되었다. 우리 마을도 동네 앞 논밭은 정부 지원으로 바둑판처럼 반듯하게 경지 정리가 이루어지고, 초가지붕들은 대부분 슬레이트 지붕으로 바뀌었다. 석유를 넣고 심지에 불을 붙여 음식을 조리하는 주방 기구인 석유 곤로를 웬만한 집에는 하나씩 갖추었는데, 이것은 주방의 혁명이라 부를 만했다.

과수원 집으로 이사하기 전엔 그나마 원개댁 한 집이라도 이웃이 있었지만 이제 우리 집은 완전히 외딴집이 되어 외로웠다. 우리 아이들은 동무도 없고 놀 곳도 없으니 그저 제 형제자매끼리 놀기도 하고 토닥거리기도 하며 지내는 것이었다. 사과 농사를 시작하면서 진 빚도 있는 데다 양옥을 짓느라고 또 빚을 내어 허리가 휘청거렸지만, 이 또한 살아 내야 하는 것이기에 다시 한번 더 허리띠를 졸라매었다.

이듬해인 1971년에는 일곱 살 된 광훈이를 봉양 국민학교에 입학시켰다. 아무래도 아직 학교 가기엔 어리다 싶었지만 남편의 뜻에 따른 것이었다. 아니나 다를까 광훈이는 학교생활에 적응하지 못했다. 매일 아침이 되면 학교에 가지 않으려고 떼를 썼다. 나는 그때마다 광훈이를 달래어 언니 오빠들과 같이 십 리 가까이 되는 학교로 보냈지만, 도중에 울면서 집으로 돌아오기 일쑤였다.

어느 날 담임 선생님의 통지로 남편이 학교를 방문하게 되었는데, 선생님은 광훈이가 아직 너무 어려 학교 다니기가 힘드니 한 살 더 먹으면 입학시키는 게 좋겠다고 말했다. 선생님의 말로는 광훈이가 자주 교실에서 오줌을 싸고 운다는 것이었다. 그 얘길 들으니 광훈이의 등교 거부 상황이 이해가 되었다.

사실 어린아이들이 학교생활에서 마주하는 힘든 것 중의 하나가 화장실 가는 일이었다. 재래식 화장실은 문을 열면 바닥에 길쭉한 네모 모양의 구멍이 뚫려 있고, 그 아래엔 깊이를 알 수 없는 동굴 세계 같은 것이 컴컴하게 펼쳐져 있으니, 화장실 안에 들어가 격리되는 것 자체가 아이들에게는 공포로 다가왔다. 더구나 학교 화장실에는 어김없이 귀신이 나타난다는 얘기가 떠돌고 있어, 특히 여자애들이 화장실을 이용하는 일은 무척 신경 쓰이고 두려운 것이었다.

원래 겁이 유달리 많은 광훈이는 학교에서 화장실 이용을 못 하고 참고 참다가 결국은 교실에서 오줌을 싸는 모양이었다. 매번 교실에서 오줌을 싸게 되니 어린 마음에 얼마나 힘들고 학교 가기가 싫었을까. 미리 세심하게 헤아리지 못했던 내가 우둔하게 여겨졌고, 광훈이에게 미안한 마음이 오래오래 남게 되었다.

담임 선생님의 말을 좇아 광훈이는 입학 한 달여 만에 등교를 중단하고, 이듬해 다시 입학하여 이후로는 별일 없이 학교에 잘 다녔다.

광훈이의 일을 겪으면서 세상일은 다 때가 있다는 것을 깨달았고, 자연사든 인간사든 모두가 때에 의해 굴러가는 것이란 생각을 하면서, 매사 늑장을 부리지도 서둘지도 않는 것이 때를 아는 지혜로운 삶이란 생각을 하게 되었다.

1973년에는 집안에 두 번의 초상이 있었다. 봄에는 대구에 살던 둘째 시숙이 별세해 고향으로 돌아와 큰덕골에 묻혔고, 가을에는 시어머니가 세상을 떠나 역시 큰덕골에 안장되었다. 세상사 어느 죽음인들 슬프지 않을까마는, 낙엽이 하염없이 떨어지는 가을에 치른 시어머니의 장례는 누대의 장손집답게 수많은 친인척들이 모여 애도하는 가운데 진행되면서, 슬픈 분위기가 더욱 고조되었다.

시어머니가 정든 집, 정든 이들을 뒤로 하고 떠나던 날 아침, 당신이 꽃다운 새색시로 타고 왔던 꽃가마는 이제 꽃상여로 바뀌어 상두꾼들의 어깨 위에 메여 있었다. 꽃상여는 상두꾼들에 의해 세 번 들어 올려졌다 내려졌다 하면서 이승과의 마지막 하직 인사를 한 뒤, 장지를 향해 출발했다.

"너와 너와 너와넘차 너와 / 너와 너와 너와넘차 너와
가네 가네 나는 가네 북망 산천 나는 가네 / 너와 너와 너와넘차 너와

애닯도록 슬픈지고 원통하고 절통하다 / 너와 너와 너와 넘차 너와

춘초는 년년록에 왕손은 귀불귀라 / 너와 너와 너와넘차 너와

인간 세상 이 공도를 뉘가 능히 막을소냐 / 너와 너와 너와넘차 너와

도화라도 낙화되면 벌 나비도 아니 오고 / 너와 너와 너와넘차 너와

진미라도 쉬어지면 수쳇구멍 찾아가네 / 너와 너와 너와 넘차 너와

부평 같은 우리 인생 너나없이 죽어지면 / 너와 너와 너와넘차 너와

이 세상을 하직하니 불쌍하고 가련하다 / 너와 너와 너와 넘차 너와

화장 장터 공동묘지 북망산천 가는 길이 / 너와 너와 너와넘차 너와

험결종천 길이로디 언제 다시 찾아올까 / 너와 너와 너와 넘차 너와

일가친척 손을 잡고 만단설화 못 해 보고 / 너와 너와 너와넘차 너와

가네 가네 나는 가네 이제 가면 언제 오나 / 너와 너와 너

와넘차 너와

어제 날에 이팔청춘 오늘날에 백발 되고 / 너와 너와 너와넘차 너와

아침나절 성턴 몸이 저녁나절 병들었네 / 너와 너와 너와넘차 너와

옛 늙은이 말 들으니 저승길이 멀다더니 / 너와 너와 너와넘차 너와

오늘 내가 겪어 보니 대문 밖이 저승일세 / 너와 너와 너와넘차 너와

자식 손자 많다 한들 어느 누가 대신 가며 / 너와 너와 너와넘차 너와

친한 벗이 있다 한들 어느 누가 동행할까 / 너와 너와 너와넘차 너와

천년만년 살 줄 알고 생각 없이 지내다가 / 너와 너와 너와넘차 너와

저승길에 올라 보니 세상일이 가소롭다 / 너와 너와 너와넘차 너와

창공 끝이 높다지만 이내 원을 삭여내며 / 너와 너와 너와넘차 너와

창해 밑이 깊다지만 이내 한을 담아낼까 / 너와 너와 너와넘차 너와

잘 있거라 나는 간다 일가친척 벗님네야 / 너와 너와 너
와 넘차 너와

유정인들 무정인들 일장춘몽이로구나 / 너와 너와 너와
넘차 너와"

상두꾼들의 구슬픈 노랫소리에 실려 시어머니는 장지에 도착했고, 이윽고 예정 시각에 맞춰 광중에 하관이 되었다. 풍수가 좌향에 맞춰 관을 반듯하게 안치하고 나자, 일꾼들은 광중과 관 사이를 흙으로 단단히 메워 다졌다. 이후 맏상제를 필두로 상제들이 상복 앞자락에 보드라운 흙을 받아 관의 위쪽, 가운데, 아래쪽의 순서로 세 번 뿌리는 '취토'를 하였다. 취토가 끝나자 일꾼들은 무지막지하다 싶을 정도로 부지런히 삽으로 흙을 퍼 넣고, 어느 정도 봉분 형태가 갖춰지자 이 상태에서 흙을 다지는 달구질이 시작되었다.

"어어어어 달구요오 / 어어어어 달구요오

달구보다 낡구로나 / 어이이이 달구요오

이 달구가 뉘 달군고 / 어어어어 달구요오

경주 이씨 달구로세 / 어어어어 달구요오

울지 마라 울지 마라 / 어어어어 달구요오

흥아흥아 울지 마라 / 어어어어 달구요오

니가 울어 날이 새나 / 어어어어 달구요오
닭이 울어 날이 새지 / 어어어어 달구요오
닭아 닭아 울지 마라 / 어어어어 달구요오
네가 울면 날이 새고 / 어어어어 달구요오
날이 새면 나는 가네 / 어어어어 달구요오
가네 가네 영영 가네 / 어어어어 달구요오
내 가는 거 섧으랴만 / 어어어어 달구요오
자식 손자 어이할꼬 / 어어어어 달구요오
명사십리 해당화야 / 어어어어 달구요오
꽃 진다고 설워 마라 / 어어어어 달구요오
너는 명년 삼월이면 / 어어어어 달구요오
다시 피어나련마는 / 어어어어 달구요오
우리 인생 한 번 가면 / 어어어어 달구요오
언제 다시 피어보리 / 어어어어 달구요오
인생 칠십 고래희요 / 어어어어 달구요오
팔십 장년 구십 춘광 / 어어어어 달구요오
이팔청춘 소년들아 / 어어어어 달구요오
백발 보고 웃지 마소 / 어어어어 달구요오
너희 본래 청춘이면 / 어어어어 달구요오
낸들 본래 백발인가 / 어어어어 달구요오
무정세월 여류하여 / 어어어어 달구요오

어언 간에 늙었더라 / 어어어어 달구요오
어화 우리 벗님네야 / 어어어어 달구요오
가세 가세 어서 가세 / 어어어어 달구요오
황천길이 싫다마는 / 어어어어 달구요오
아니 가고 어이하리 / 어어어어 달구요오
좌우 산천 둘러보니 / 어어어어 달구요오
좌청룡에 우백호라 / 어어어어 달구요오
뉘 풍수가 터 잡았나 / 어어어어 달구요오
천하제일 명당이라 / 어어어어 달구요오
건넌 봉을 바라보니 / 어어어어 달구요오
문필봉이 두렷한데 / 어어어어 달구요오
또 한 봉을 바라보니 / 어어어어 달구요오
노적봉이 완연쿠나 / 어어어어 달구요오
자손만대 벼슬하고 / 어어어어 달구요오
자자손손 영화로세 / 어어어어 달구요오
밟아 주소 밟아 주소 / 어어어어 달구요오
시근지근 밟아 주소 / 어어어어 달구요오
천년 집을 지어 주소 / 어어어어 달구요오
만년 집을 지어 주소 / 어어어어 달구요오
어어어어 달구요오 / 어어어어 달구요오
어어어어 달구요오 / 어어어어 달구요오"

한 차례 달구질이 끝나면 봉분을 더 올린 후 다시 달구질을 하는 식으로 모두 세 번의 달구질이 이어졌고, 마침내 봉분이 완성되어 산신제와 평토제를 지냄으로써 시어머니는 만년유택에서 영면에 들었다.

1974년에는 도리원의 상업 고등학교를 졸업한 명란이가 부산의 전기 품 회사에 경리로 취직했다가, 이듬해 행언이가 대구의 심인 고등학교에 입학하자 학교 옆에 작은 방 한 칸을 얻어 둘이서 자취를 했다. 처음으로 아이들을 객지로 보내고 나니 마음 한 구석엔 늘 허전함이 감돌았다. 과수원 일에 몸이 고단한 낮에는 그럴 틈이 잘 없었지만, 밤늦게 자리에 누우면 곁에 없는 두 아이의 모습이 떠오르고 그 환영을 이불 삼아 잠이 들었다.

과수원 일이 힘들다 보니 빚을 내서라도 머슴을 들이지 않을 수 없었는데, 남을 부린다는 게 내 뜻대로 되지 않아 혼자 속을 썩일 때가 많았다. 예를 들어 사과나무에 농약을 치는 일만 해도, 긴 장대 끝에 달린 분무 장치를 위에서 아래로 향하게 하지 말고 아래에서 위로 향하도록 해서 이파리 뒷면에 약이 살포되게 해 달라고 했지만, 좀체로 잘 따라 주지 않았다. 진딧물이나 응애 같은 해충들은 이파리 뒷면에 달라붙어 있기 때문에 위쪽에 약을 살포하면 방제 효과가 떨어지는 것은 당연한 것이었다. 여러 해를 두고 머슴을 서너 사람 들여 보았지만, 일을 둘러싸고 신경 쓰거나 속이 썩는 것은 거의 비슷했다. 문득 엄마가 예전에 나에게 해 주었던 호랑이 이야기가 생각났다.

"옛날에 어떤 사람이 밤중에 산길을 가는데, 크다한 호래이 한 마리가 툭 튀 나와가 이 사람을 잡아먹을라 카다가 흠칫하만서 물어보는 기라."
"머라꼬 물어밨는데?"
"호래이가 말하길, '니가 주인이가, 머슴이가?' 이카는 기라."
"그래가 머라꼬 캤노?"
"이 사람이 '내는 주인이다.' 이캤제."
"그라이 호래이가 어엤노?"
"호래이가 '니는 몬 먹는 기다. 기양 가라.' 이카는 거 아이가. 그래가 이 사람이 와 내를 몬 먹나고 물어 보이 호래이가, '주인이 머슴한테 일 씨기 멀라 카마 속이 다 안 썩어 빠지나. 니는 주인이끼에 속이 마카 썩어가 몬 먹는 기라.' 카만서 가뿌릿다 아이가."

1977년에는 봉진이가 대구 오성 고등학교에 진학하고, 다음 해에는 광호가 대구 내당 국민학교에 입학했다. 명란이와 4명이 작은 방 하나를 얻어 자취했는데, 닭장 속의 닭들이 떠올라 늘 미안한 마음이 가시지 않았다. 주변 사람들과 일가친척들은 하나

같이, 광호가 국민학교만이라도 시골에서 다니면서 부모의 보살 핌 속에 크도록 하지 않고 왜 대구까지 보내느냐는 말을 했다. 나도 그러고 싶었지만 공부를 늘 최우선으로 치는 남편의 뜻을 꺾을 수가 없었다. 이제 겨우 여덟 살인 애가 무얼 안다고. 엄마 정도 제대로 못 느껴 보고 누나 형들 밑에서 눌려 지낼 광호를 생각하면, 밤마다 베갯잇이 눈물에 젖을 때가 많았다.

차비가 드니 자주 오지는 못하고 한두 달에 한 번씩 토요일 오후에 광호가 시골집에 오면, 엄마한테 안기기도 하면서 놀다가, 겨우 하루 만에 다시 대구로 가야 했다. 그때 버스에 타지 않으려고 고집부리며 흘리는 광호의 눈물은 내 가슴에 송곳 부리가 되어 박히곤 했다. 생이별이 무엇인지 온몸으로 체험하다 보니, 이별이 서글퍼 만남이 반갑지 않고 이별보다 서글픈 건 만남이라는 믿음까지 생겼다.

한 해가 또 지나 1978년에는 명란이가 시집을 갔고, 이듬해에는 외손녀 혜영이가 태어나, 나는 48세에 처음으로 할머니가 되었다. 다시 1년 후에는 광훈이가 대구 송현 여고에 입학해 행언이를 비롯해 넷이서 자취를 하게 되었다.

1980년 1월 하순에 행언이가 해병대에 입대하게 되었다. 사실 행언이가 군대 가는 일은 입대하기 3일 전에 온 가족이 처음 알았다. 어느 날 행언이가 시골에 와서 불쑥 말을 꺼내는 것이었다.

"아부지 어무이, 지 군대 갔다 오께요."

"군대? 언제 가는데?"

"낼 모레 저모레요."

뒤통수를 망치로 얻어맞은 기분이었다.

"무신 군대를 곽제 간다 카노?"

"사실은 작년 10월에 병무청에 해병대 지원해 놨었구마."

"그른데 와 인제 말하노?"

"미리 이야기하마 입대날꺼지 걱정하시까 싶기도 하고, 뭣보다 해병대 간다 카마 못 가게 하시제싶어가 말씸 안 디렸구마. 작년 봄엔가 지가 군대는 해병대 가까 싶다 카이 아부지가 반대 안 하니껴. 그래가 두 분 모리게 지원했고, 입대 날이 다가오마 반대해도 소용 없으이 기다맀다가 인제 말씀 디리는 거구마. 용서 하시소."

"해병대 카마 훈련이 힘든다고 소무이 나가 내가 반대했는데, 가가 어에 배길라 카노?"

"훈련이 암만 힘든다 캐도 사람이 씨기는 기고, 사람이 할 수 있는 걸 씨길 거 아이겠니껴. 지가 힘들다고 안 하마 남들은 숩다고 덤비겠니껴? 훈련 받는 사람이 힘들마 훈련 씨기는 사람도 힘들 겠제요. 우리 해병대 1기 선배들부터 마카 다 잘 해냈고, 지금도 해병대 카마 우리나라 최고 강한 군대로 이름 날리자니껴."

"여러 군대가 많은데 와 해필 해병대에 갈라 카노?"

"고등학교 댕길 때 지 친구 집에 놀로 갔는데, 친구가 저거 삼촌이 해병대 제대했다 카만서 제대 기념 페난트하고 멩찰 보이 주데요. 멩찰은 빨간색 바탕에 노란색 글씨로 이름이 새기져 있든데 한눈에 반했구마. 그보다 더한 건 페난트 젤 우에 '한 번 해병은 영원한 해병'이라 카는 문구가 새기져 있었는데, 그걸 보는 순간 머리에 빛이 번쩍하고 온 몸띠에 아찔한 감동이 느끼지데요. 세상에 이래 멋진 문구도 있나 싶었고, 지가 인제꺼지 읽어 본 글귀 중에 이것보다 진한 감동을 주는 문구는 없다는 걸 느꼈제요. 지는 이 글에 반해가 해병대를 갈라꼬 그때부터 결심을 굳혔구마. 해병대 마크도 차말로 멋있구마. 해병대는 땅, 바다, 하늘에서 다 싸와야 되이 육군, 해군, 공군을 표시하는 별, 닻, 독수리가 같이 모이 있구마."

"해병대가 용감하고 잘 싸운다 카는 기야 세상이 다 알제. 고생한 만치 군인들이 강해진 기 아이겠나."

"맞구마. 친구 삼촌한테 들었는데, 해병대가 6·25사변 때 워낙 잘 싸우고 이기기 힘든 싸움에서도 승리를 하이 '귀신 잡는 해병대', '무적 해병'이라 카는 명성을 얻었다 카두마. 그라고 베트남 전쟁 때는 '청룡 부대'로 파병돼가 참전 지역 베트콩을 섬멸하는 공을 세우기도 했다 카고요. 베트콩들은 한국 해병대에 빨간 멩찰만 바도 겁이 나가 도망쳤다 카데요."

"그르쿠나. 곽제 군대 간다 카이 정시이 없디만, 어차피 남자는 군대 가야 되는데 니가 해병대를 마이 애끼는 거 보이 힘들어도 잘 해내제 시푸다."

"야, 이해해 주시가 고맙구마. 사실 지가 해병대 갈라 카는 또 한 가지 이유는 지 스스로를 좀 강하게 단련시키고 싶기 때문이구마. 아부지 어무이도 아시제만 지가 본래 좀 지지바그치 여리고 부끄럼 많애가 벨멩이 '색시'였자니껴. 이래 약하고 소극적인 꼴로는 세상 살아가기 힘들겠다 싶어가, 일부로 남들이 힘들다 카는 해병대를 골랐구마. 거게 가가 온갖 훈련 즐거이 받아 내고 패기 있는 사내가 돼 올라꼬요. 진해 훈련소에서 6주간 훈련 받고 나마 병과가 정해질 낀데, 차 운전은 언제 배아도 배아야 되이 운전병을 꼭 지원하고 싶제만, 운전은 제대 후에 배우기로 하고 보병을 지원할라 카누마."

"보병이 힘들 낀데."

"그르이 지는 운전병을 포기하고라도 보병 지원할라 카는 거구마. 보병은 전투가 벌어지마 최일선에서 직접 적들캉 붙어 싸와야 하다 보이, 체력하고 정신력이 젤 중요하자니껴. 그래가 밥만 먹고 나마 만날 훈련이제요. 육지에서 유격 훈련, 바다에서 해상 침투 훈련, 하늘에서 공수 훈련 그튼 거는 기본 훈련이고, 사시 사철 훈련이 그칠 새가 없다 카두마. 한겨울 눈이 올 때마자도 설한지 훈련이라 카는 기 있다든데 마카 잘 받아 내고, 사격 훈련이나

기습 특공 훈련, 상륙 훈련, 구보 그튼 것들도 열심히 해가, 지가 420기로 해병대에 입대한 목적을 꼭 달성할라 카누마."

"그래, 니 생각은 알겠데이. 그래도 훈련에 너무 욕심 내지 마고 안전하이 해라. 그른데 저모레 그트마 1월 21일인데 한겨울이래가 추버 어야노?"

"해병대는 지가 입대하고 싶은 시기도 선택해가 사전에 지원할 수 있구마. 지는 일부로 한겨울게 갈라꼬 석 달 전에 병무청에 가가 해병대에 지원하고 신체 검사 받어 1급으로 합격했제요. 이왕 지를 성장 씨길라꼬 가는 거 한창 추불 때 눈밭에서 뒹굴만서, 아니만 차분 겨울 바다 속에 뛰어들만서도 전디 낼라는 각오로 겨울게 가는 거이께 아무 걱정 마시소. 지가 겨울게 안 갈라 카마 남들도 겨울게 안 갈라 칼 거 아이꺼. 겨울게도 나라는 지키야제요."

입대날이 되자 행언이는 밝은 모습에 가벼운 발걸음으로 훈련소로 떠났다. 집을 나서기 전 제 아버지와 나를 안방에다 나란히 앉게 하고는

"아부지 어무이, 군대 퍼뜩 갔다 옴시더. 그동안 편히 계시소."
라고 하면서 큰절을 올리고 갔다.

우리나라 남자라면 누구나 가는 군대이지만, 부모로서 함께해 주지 못하는 미안함에 그날 저녁부터 남편과 나는 아궁이에 불을 때지 않고 냉방에서 잤다. 훈련소에서는 난방이 되지 않을 텐데

우리만 따뜻한 방에서 잘 수 없다는 생각과, 행언이가 고생하는 것의 백분의 일이라도 함께 나누겠다는 부모의 마음에서 나온 것이었다.

행언이가 훈련소 입소 후 열흘 남짓 지나 입소할 때 착용하고 갔던 옷과 신발이 소포로 배달되어 왔다. 자식이 돌아온 것처럼 한동안 꼭 안고 있다가 저녁엔 잠자리 옆에 두고 이불을 덮어 준 뒤 함께 잤다. 밤새도록 눈이 내렸다. 이해 겨울은 어느 해 겨울보다 춥게 느껴졌다.

유난히 추웠던 겨울이 가고 3월 9일에 6주간의 신병 훈련을 마친 행언이가 2박 3일간의 일정으로 특별 휴가를 나왔다. 빨간 명찰에 팔각모를 쓰고 해병대만의 군화인 세무 워커를 신은 차림으로 '필승' 하고 칼같이 거수경례를 올리는 것을 보니, 영락없는 대한민국 해병이었다. 한겨울의 햇볕에도 얼굴이 얼마나 탔는지 잘못 알아볼 만큼 새카맸고 두 눈과 이만 하얬다. 발톱은 열 개 중 여섯 개가 빠지고 없었다. 놀라서 물어보니 워커를 너무 작은 것을 지급받아 발가락을 구부린 상태로 매일 선착순에다 구보를 하고 훈련을 받다 보니, 발가락이 부어오르고 시커멓게 피멍이 들었다가 곪아 터져 결국 발톱 여섯 개가 빠져 버렸다고 했다. 워커를 바꾸어 달라고 하지 그랬느냐고 했더니 워커든 훈련복이든 던져 주는 대로 신고 입어야 했고, 동기병들과 발에 맞는 것을 교환하려고 이리저리 알아봤으나 그 워커가 너무 작아 맞는 사람이 없었다고 했다. 운이 없었다고 해야 할지는 모르겠지만, 행언이가 그 워커를 신고 고생하지 않았다면 다른 어느 누군가가 그 작은 워커를 신고 행언이의 고생을 대신했을 것이었다.

설상가상으로 행언이는 훈련소에 입소한 다음 날부터 물이 몸에 안 맞았는지 퇴소하는 날까지 6주 내내 심한 설사로 고생했다고 했다. 훈련이나 행군 중에 '10분간 쉬어' 시간에는 무조건 논밭 둑이나 숲으로 달려가 용변을 보는 게 일이었는데, 그것이 훈련보다 더 힘들었다고 했다. 보통 같으면 며칠 간만 설사해도 기력이 빠져 움직이기 힘든데, 6주간이나 그런 상황에서도 버텨 내고 당당한 해병이 된 행언이가 대견스러웠다.

행언이는 여섯 개의 발톱이 빠지는 고통을 겪어 내면서도 새 발톱이 나는 모습을 통해 나약했던 과거에서 벗어나 강인한 해병으로 다시 태어났다며 뿌듯해했다. 그 자랑찬 얼굴빛에서 고생한 흔적은 전혀 발견할 수 없었다. 훈련 기간 중 생발톱이 빠진 이야기와 내내 심한 설사로 고생한 이야기를 들었을 때는 안쓰러운 마음이 컸지만, 행언이의 당당한 모습을 보면서 해병의 부모가 된 것이 뿌듯하면서도 자랑스럽고 감사했다. 그러면서도 끝까지 궁금해서 어떤 정신력으로 그 힘든 과정을 이겨 냈느냐고 물었더니, "해병 정신은 제정신이 아닙니다."라고 대답해서 한바탕 웃었다.

행언이는 이후 해병 1사단의 유격 대대에 배치받았고, 보병 중대의 화기 소대에 배속되어 복무하였다. 복무한 지 만 1년이 넘은 어느 날, 국군 장병을 위한 일간지인 『전우 신문』에 「해병 혼」이라는 시를 투고해 게재된 것이 계기가 되어, 이후 제대하는 날까지 사단 본부 정훈 참모실의 행정병으로 복무하면서 사단 방송실의 방송원 직무도 함께 보았다.

1982년에는 외손자 강호가 태어나 기쁨에 젖었던 것도 잠시, 또 하나의 암담한 일이 생겼다. 남편이 대구의 한 대학 병원에서 간경화증 판정을 받은 것이었다. 남편은 군대를 세 번이나 갔다 오는 과정에서 하도 많이 굶어 진작부터 위궤양 증세로 늘 왼쪽 가슴 아래에 손을 얹는 것이 습관화되었고, 결혼할 당시에도 위장약 '게루삼'과 '마그밀'을 달고 살았다. 그래서 늘 위장 질환이 걱정되었는데, 최근 1년여 전부터 많이 피곤해하고 황달 증세가 나타나며 헛배가 부르다는 말을 자주 하는 한편, 대변 색깔도 검은빛을 띠어 병원에 가 본 결과 이런 판정이 나온 것이었다.
"슨생님, 긴경화증이 어뜬 뼁이제요?"
걱정스런 나의 물음에 의사는 차근차근 설명해 주었다.
"간경화증은 간이 굳어지고 오그라드는 병인데, 초기엔 증상이 거의 없다가 증상이 나타나면 이미 많이 진행된 상탭니다. 더 진행되면 복수가 차고 합병증이 올 수 있으며, 간암으로 발전될 가능성이 큽니다."

"우리 남편은 술도 마시지 몬하는데 와 이른 벵에 걸리는강요?"

"꼭 술 때문만은 아니라 여러 원인이 있을 수 있고, 어떤 경우엔 원인을 알 수 없는 것도 있습니다."

"치료는 되는강요?"

"현재 의술로 간경화증의 완치는 불가능하고, 남편의 경우는 이미 간경화증 말기 상태로 간암으로 넘어가기 직전 단계라 치료가 어렵습니다."

"그라마 이대로 손 놓고 있어야 됩니꺼?"

"약물로 진행을 조금 늦출 수도 있겠지만 큰 기대는 하지 마세요."

"약물로라도 치료하마 얼매나 더 살 수 있는강요?"

"대략 1년 내외라고 보면 되겠습니다."

마른하늘에 날벼락이 또 하나 떨어졌다. 의사도 나중에 일부 동의를 했지만, 남편의 간경화증은 어쩌면 사과나무에 자주 뿌린 농약 때문에 생기지 않았을까 싶었다. 한창 열매가 익기 시작할 무렵에는 일이 주일에 한 번 정도씩 농약을 뿌리다 보니, 더위에 마스크도 제대로 착용하기 힘든 상태로 20년이 훌쩍 넘는 세월을 사과 농사 지어 오는 동안, 얼마나 많은 농약 성분을 코로, 입으로 흡입했을지 모르는 일이었다.

나에게는 또 해내어야 할 힘든 과제가 주어졌다. 이리저리 수소문해 본 뒤 간경화증에 좋다는 것을 알아내고 나의 모든 정성과 노력을 다 쏟아붓기로 작정했다. 하다 하다 안 되면 최소한 1년 반 가까이 남아 있는 행언이의 제대 무렵까지만이라도 살 수 있게 해야 한다는 절박함이 뼈에 사무쳤다. 완치가 안 된다면 병의 진행이라도 늦춰 보자. 그게 나의 목표였다. 남편은 겉으로 보이는 모습보다 속은 여리고 겁이 많아, 의사의 검진 결과를 듣고는 크게 실망하고 좌절하여 당장 오늘내일이라도 죽을 사람처럼 기가 푹 꺾여 버렸다.

병 치료에는 약보다 먼저 필요한 게 정신적 안정이라는 것쯤은 알고 있던 나는 우선 남편의 마음을 안정시키는 게 급선무라 생각했다. 사람은 자기 몸에 병이 있는 것을 모를 때는 병증이 확연히 드러나기 전까지 아무 탈 없이 잘 지내다가도, 어떤 기회에 병이 있는 것을 알고 나면 그 길로 급격히 병세가 악화되어 길지 않은 시간 내에 사망하는 것을 나는 여러 번 봐 왔다. 그래서 '모르는 게 약이요. 아는 게 병'이라고 하는지도 모를 일이었다. 일단 병을 알고 나면 대부분 좌절하고 절망감에 빠져 병을 키우게 되므로, 정신을 안정시키는 것과 동시에 처치만 잘하면 꼭 나을 수 있다는 확신을 갖도록 해 주는 것이 치료의 시작이자 끝이라는 믿음을 나는 갖고 있었다.

"보래요. 내가 여러모로 알아보이 약마 잘 쓰마 간경화증 그거

완치할 수 있다 카두마. 벵원서 안 댄다 캐도 나술 수 있는 방법이 있다 카이 앞으로 내가 하라 카는 대로 하고, 잡수라 카는 거 꼭 지키 잡수토록 하소. 내가 꼭 당신 살리낼 챔이께."

"아이구, 그기 차말이가? 살 수 있다 카다?"

"하매요. 도리원 장에 가가 사람들 이야기 들어 보이 간경화증 나순 사람들 더러 있다 카두마."

"그라마 천만분 다행이제. 씨기는 대로 할 테이께 고생 좀 해도."

"그라소. 인제 나이 제와 쉰일곱인데 아들 보디라도 앞으로 한 삼십 해는 더 살어야 안 될니껴 그제요? 꼭 나술 수 있구마."

"그래마 되마 얼매나 좋겠노. 고맙데이."

처음으로 남편의 입에서 나온 고맙다는 소리를 들어 보았다.

가장 먼저 남편의 식단을 조절했다. 짠 것, 매운 것, 질긴 것, 단단한 것을 금지하고 과식이나 불규칙한 식사도 금지하였다. 담백한 맛을 내는 죽을 끓여 주식으로 삼았고, 하루 세 번 정확히 식사 시간을 지켰다. 잠은 하루 여덟아홉 시간 정도로 충분히 자도록 하고, 사과나무에 농약을 칠 때는 마스크를 두 개 낀 다음 바람을 꼭 등지고 뿌리게 했다. 남편의 옷을 빨 때는 빨랫비누도 해로울까 봐 가능한 한 쓰지 않고, 짚을 태운 잿물을 쓰거나 밀가루를 뿌려 문질러 빨았다. 어쩌다 꼭 빨랫비누를 써야 할 때는 최소한의 양만 쓰고, 헹굼질은 대여섯 번씩 반복한 다음, 3~4일간 햇빛과 바람에 충분히 노출시켜 세제 성분이 남지 않도록 신경을 썼다.

항간에 떠도는 말로는 간에 좋은 한약재들이 많이 있다고 했지만, 간은 해독 기능을 맡은 장기라고 들어서 자칫 한약재들을 잘못 먹으면 간에 오히려 해가 될 것 같아 무턱댄 한약재 사용은 피했다. 대신 돌나물을 채취해 생즙을 내어 수시로 먹이고, 생쌀과 솔잎을 함께 갈아서 하루 세 번 식사 때 함께 복용시켰다. 감을 항아리에 넣어 석 달 정도 우려낸 감식초도 수시로 마시게 했으며, 간 대신 해독 작용을 한다는 엄나무와 간에 좋다고 널리 알려진 인진쑥을 달여 식사 후에 꼭 마시도록 했다.

알고 보면 남편도 결혼 전에 이미 세 번이나 죽을 고비를 넘긴 사람이었다. 두 살 때엔 엄마가 잠시 빨래 널러 간 사이 잠에서 깨어 부엌 쪽으로 나 있는 방문을 열고 기어 나오다가 굴러떨어져, 솥뚜껑을 열어 놓고 잉어를 고고 있는 국솥에 빠져 버렸다. 자지러지는 울음소리를 듣고 마당에서 빨래를 널고 있던 엄마가 달려와 펄펄 끓는 솥에 빠져 있는 아이를 건져냈는데, 하반신 전체와 두 팔은 이미 화상으로 벌겋게 익어 있었다. 엄마는 우는 아이를 업고 의성읍에 있는 의원까지 40여 리 길을 걸어가서 치료를 받도록 했다. 통증으로 밤낮 쉴 새 없이 울어대는 아이를 엄마가 지극 정성으로 돌봐 주어 다행히 목숨을 건졌다.

아홉 살 무렵 가을엔 집 옆의 못에 말밤이라고도 부르는 마름 열매를 캐러 들어갔다가 뻘에 미끄러져 못 속으로 빠져 버렸다. 옆에 같이 있던 또래 동무 하나가 근처 논밭에서 일하고 있을 어른들을 찾아 돌아다니다가, 마침 둔덕골 밭에서 일하는 식구들에게 점심을 갖다주고 돌아오던 엄마에게 말해 주자, 엄마가 급히 못으로 달려가 두 발만 물 위로 나와 있는 아이를 건져내었다. 엄마가 숨도 의식도 없는 아이를 길마 위에 엎어 놓고 등을 계속해서 두드리며 물을 토하게 하는 가운데, 기적처럼 아이의 숨이 돌아왔다.

그리고 또 하나는 6·25 전쟁 때 포탄 파편을 맞고 군 병원으로 후송되어, 나흘간이나 의식을 잃고 죽음에 들었다가 회생한 일이었다.

그러고 보면 남편은 이번에 네 번째 죽을 고비를 맞고 있는 형편이었다. 이 네 번째 고비도 무사히 넘길 수 있게 되길 빌면서, 남편의 입으로 들어가는 한 방울의 물에까지 나의 모든 정성을 녹여 넣었다.

상병이 되어 정기 휴가를 나온 행언이는 제 아버지에게, 자신이 제대해서 간 이식을 해 드릴 테니 그때까지는 무슨 수를 쓰더라도 건강을 현재 상태로 유지할 수 있도록 하시라며 신신당부를 했다. 나는 아들의 몸에까지 손을 대서는 안 된다는 생각으로 다시 한번 정신이 번쩍 들어 남편의 병구완에 하루의 반 가까이 소비하며 모든 정성을 다 쏟았다.

그 보람이 있었는지 남편의 여러 병증은 조금씩 약해지다가 어떤 것들은 아예 나타나지 않기도 했다. 그러기를 어느덧 1년 반 가까이 되어 행언이가 제대를 할 무렵에는 모든 병증이 사라지고 정상인 것처럼 보였다.

행언이가 제대하기 6개월 전에는 봉진이도 해병대에 지원 입대하여 신병 훈련을 받았고, 이후 행언이와 같은 부대인 해병 1사단의 사단 본부 보급병으로 복무하였다. 신기했던 것은 행언이가 제대하는 날까지 4개월 반을 봉진이와 같은 내무실에서 생활을 했다는 것이었다. 친형제 간에 같은 부대에 근무하는 경우는 있을 수도 있겠지만 내무실까지 같이 쓰는 경우는 좀체로 있기 어려울 텐데 참으로 특별한 우연이었다는 생각이 들었다.

1983년 7월 30일, 30개월의 군 복무를 마친 행언이가 제대하였다. 남편은 행언이와 함께 대구의 한 대학 병원에 가서 진료를 받아 보았고, 그 결과 병의 진행이 정지되어 현 상태에서 치료가 된 것으로 나타났다. 향후 관리만 잘하면 더 이상의 진행은 없을 거라고 했다. 나는 또 하나의 과제를 해결해 내었다는 안도감에 모처럼 가슴을 펴고 마음껏 큰 숨을 들이켜 보았다.

돌아보면, 약이나 음식들이 남편의 목숨을 살린 것이 아니라 살 수 있다는 희망과 믿음이 남편을 살려냈다는 생각이 들었다. 희망은 절망을 부수는 망치였던 것이다.

봉진이가 군 입대를 하던 해에 막내딸 영미가 경산 여고에 입학하여, 제대한 행언이와 광훈이, 광호까지 네 사람이 함께 자취 생활을 했다. 행언이는 제대 후 한 달 남짓 지나 기술 학원에 취업해 '고압가스, 열 관리, 환경 기사, 위험물 취급' 등의 국가 기술 자격증 대비반 수강생들을 가르쳤다.

만남과 이별, 일상과 비일상은 멈추지 않는 세월의 수레바퀴에 감겨 오고 또 갔다. 1984년 10월에 행언이는 결혼을 했고, 나는 53세에 처음으로 시어머니가 되었다. 행언이는 결혼 후에도 두 칸짜리 전세방에서 동생들 셋을 계속 데리고 함께 생활했다.

이해가 저물어 가던 12월 26일에는 친정아버지가 74세를 일기로 세상을 떠났다. 그야말로 간난신고의 파란만장한 삶을 살다가 이제 꿈에도 잊지 못했을 처자식을 만나러 가신 것이라 믿었지만, 나와는 또 하나의 이별이라 눈물로 전송을 했다. 아버지는 일본에서 귀국해 재취 후 얻은 4남 2녀 자식들의 이름 중에 '정환', '영환'은 일본에서 원폭으로 사라진 전 자식의 이름과 똑같이 지었는데, 얼마나 그리움이 컸으면 그랬을까 다시금 생각하니 가슴이 저려 왔다.

아버지가 떠난 다음 해인 1985년 6월에는 장손녀 문혜가 태어났고, 다시 1년 후엔 맏시숙이 별세를 했다. 맏시숙은 모심기가 한창이던 초여름에 둔덕골 저수지에서 혼자 낚시를 하다가 미끄러져 아무도 보지 못하는 가운데 세상을 떠나 안타까움을 더했다.

이듬해인 1987년에는 광훈이가 시집을 가서 바로 그해 10월에 현기를 낳았고, 한 달 뒤인 11월에는 행언이 내외한테서 우리 집안 장손 중헌이가 태어났다.

1989년에는 행언이가, 기술 학원에서 강사로 함께 근무하며 친형제처럼 지내던 김주영과 손잡고 자동차 정비 학원과 기술 학원을 개원해 운영하면서 직접 강의에 들어갔고, 봉진이는 영주의 영광 중학교 수학 교사로 부임하였다.

1990년 1월에는 봉진이가 결혼을 했고, 7월에는 광호가 의무 경찰로 입대해 대구 수성 경찰서 소속으로 복무했는데, 행언이와 같이 면회를 가 보았더니 내무실이 아주 청결했고 부대원들 사이의 분위기도 좋아 마음이 놓이고, 경찰에 대한 믿음이 한층 두터워졌다

1992년 1월에는 봉진이네에 중건이가 태어났고, 이듬해에는 광호도 무사히 병역 의무를 마치고 제대를 하였다.

1994년 4월 30일에 광호가 큰 교통사고를 내고 말았다. 친구 창언이에게 자동차 운전을 가르쳐 주고 밤늦은 시각 귀가하는 길

에 사고를 낸 것이었다. 창언이네 차를 광호가 운전해 가다가, 대구 평리 지하 차도 네거리에서 부산에서 온 승용차와 충돌해, 부산 차량 탑승자 2명이 현장에서 사망하고 1명은 대퇴부가 골절되는 중상을 입었다. 창언이네 차는 자동차 종합 보험에 가입되어 있었지만, 가족 한정 운전 특약이 적용되어 있어 보험 처리가 되지 않았다. 광호는 경찰서 조사 후 화원 교도소에 수감되었고, 그 상태로 6개월 이내의 기간에 재판을 받아야 하는 처지에 놓였다. 거의 모든 사람처럼 우리도 이때까지 살아오면서 경찰서에는 가야 할 일이 거의 없었던 터라, '경찰서, 교도소, 재판' 같은 무서운 단어 앞에 정신이 아득해졌다. 남편과 나와 행언이는 일주일에 두세 차례씩 꼬박꼬박 광호에게 면회를 갔고, 이후 6개월 동안 행언이는 바쁜 학원 일정 속에서도 사고 사망자 둘의 가족과 중상자 한 사람, 그리고 상대편 차량 운전자와 합의를 보기 위해, 부산으로 밀양으로 대여섯 차례 이상 왕래를 거듭했다. 사고 경위야 어찌 되었든 간에 사고로 목숨을 잃은 사람들의 유가족들과 합의를 시도한다는 자체가 송구스럽기 그지없었다. 그렇지만 합의는 서로에게 모두 필요한 것이어서 견해 차를 조금씩 좁혀 나가는 수밖에 없었다. 행언이도 이런 일은 생전 처음 겪는 것이라 혼자서 여러 사람들을 만나면서 최종 합의를 이끌어 내느라 고생을 많이 했다. 그리고 세상을 떠난 사람들에게는 도리가 아니었지만, 행언이는 광호의 재판 담당 판사에게 선처를 구하는 탄원서를 8통이나 보냈다. 여러모로 애쓴 결과, 법정 기한 6개월을 거의 채운 10월 말에 광호는 재판에서 징역형을 받았으나 집행 유예로 풀려나게 되었다. 나는 집행 유예 판결을 고마워했다. 그러나 한편으로는 피해자들에 대한 죄스러움이나 연민에 앞서, 자식에 대한 모정으로 집행 유예를 다행스럽게 생각해 버린 것에 대한 죄책감과 미안함이 오래도록 가슴에 남았다. 난생처음 자식을 교도소에 보낸 어미로서 나는 피해자들의 명복과 쾌유를 두고두고 빌었다.

1994년 2월, 남편의 칠순 잔치를 성대하게 벌였다. 돼지를 잡고 많은 음식을 장만해 일가친척과 온 동네 사람들이 모여 아침부터 밤늦게까지 즐거운 시간을 보냈다. 예로부터 사람이 칠십까지 사는 일이 드물다고 했지만, 요즘은 수명이 길어져 회갑 잔치보다 칠순 잔치를 '고희연'이라 해서 더 많이 하는 분위기로 변했다. 나도 앞으로 일곱 해만 더 살면 칠순이 될 텐데, 그때까지 살 수 있을지는 모르겠다는 생각이 들었다. 언제부턴가 내가 살아가는 하루하루는 우수리로 주어진 날들이라 여겨 왔는데, 어쩌면 오늘 남편의 칠순 잔치는 나의 칠순 잔치도 당겨서 함께 한 것일 수도 있다는 생각에 젖었다.

내 나이 이제 예순셋. 평균 수명이 많이 늘어난 요즘 시대에 숫자로는 그리 많은 나이라 할 수 없을지도 모르겠지만, 내 몸은 이제 많이 늙고 쇠약해졌다. 50대 초반부터 등허리가 조금씩 굽기 시작하더니 지금은 완전히 기역 자로 꺾여, 남들은 앞을 보고 걷지만 나는 밑을 보고 걷는 처지가 되었다. 그마저도 한참에 쉰 걸음도 못 걷고 쉬어야 하는 몸 상태이다 보니, 어디 나다닐 형편도 못 되었다. 꺾여진 나의 등허리엔 굴곡진 나의 삶이 굽이져 있지만, 매 순간 굳세게 살아 낸 나의 모습이기에 조금도 부끄럽진 않았다.

어떤 이들은 삶은 살아지는 것이라 했고, 또 어떤 이들은 삶은 살아 내야만 하는 것이라고도 했다. 그러나 나에게 삶이란, 살아가는 것이었고 살아 내는 것이었다. 나의 삶은 의무가 아니라 권리였던 것이다.

남편의 칠순 잔치가 끝나고 자정이 넘은 시각에 잠자리에 누웠다. 나는 난생처음으로 그동안 억척스레 살아 낸 나 자신을 칭찬해 주었다. 그리고 나 스스로에게 다짐하듯 말했다.

'실경아, 여태껏 차말로 억척시리 잘 살아왔데이. 잘 했고 장하데이. 니한테 또다시 이른 삶이 주어진다 캐도 니는 꿋꿋하이 살어 낼 끼제?'

귀로 없는 여행

"난소암입니다. 말기입니다. 수술해도 2~3개월, 안 해도 2~3개월입니다. 살 수 있는 시한이 그렇습니다. 결과는 마찬가지니 수술은 할 필요가 없을 것 같습니다. 환자만 더 고생할 거니까요."

1995년 1월 하순, 예순네 살의 내가 대구의 한 대학 병원에서 받은 선고였다. 사실 이전에도 명란이나 행언이, 영미 등의 아이들 손에 이끌려 대구의 여러 내과, 산부인과, 정형외과 등의 개인 병원에 자주 다니면서 진료를 받고 약도 많이 먹었다. 평소에 아랫배가 좀 아프고 소화가 잘 안되며 허리도 아파 이 병원 저 병원을 전전한 것이었는데, 어디에서도 확실한 병인을 발견하지 못했고, 통증은 계속되어 대학 병원을 찾았던 것이었다.

대학 병원 의사의 말로는 자궁 경부암의 경우는 세포 검사 등을 통한 조기 검진이 쉬운 편인데, 난소암은 조기 검진이 어려워 암이 상당히 진행된 이후에 발견되는 경우가 많다고 했다. 특히 난소암은 암이 깊이 진행되기 전까지 아무 증상이 나타나지 않는 경우가 많고, 증상이 있어도 다른 병으로 오인하는 경우도 흔하기 때문에 진단이 늦어지는 수가 아주 많다는 말도 했다. 그래서 난소암으로 판정이 난 환자들의 반 이상이 벌써 3기 또는 말기라는 것이었다.

나는 살아오면서 청천벽력을 많이도 맞아 보았기에, 또 한 번의 벼락이 치는 것으로 여겼다. 그런데 이번 벼락은 내게 내리는 마지막 벼락일지도 모른다는 생각이 들었다. 여자들에게 흔한 자궁 경부암도 아니고 발견하면 대부분 이미 때가 늦은 난소암이라는 벼락을 내린 것은, 이 벼락은 피하지 말라는 하늘의 엄숙한 명령인지도 모를 일이었다. 의사의 단호한 선고는 나에겐 친절하고 자상한 안내 말씀처럼 다가왔다.

"이제 불편하고 고된 몸을 쉬게 될 것 같습니다. 무거운 육신을 떨치고 홀가분한 영혼으로 꿈에도 그리던 어머니를 만나러 갈 수 있을 것으로 보입니다. 그것도 빠른 시일 내에 이루어지리라 생각합니다."

나는 수술을 받지 않겠다고 했다. 하늘의 호출장을 수신 거부할 힘이 나에겐 있지 않았다. 그런데 가족들은 그게 아니었다.

"엄마, 오진일 수도 있으니까 다른 병원에도 한번 가 보자."

서울의 한국 관광 공사 산하 기관에 근무하는 막내딸 영미의 말이었다.

"가긴 또 어델 가노? 대학 병원에서 니린 진단이 어데 간들 다리게 나올라? 괜시리 너거 고생마 씨기는 기다."

"안 그래. 간혹 병원마다 진단이 다른 경우도 있으니까 딱 한 번만 다른 병원에 가 보자. 그래야 우리 자식들도 여한이 없지."

"하매 하늘에서 올 준비하라 카는 통지를 보냈는데, 무슨 준비든 질기 끄수마 안 좋데이. 준비 기간이 너무 질만 지치고, 지치마 가는 질도 더 힘드는 기제. 두세 달 그트마 적당한 준비 기간 아이가. 기양 집에서 먹고 싶은 거 먹으만서 여지껏 살아온 거 돌아보고 정리하는 기 좋제 시푸다. 그라자."

"엄마는 어떻게 엄마 생각만 하는데? 엄마는 짧은 기간 동안 준비해서 훌훌 떠나가 버리면 그만이지만 남은 가족들 맘은 어떻겠어. 이렇게라도 해 봤으면 좋았을 텐데, 저렇게라도 해 봤으면 더 살 수도 있었을 텐데 하는 생각에 얼마나 후회가 되고, 아쉽고, 미련이 남겠어. 그러니까 엄마 생각만 하지 말고 자식들 생각해서라도 우리 소원 한 번 들어주는 셈 치고, 서울 있는 병원에 가 보자."

"서울에 니 아는 벵원 있나?"

"있다. 강남성모병원에 내가 몇 번 가 봐서 익숙하다. 거기 가서도 수술할 필요 없다 하면 우리도 엄마 보고 수술받자 소리 안 할게. 하는 데까진 해 봐야지. 평생 그렇게 죽을 고생 하면서 모진 세월 살아왔는데, 이제 조금 살 만하다 싶으니까 오라고? 엄만 억울하지도 안 하나? 화도 안 나나? 등허리는 굽었지만 이제 마음만은 좀 펴고 살아가겠다 싶었는데, 요즘 세상 육십 초반이면 청춘인데……, 가긴 어딜 간단 말인데? 못 간다. 엄마, 우리 서울 가자."

영미의 주선과 온 가족들의 권유로 결국 서울의 강남성모병원을 방문해 진료를 받아 보기로 했다. 얼마나 더 살게 될지는 알 수 없는 일이었지만, 수술을 받지 않고 내가 영 떠나고 나면 남은 가족들의 가슴에 한을 안길지도 모른다는 생각으로, 진료를 다시 받아 본 뒤 수술이 가능하다면 그것까지도 받아 보기로 결정한 것이었다. 강남성모병원에서의 나의 수진 일정이나 수술받던 당일의 상황들은 행언이의 일기장에 잘 기록되어 있었다.

1995. 2. 16. (목). 맑음.
며칠간 경기도 안산에 있는 광훈이의 집에 계시던 어머니께서 서울의 강남성모병원에 입원을 하셨다. 어제저녁에 아랫배가 많이 아프셔서 한숨도 못 주무셨다고 했다. 며칠간 통원하시면서 그동안에 여러 가지 검사를 받아 놓으신 상태이고 최종 결과는 20일에 나온다는데, 의사의 중간 소견으로는 난소암이라고 했다.

수술이 가능하여 치료 효과를 기대할 수 있을지 아니면 수술을 할 수도 없을 만큼 위중한 상태인지는 최종 결과를 봐야 알겠지만, 현재로서는 50대 50이라는 반갑지 않은 소식이었다. 다행히도 어머니께서 수술을 받으시고 완쾌되신다면 더 이상 무슨 바람이 있을까.

1995. 2. 23. (목). 맑음.

원래 27, 28일 양일간에 어머니께서 수술을 받으시기로 예정되어 있었는데, 일정이 오늘로 앞당겨졌다고, 어제 서울에 사는 영미한테서 소식이 왔다. 미국에 출장 갔던 담당 의사가 예정보다 빨리 귀국하여, 어머니의 수술이 급히 이루어지게 된 것이라고 했다.

학원에서 자정 무렵에 퇴근해 잠을 잘 시간도 없이 새벽 2시쯤 승용차에 애 엄마를 태우고, 누나와 당숙부님을 차례대로 찾아가 태운 다음 서울로 향했다. 문혜와 중헌이는 등교해야 했으므로 어제저녁, 같은 아파트에 사는 지인한테 맡겨 두었다. 아버지와 광호는 광호의 차로 고향에서 출발했다.

아침 7시가 채 되지 않아 병원에 도착했다. 그동안 고통에 시달리신 어머니께선 우리를 보시고도 반가워하실 기력조차 없는 모양이었다. 살이라곤 찾아볼 수 없이 움푹 꺼진 두 눈에 가죽밖에 남지 않은 얼굴과 앙상한 두 손을 대하기가 차마 어려워 얼굴을 돌렸다.

9시 반경에 담당 의사가 보호자를 찾았다. 나와 누나, 광호가 진료실에 갔더니, 의사는 그동안의 모든 검사 결과 자료를 꺼내 놓고 어머니의 상태를 상세하게 설명해 주었다. 어머니의 병은 난소에서부터 비롯되어 자궁 전체로 퍼진 자궁 육종이라면서, 암 중에서도 가장 질이 좋지 않기로 의사들 사이에 알려진 종류라고 했다. 현재 자궁 안팎은 거의 혹 덩어리이고 소장까지 일부 전이가 되어 있으며, 임파선도 부어 있는 상태라고 했다. 현재까지의 검사 결과를 종합해 볼 때 수술에 성공할 확률은 10% 이하로, 일단 배를 열어 보고 수술이 불가능할 경우에는 그대로 다시 덮을 수밖에 없는데, 그럴 가능성이 90% 이상이라는 것이었다. 다시 말해 기적이 일어나야 본 수술이 가능하다는 얘기였다.

눈앞이 캄캄해지고 아무 생각이 나지 않았지만, 기적을 바라는 심정을 안고 수술 동의서에 사인을 할 수밖에 없었다. 장남인 나의 사인으로 어머니의 배에 칼을 댄다고 생각하니 손이 부들부들 떨렸다. 수술명은 '시험 개복 수술'. 본격적인 암 제거 수술이 가능한지를 판단하기 위해 우선 배를 열어 보는 수술이었다.

오후 2시부터 수술이 시작된다는 통고를 받고 기다렸다. 어머니께는 그냥 간단한 수술이라고 안심을 시켜 드렸지만, 성공할 가능성이 희박한 본 수술을 앞둔 예비 수술인 줄은 모르시고, 수술만 받으면 아픔이 다 나을 거라는 기대감 속에 수술을 기다리실 어머니 얼굴을 계속 마주하고 있기가 스스로 민망하여, 주차장의 차 안에 앉아 시간을 흘려보냈다. 수술을 기다리는 시간은 지루한 듯 또한 빠른 듯 그렇게 흘러갔다.

12시 반이 되자 어머니의 수술 준비는 끝이 났고, 12시 45분에 어머니는 수술실로 들어가시게 되었다.

"어무이, 간단한 거이께 걱정 말고 수술 잘 받고 오이소."

내가 어머니께 해 드릴 수 있는 일은 이 말 한마디로 안심을 시켜 드리는 것뿐이었다. 잠시 뒤 담당 의사가 수술실로 들어가면서 나를 보고 본 수술 가능 여부 결과는 금방 나오니까 기다리라고 했다. 곧 시험 개복 수술이 시작되는 모양인데 만약 시간이 얼마 지나지 않아 의사가 나온다면 모든 것이 끝장이었다. 의사가 빨리 나온다는 것은 본 수술이 불가능하여 포기한 것이 되기 때문이었다.

수술실로 들어가는 육중한 목재 문 앞 벽에 기대어 서서 기다리는 내 몸에서는, 벽시계 초침이 한 번씩 움직일 때마다 피가 한 방울씩 말라 들어가고 있었다. 시간은 너무도 더디게 흘렀다. 한 시간쯤 지난 것 같은데도 보면, 아직 10분밖에 지나지 않았다. 시간이 어서 훌쩍 두세 시간 지나 있었어야 하는데, 그 사이에 의사가 나오지 않았어야 하는데, 그래야 본 수술이 진행되고 있는 것이 되는데······. 이따금씩 수술실로 통하는 문이 백상어 아가리처럼 꿈포스레 열릴 때마다, 혹시 담당 의사가 고개를 좌우로 흔들며 백의의 저승사자인 양 나타나지나 않을까 싶어 가슴이 철렁 내려앉곤 했다.

지옥 같은 기다림 속에서도 시간은 흘러 오후 5시 30분이 지났다. 수술실 출입문이 열리고 담당 의사가 나타났다. 이제껏 놀랐을 때보다는 덜 놀랐다. 수술을 시작한 지 시간이 이미 많이 지나가 있었기 때문이었다. 어머니는 제대로 본 수술까지 받으신 것이었다. 신은 어머니를 버리지 않았다. 신에게 감사했다. 의사는 기적이 일어났다고 말했다. 암 덩어리의 90%가량을 제거했고, 아직 10% 정도가 남아 있는데, 앞으로 항암 치료를 일정 기간 받으면 생각했던 것보다 오래 사실 거라고 했다. 눈물이 핑 돌았다. 이렇게 감사한 일이 또 있을까? 다리에 힘이 풀려 잠시 바닥에 주저앉았다.

회복실에서 마취가 깨어 병실로 돌아오신 어머니는 수술 부위의 통증을 호소하셨다. 또 시간이 느리게 가기 시작했다. 어서 며칠이 지나 통증 없이 편안하게 계시는 어머니의 모습을 대하고 싶은 마음 뼈에 사무쳤다. 어머니는 수술 전에 우셨는지 눈가엔 눈물 자국이 마른 꽃잎처럼 남아 있었다. 이 눈물꽃이 어서 웃음꽃으로 피어나길 간절히 빌면서 병실을 나왔다. 학원 업무가 아주 바쁜 철이라 어머니의 간호는 누나와 여동생들한테 맡기고, 졸음이 쏟아지는 몸으로 밤새워 대구로 내려오는 길에, 통증으로 힘들어하시는 어머니의 작아진 모습이 자꾸만 떠올라 눈가에 괴는 눈물을 어찌할 수가 없었다.

수술 후 보름이 지나 나는 퇴원을 했고, 안산에 있는 광훈이의 살림집에서 한동안 머물며 항암 치료를 받으러 다니기로 했다. 항암 치료는 2주 간격으로 총 12회에 걸쳐 받는 것으로 계획이 짜여 있었다. 그런데 아무리 딸네 집이라지만 사위도 있고 불편을 끼치는 것 같아, 두 차례의 항암 치료를 받은 뒤 의성 본가로 왔다. 이후 한 달에 두 번씩 혼자서 서울을 왕래하며 항암 치료를 계속 받았다. 항암 치료 횟수가 늘어가면서 속이 메스껍고 피로감이 증가했으며, 설사 증세로 하루 서너 차례 화장실에 가야 하는 불편함이 이어졌다. 그렇지만 차를 몇 번씩 갈아타면서도 항암 치료를 꾸준히 받았다.

7월 중순에는 그동안의 항암 치료 효과와 현재의 건강 상태를 알아보기 위해 확인 수술을 받았다. 그날 일도 행언이의 일기장에 기록되어 있었다.

1995. 7. 14. (금). 맑음.
지난 2월 23일 수술 이후로 그동안 여덟 차례에 걸쳐 항암 치료를 받아오신 어머니가 오늘 '확인 수술'을 받으셨다. 의사의 말로는 육안으로 보아 직장 부위에 남아 있던 암세포가 거의 제거되었고, 치료 결과도 기대 이상으로 좋다고 했다. 만금을 얻은 것보다, 세상 모두를 얻은 것보다 기뻤다. 아버지께서 특히 좋아하셨다. 다시금 신께 깊은 감사를 올렸다. 의사는 다시 말하길 그래도 아직 100% 안심은 못 하니 앞으로 서너 차례 더 항암 치료를 받도록 하라고 했다.

누나는 어머니 간호를 위해 병원에 남고, 아버지와 나는 저녁이 되어 대구로 향했다. 새벽 5시에 승용차를 몰고 서울 갔다가 자정 무렵 대구에 도착했는데, 무척 피곤하지만 어머니의 치료 결과가 좋다니 잠이 안 온다.

응급실이 갖추어진 대형 병원에는 구급차의 경보음이 자주 울리는 것이 흔한 일이겠지만, 내가 확인 수술을 받은 그 무렵 강남성모병원에는 날마다 구급차의 경보음이 유난히도 자주 들려왔다. 알고 보니 6월 29일에 삼풍 백화점이 무너져 수많은 사상자가 발생했는데, 구조 작업이 계속 진행되면서 사상자들이 이 병원으로 많이 실려 오고 있던 것이었다. 이후로도 한참 뒤에 알게 된 것은, 이 사고로 사망 502명, 실종 6명, 부상 937명이 발생했다는 사실이었다. 이러한 최악의 상황에서도 또 살 사람은 사는 것이었는데, 매몰된 지 11일 만에 구조된 사람, 13일 만에 구조된 사람, 그리고 17일 만에 구조된 사람도 있어 모두 이 병원에 입원해 치료를 받았다.

나를 간호하러 와 있던 명란이는 병원 휴게실에서 생존자들의 보호자들과 얘기를 나누었는데, 그들의 입을 통해 생존자들이 겪었던 긴박했던 상황들을 생생하게 전해 들었다. 이후 명란이는 나에게 자신이 들은 것을 이야기해 주었다.

매몰된 지 11일 만에 구조된 20세의 한 남성은 높이와 너비가 각각 1미터 조금 넘는 삼각형의 캄캄한 공간에 갇혀 머리 위에서 떨어지는 물방울을 입으로 받아먹으며 갈증을 달래고, 마침 주변을 더듬어 찾아낸 종이 상자를 물에 불려 조금씩 찢어 먹으면서 버텼다고 했다. 또한 손에 잡힌 장난감 기차를 가지고 놀면서 죽음의 공포를 잊기 위해 애썼고, 구조에 대한 희망을 버리지 않았다고 했다. 한편 13일 만에 구조된 18세의 여학생은 누운 상태로 매몰되어 꼼짝도 못 하는 상황이었는데, 굴착기의 구조 작업이 진행되자 무너진 시멘트 덩어리가 조금씩 내려와 나중에는 얼굴과 거의 맞닿은 상황까지 이르렀을 때, 바로 그 순간 극적으로 구조되었다고 했다. 그리고 17일 만에 구조가 된 19세의 여성은 가장 마지막으로 구조된 생존자였는데, 외부와의 연락이 완전히 끊긴 상태에서 끝없이 밀려오는 죽음의 공포와 싸우며 물 한 방울도 먹지 않은 상태로 버텨 낸 뒤 구조되어 모두를 놀라게 만들었다. 이 기록은 우리나라에서 일어난 매몰 사고 중, 최장의 생존 기록이라고 했다.

  나도 세 번의 죽음 상황을 경험했던 사람으로서, 그들이 사고를 당한 순간부터 구조되는 시짐까지 겪었을 엄청난 죽음의 공포와 불안감을 충분히 공감할 수 있었다. 시시각각 엄습해 오는 죽음의 그림자를 그들은 그래도 강인한 정신력으로 물리치고 결국은 살아 낸 것이었기에, 그에 대한 보상 차원에서라도 나는 그들이 어느 누구보다 오래도록 건강하고 행복하게 살아갈 수 있게 되기를 진심으로 빌었다. 나는 그들의 기적 같은 구조 이야기를 되새겨 보며, 기적이란 것도 결국은 사람의 의지가 만들어 내는 것이란 믿음을 갖게 되었다.

　마침내 12회의 항암 치료를 모두 마치고 나서, 8월 말에는 암세포가 다 사라졌다는 결과를 받아 들였다. 그런데 난소암은 재발률이 높기 때문에 완전히 안심하기는 힘들고, 향후 지속적인 관리를 해 나가야 한다는 말도 들었다.
　항암 치료의 부작용도 조금씩 사라지면서 모처럼 편안한 심신으로 하루하루를 감사함 속에 보냈다. 매일매일이 새로 태어나는 생일 같았고, 들숨 날숨은 삶의 페이지에 새겨지는 인장 같았다. 주변에 있는 모든 것들이 새롭게 보였고 의미 없어 보이는 건 하나도 없었다.
　매일 당연히 먹는 밥 한술과 물 한 잔, 입을 옷이 있고 덮을 이불이 있는 것, 잘 수 있는 집이 있는 것, 가족이 있는 것, 손을 움직여 무얼 잡을 수 있는 것, 걸을 수 있는 것, 내가 애쓰지 않아도 저절로 숨이 쉬어지는 것, 피가 스스로 돌고 소화와 배변이 이루어지는 것, 해와 달과 별이 뜨고 지는 것, 불어오는 바람 한 자락, 흘러가는 물 한줄기, 앞산에서 지지국국 우는 비둘기, 아침이면 동산 그림자가 짧아지고 저녁이면 서산 그림자가 길어지는 것, 파란 하늘에 하얗게 두 줄로 길게 남아 있는 비행기 연기, 개집 옆에 노란 먼지를 쓰고 살아 있는 바랭이……. 무심히 지나쳐 온 것들이, 마음을 두면 보이고 의미가 느껴지는 것이었다. 세계가 있는 곳에 마음이 있는 것이 아니라, 마음이 있는 곳에 세계가 있다는 것을 깨달았다.

시집온 이후 늘 맘에 두고 지내면서도 바쁜 일상으로 자주 찾지는 못했던 곳이 용입이었다. 용입은 우리 집에서 걸으면 5분 정도 걸리는 곳에 있는 소인데, 안평천 물줄기가 휘돌아 가는 곳으로, 물굽이 바깥쪽은 바위 절벽을 이루는 암산이 솟아 있고 안쪽은 좁쌀같이 질 고운 금빛 모래밭이 펼쳐져 있었다. 여기는 우리 마을 사부리와 윗마을 대사리의 중간 지점으로 민가가 없는 외진 데라 늘 한적하고 인적이 드물며, 이따금씩 물총새와 바람 자락, 구름 그림자가 찾아와 잠시 머물다 가곤 하는 곳이었다.

용입 바위 절벽 중간쯤에 굴이 하나 있는데, 입구는 아주 좁아 허리를 굽히고 겨우 들어갈 수 있지만, 안으로 들어가면 여러 명이 둘러앉을 만한 넓은 공간이 있었다. 들리는 말로는 이 굴에 불을 피우면, 송계골을 지나고 산 너머 화장골 중턱에서 연기가 피어오른다고 했다. 나는 그 말을 듣고 어쩌면 이 산 내부엔 석회암 동굴이 길게 생겨 있을지도 모른다는 생각을 했다. 용입이라는 이름에 들어맞게 이곳에는 신비로운 전설이 전해지고 있었다.

아득히 먼 옛날, 이 소의 절벽 동굴에는 크기도 알 수 없는 능구렁이 한 마리가 살고 있었다. 해마다 여름철이 되어 큰물이 지면 능구렁이는 송계골이 울리도록 우웅우웅 큰 소리로 울었다. 울음소리가 사방으로 울려 퍼지면 인근의 모든 뱀들이 용입 동굴 속으로 몰려들었다. 능구렁이는 그 뱀 무리 중에서 가장 마음에 드는 뱀 한 마리를 잡아먹고 나머지는 돌려보냈다. 오랜 세월이 지나 천 마리째의 뱀을 잡아먹던 날, 능구렁이는 마침내 용이 되어 승천했다.

아무튼 나에겐 신비로운 이 용입을 오랜만에 홀로 찾았다. 중추를 보낸 지 얼마 되지 않은 때였다. 나를 반기는 건, 흐름조차 잠시 잊은 채 솜뭉치 같은 구름 그림자 한 조각을 안고 꿈꾸듯 누워 있는 소의 물과, 이젠 제법 남쪽 하늘로 내려간 가을 해가 비스듬히 뿌려주는 빛으로 온몸을 적시는 모래밭, 실낱같은 미풍에도 앙증스레 고개를 까닥이며 손짓하는 코스모스, 냇둑에 늘어선 왕버들나무 가지에서 울고 있는 물총새 한 마리 등이었다.

나는 유리가 녹은 듯이 투명한 냇물에 손을 잠시 담갔다. 물 아래 바닥에는 마늘쪽같이 희고 반투명한 조약돌 하나가 나를 올려다보고 있었다. 문득 옛날 내가 일본으로 건너갈 때 금녀가 건네주던 조약돌의 모습이 거기에 겹쳐졌다. 그 조약돌을 가만히 두 손으로 그러쥐었다. 물속인데도 따뜻한 기운이 느껴졌다. 금녀가 조약돌에 담아 전해 주던 체온 같았다.

"금녀야. 니는 인제도 동남쪽 하늘에 가 있나? 내는 니가 줬던 작은 돌미를 일본서 원자 폭탄에 잃어뿌고, 니한테 핑생 죄 진 맘으로 이래 정신없이 살아오다 보이, 하매 나이가 예순하고 너이가 돼뿐네. 니는 나이 안 몄제? 금녀야, 시상에서 젤 먹기 수분 기 먼동 아나? 나이데이. 입을 안 벌리도 먹히고 먹기 싫어도 먹히이께 나이 먹는 기 얼매나 숩노. 어째 보마 나이를 먹을라꼬 살고, 살라꼬 나이를 먹는 건지도 모르제. 또 시상 살아오만서 보이, 나이만치 공평한 기 없드라. 남자도, 여자도, 늙은이도, 젊은이도, 부자도, 빈자도, 먹고 싶어도, 먹기 싫어도, 누구나 똑같이 1년에 한 살씩만 먹으이 말이다. 후후.

금녀야, 거게선 니가 어맀을 찍에 헤어졌던 엄마 만내가 잘 있제? 내도 어짜마 인제 울 엄마 만내로 갈 날이 멀쟎은 거 긑데이. 니하고 내하고 이 시상에 태이나가 우정을 그키 오래 나누지도 몬했제만, 그래도 니를 만내가 차말로 고마벘데이. 뒤늦게사 이래 니한테 고맙단 인살 하네. 머잖아 내 엄마 만내고 나마 니한테도 꼭 찾어가 볼란다. 우리 거게서도 놋나하 우징 니ᄂ만서 지내제이. 내 갈 때꺼지 잘 있어래이."

가만히 펼친 두 손 안에서 조약돌이 더 희고 밝게 빛나는 것을 느끼면서, 나는 모래밭 가의 코스모스 마을로 자리를 옮겼다. 모래밭과 냇둑 사이를 죽 따라가면서 코스모스꽃이 지천으로 피어 있었다. 빨강 머리, 하양 머리, 분홍 머리를 한들한들 흔들며 꽃 가족들은 나를 맞아 주었다. 하얀 꽃을 올망졸망 달고 있는 키 작은 코스모스 옆에 앉았다. 코스모스 하면 으레 분홍빛 꽃을 떠올리지만, 언제부턴가 나는 하얀 코스모스가 맘에 끌렸다.

자주 하던 버릇대로 나는 나에게 말을 건넸다.

"실경아, 니는 코스모스가 그르키 좋나? 언제 어데서라도 코스모스마 보마 어린아그치 좋아하데."

"그래. 내는 꽃 중에 코스모스가 젤 좋드라."

"코스모스가 와 그래 좋노?"

"내 어린 시절 돌밑에 살 찍에 곡정천변 천방은 가을 되마 코스모스 천지 아이랬나. 시상에 꽃들도 많제만 내 눈에 젤 먼저 꽃으로 다가온 기 코스모스제. 어린 내가 다가가마 한 분도 어김없이 살랑이는 몸짓으로 반기 주만서 흰 빛, 분홍 빛, 빨간 빛 꽃바람으로 내를 쓸어 주었제. 해마다 가을이 오마 내는 동무들캉 노는 거보다 혼자 코스모스 밭에서 노는 기 더 좋앴데이. 내가 어떤 말을 하든 어떤 기분이든 간에 코스모스는 언제나 고개를 끄덕이만서 내 말을 들어 주고 내 동무가 되어 주었제. 엄마 아부지 다음으로 내를 이뻐해 준 이는 코스모스였든 기라. 내가 코스모스를 좋아하는 이유는 이거였제만, 차차 커 가만서 내는 코스모스에 진짜 매력을 알기 됐데이. 그건 바로 코스모스꽃이 질 때에 모습이었제."

"코스모스꽃이 질 때 어뜬 모습이었길래?"

"한마디로 미련 없이 떠나는 기제."

"미련 없이?"

"그래. 어뜬 꽃들은 질 때 미련이 남는동, 꽃대에 말라붙어가 널찌지도 않고 구차시런 모습을 보이제. 그른데 코스모스는 일절 그른 기 없그덩. 질 때가 되마 여덟 꽃잎 조각은 한순간에 망설임도 없이 홀홀 미련 없이 떠나가제. 얼매나 깔끔한 소멸인동 내는 그 모습에 맘이 끌맀고, 언젠가 내도 세상을 떠날 땐 코스모스 꽃잎을 닮은 모습으로 갈 끼다고 생각하게 되었제."

"그르쿠나 실경아, 그른데 니는 꽃을 보만서도 죽음을 생각했네. 보통 사람들은 죽음을 멀리 생각하고 머리에 떠올리는 걸 일부로라도 피하는데, 니는 죽음을 개작게 바래보고 있는 거 겉데이. 죽음이 니는 안 무섭나?"

"내는 죽음이 무섭진 않데이. 죽음이라 카는 거는 또 다른 만냄을 위해가 떠나는 여행 그른 거 아이가. 우리가 어데 여행을 갈 찍에 떠나는 걸 무서버 하진 않잖아. 낯선 곳을 구경하는 설렘도 있고 다시 돌아오는 과정도 있으이 해깝은 맘으로 떠나는 기제. 다만 죽음이라 카는 거는 돌아오지 않는 여행이디 보이 아쉬움을 안고 떠나는 기라.

그른데 아쉬움이라 카는 건 미련을 두고 갈 때 남는 거그덩. 미련은 여행자에 두 발목을 잡는 차꼬캉 같은 기라. 미련이 클수록 차꼬도 크고 무거버지제. 코스모스 꽃잎그치 미련 없이 해깝기 떠나는 여행은 그기 죽음이라 캐도 무서불 거도 아쉬불 거도 없는 기제."

"그르치만 죽음 여행이라 카는 건 암만 캐도 가고 나마 돌아올 길 없는 여행이끼네 무섭고 떠나기 싫은 거 아이겠나. 세상 사람들 누구한테 물어바도 죽음이 젤 싫고 무섭다 칼 낀데?"

"안 그르캤나. 그래도 내는 생각이 좀 다르데이. 죽음이라 카는 기 마냥 무섭고 나쁘기만 한 거는 아이라고 생각한데이. 만약에 죽음이 없다 카마 우리가 삶을 고맙고 귀한 것이라 생각할 수 있겠나? 밤에 어둠이 있으이 낮에 밝음이 고맙고, 배고픔이 있으이 배부름이 고맙고, 벵이 있으이 건강이 고마분 줄 아는 거 아이가. 죽음은 우리한테 삶에 고마붐을 새기게 해 주고 인생에 의미를 일깨와 주는 스승캉 같은 기라고 생각한데이. 그르이 삶이 고마분 거그치 죽음도 고마분 기제. 죽음은 삶을 고맙게 해 주는 고마분 것인 기라."

"그라마 니는 죽음 앞에서 무서분 건 하나도 없네."

"그래. 무서분 건 없제만 맘에 찌이는 건 하나 있데이."

"그기 먼데?"

"그건 내가 떠나고 난 뒤에 남는 가족들에 대한 걱정이제. 내 배로 낳은 자식들이 배고프잖고 고생 없이 살았으면 카는 마음이 유일한 걱정이자 바램인 기제. 그것마자 없다 카마 내는 차말로 바람보다 해까분 맘으로 마지막 여행길을 떠날 수 있데이."

"실경아, 니는 죽음이 머라고 생각하노? 니한텐 죽음이 어뜬 의미고?"

"내한테 죽음이라 카는 건 '엄마 찾어 가는 거'. 흔히 죽음을 '돌아갔다.'고 카제? 어데로 돌아가겠노? 왔던 곳이 있으이 돌아가는 거 아이겠나. 내가 처음 시상에 온 거는 엄마한테서 왔잖아. 왔던 데로 돌아가이 죽음이란 엄마한테로 가는 기제. 이르케 보드라도 죽음이라 카는 기 무섭기나 나쁘기마 한 건 아이제? 시상 모든 거에는 좋은 거만 있는 거도 없고 나쁜 거만 있는 거도 없다 안 카나."

"참, 그카이 생각난다만 실경이 옛날에 일본 갔실 찍에 철한이 아재가 니한테 준 과제에 답 알어냈나?"

"철한이 아재가 준 과제? 아, 시상에 마카 좋은 거만 있는 기 있는동 찾어보라 캤든 거 말이제?"

"그래, 맞다. 이 시상에 나쁜 건 없고 좋은 거만 있는 기 있드나?"

"있드라."

"그기 먼데?"

"엄마."

"엄마?"

"그래 엄마. 엄마는 내를 시상에 있게 해 준 존재만서, 절망에 빠진 내를 걷게 하고, 마지막엔 내를 다시 받어 줄 존재드라. 엄마는 내라는 존재에 출발지만서 종착지인 동시에 내 영혼에 귀향지라, 내한테는 신이고, 우주고, 좋은 거만 있는 존재드라. 그라고 보마 시상 모든 여자는 신이고 모든 엄마는 우주인 기제."

"실경아, 내가 내하고 이야길 나누이 참 좋다 그제? 평소 내한테 대해가 잘 몰랬든 거도 새로 알기 되고."

"그르체. 남들캉에 대화에선 남 눈에 비치는 내 겉모습을 알 수 있는 것에 그치제만, 내 자신캉에 대화에선 나에 참모습을 알아볼 수 있제. 시상에서 젤 진솔한 대화는 자기 자신캉에 대화제."

"맞다 실경아, 그른데 사니라고 바쁘고 지치다 보이 자신캉 대화하는 거도 숩진 않드라 그제?"

"그건 그르트라. 오늘은 일부로 시간을 내가 이래 용입에 와 있으이, 내하고 대화할 시간이 많애 좋다."

"그른네. 참 실경아, 아깨 죽음이 안 무섭다 캤는데 그라마 니는 살만서 젤 무서분 기 머드노?"

"내한테 무서분 거는, 그건 '만냄'이드라."

"만냄이 와 그래 무섭든데?"

"만냄은 '이별'에 원인이기 때무이제. 만냄에 결과물은 언제나 이별 아이가. 세상에 이별 없는 만냄이 있드나? 내가 살아오만서 겪었던 많은 이별도 만냄이 없었다면 겪지 않아도 될 것들이었제. 만냄에 반가움이 클수록 이별에 아쉬움이 크고, 만냄에 기쁨이 짙을수록 이별에 슬픔도 짙어지는 기라. 내가 지금 보고 있는

이 코스모스꽃들도 좀 전에 반가분 만냄이 있었기에 이따가 아쉬분 이별을 맞어야겠제. 어째보마 산다는 건 매일매일 시시각각 만냄캉 이별에 순간들로 채워지는 일이라. 내를 둘러싸고 있는 수많은 존재들이나 현상하고에 만냄캉 이별, 나에 내면에서 일어나는 끊임없는 마음 작용하고에 만냄캉 이별들이 그것이제. 원치 않는 만냄캉에 이별은 후련할 때도 있제만, 소중한 만냄캉에 이별은 오래도록 가심이 아퍼, 내는 만냄이 그르키 무섭기 여기지드라."

"무서분 건 만냄이라 캤는데, 니가 싫어하는 거는 머고?"

"내가 젤 싫어하는 거는 내로 인해 남한테 신세를 끼치는 일이데이. 남들이 내를 위해 시간을 쓰거나 마음을 쓰는 일, 내게 물건을 주거나 몸을 수고하는 일그치 내 때문에 내 아닌 다른 이들을 애쓰게 하는 기 싫은 기라. 꼭 남이 아니라 내 가족들이 내게 그 무엇을 해 줘도, 내는 미안하고 괘이 빚을 지는 거 겉드라. 그르이 내는 세상 그 누구에게도 뭘 바래는 기 전혀 없제. 뭐든 내 손으로 하고, 누구한테도 아무 수고를 끼치지 않을 때가 젤 맘이 핀한 기라. 받고 나미 하나하나가 빚 아이가. 누가 그라드라. 이 시상에 태어난 건 빚을 갚기 위해서라고. 마음 하나라도 빚을 지마 다음 생에 또 태이나야 될 거 아이가. 빚을 지우마 빚 받으로 태이나야 하고, 빚을 지마 빚 갚으로 태이나야 하이 빚이 없어야 생사 윤회에 고리가 끊어질 테제."

"그라마 니가 좋아하는 거도 있나?"

"당연히 있제. 내가 좋아하는 거는 남들이 좋아하는 걸 양보하는 거데이. 남이 필요할 때 내가 줄 수 있는 거를 주는 기 내는 좋고, 그때가 젤 행복하드라. 가족들캉 식사할 때나 사람들 여럿 모이가 음식 먹을 때도 내는 다른 사람들이 맛있다 카는 음식은 입에 잘 대지 않는데이."

"다른 사람들이 맛있다 카는 음식은 와 안 먹는데?"

"내가 한입 먹는 만치 다른 사람 입으로 안 들어가잖아. 내도 맛있는 거야 알제만 내가 먹어뿌리마 그만치 다른 사람들이 먹을 기회가 줄어들겠제. 가족들 식사 때 어짜다 고등어 한 마릴 꾸버도 내는 대가리나 껍질만 먹으이, 우리 가족들은 지금도 내가 고등어 대가릴 좋아하는 줄 알 끼라. 그라고 김장 김치 있제. 그거 내는 주로 질긴 겉잎하고 벅시머리라 카는 뿌리 부분을 먹는데, 옛날 시집 종형제들꺼지 한데 모이가 살 찍에 내가 그걸 잘 먹는 걸 보고, 동서들은 빌난 식성이라 카만서 감탄하기도 하드라. 실은 내 식성이 빌난 기 아이라 내 생각이 빌난 거였겠제. 내라고 김치 속잎에 부드럽고 아삭아삭한 맛을 와 안 좋아하겠노? 그른데 그 맛있는 부분을 내가 먹으마 다른 사람 입에 덜 드갈 거 아이가. 내가 이상한동 모리겠다만 내는 내가 먹는 거보다 내 먹을 걸 남들이 먹고 좋아하마, 내가 무신 역할이래도 한 거 그른 착각 속에 기분이 좋아지데. 그라고 내는 내가 먹는 거, 내가 입는 거, 내가 가진 그 무엇도 마카 어느 누구한테서 양보받은 기라는 생각을 하고 있으이, 그걸 남들한테 다부 양보한다 시풀 때가 그키 좋드라."

"그른 부분은 니가 좀 특이한 기다. 보통 사람들은 거진 다 지부터 먼저 챙기고 지를 우선시하는데 말이데이."

"그를랑가? 좀 특이하다 캐도 내는 그른 내가 좋드라. 내가 좋아하는 거에 대한 이야기가 나왔으이 또 하나 생각난다만, 내는 계절 중에서 겨울을 젤 좋아한데이."

"그거도 좀 특이하네. 보통 사람들은 겨울보다 딴 계절을 좋아하는데, 겨울이 와 젤 좋노?"

"겨울은 욕심도 꾸밈도 없다는 거. 그기 젤 큰 매력이제. 봄은 만물이 소생하만서 경쟁을 시작하는 '다툼'에 계절이고, 여름은 경쟁 위력을 '자랑'하는 계절이며, 가을은 경쟁 결과를 '포장'하는 계절이제. 그른데 겨울은 모든 걸 니라놓는 '비움'에 계절이라. 겨울은 스스로를 비움으로써 채움의 고마뭄을 깨닫게 해 주는 계절이제. 비움이 있으이 채움이 있는 거 아이가. 그륵도 비어 있실 때 다른 걸 채울 수 있겠제. 채움이 욕심이라면 비움은 감사인 기라. 그르이 겨움은 스스로를 비워 또 다른 채움을 이루게 해 주는 감사의 계절이라 카겠데이.

또 겨울은 산도 들도 자신에 본모습을 고대로 보이 주고, 어뜬 허상도 위장도 포장도 없는 알몸띠가 되제. 내는 겨울에 꾸밈없고 진솔한 그 모습이 좋드라. 겨울 산을 함 바라. 산뜨베이 따러 죽

늘어선 나무들이 지를 포장했던 이퍼릴 마카 떨군 겨울 산은 높이도 낮어지제. 내는 자신을 낮추는 겨울 산에 겸허함이 좋드라."

"그르쿠나 실경아, 인제 보이 니는 어느 영화 제목 그치 '겨울 여자'네."

"후후, 겨울 여자라. 참말 멋있는 말이데이."

"참 실경아, 인제 생각난다만 니를 두 부이나 살리 주싰다고 생각되는 걸배이 보살님 말이라, 벌써 돌아가싰겠제만 어에 살다 가을꼬?"

"그래 말이라. 한 분씩 생각나고 보고 싶드라만 볼 방법이 있었어야제. 그른데 있제. 암만 생각해도 걸배이 보살님이 내 주변에 있는 거 긑데이."

"그기 먼 소리고? 니 주변 어데 있다 말이고?"

"행언이 아이나. 가가 걸배이 보살님에 환생이란 생각이 자꾸 든데이."

"어에 그른 생각이 드노?"

"시할배 이장한 뒤 사흘 만에 유산하고 한 달 가까이 됐실 찍에 내는 이상한 꿈을 꿨제."

"무신 꿈이었는데?"

"어느 못인진 모리겠는데 내가 물안개 아스름히 피오리는 못가새 서 있었데이. 그때 낚싯배로 보이는 째매한 배가 하나 눈에 띄데. 내도 모리게 그 배에 올러탔는데 배가 지절로 움직이만서 못

복판으로 가는 기라. 거겐 연꽃들이 곳곳에 피어 있어 꽃구경 하니라꼬 정신이 팔리가 있는데, 어느 순간에 연꽃들 새에서 밥식기만치 크다한 연밥 송이 하나가 눈에 확 들어오는 거 아이가."

"아이고, 그래가 어옜노?"

"얼매나 탐시럽든지 내는 두 손을 뻗치가 그 연밥 송이를 힘들게 제와 꺾었제. 그 순간에 배가 한짝으로 쏠리만서 디비저 뿌릿데이. 물에 빠지만서도 내는 연밥 송이를 끌안고 있었는데 깜짝 놀래가 눈을 뜨이 꿈 아이가."

"크다한 연밥 송이 따가 좋앴을 낀데 꿈이래가 허전했겠데이."

"아이다. 꿈에 본 그 연밥을 내가 다 먹은 거그치 마음이 든든하고 배가 부리데. 그른데 얼핏 머리에 떠오리는 기, 내가 알라 때 홍진으로 거진 죽었을 찍에, 걸배이 할매가 엄마한테 내를 안방 실경 우에 언저 노라 카만서 연밥을 주었다는 거였데이. 그때는 내 머리맡에서 연밥이 강한 빛으로 변해가 내를 살맀는데, 꿈속에 본 연밥은 내 품속으로 들와가 내 몸에 일부가 된 거 그튼 생각이 들었제. 그 꿈 이후 두어 달이 지내가 내는 임신한 거를 알기 됐는데, 지금 보마 그 꿈이 행언이를 입신한 태몽이었단 생각이 드는 기라."

"그른 생각을 할 수도 있겠제만 걸배이 보살님이 행언이로 환생했다고 생각하는 이유는 머고?"

"내가 시집와가 아들 몬 나으이 시집에선 아들 씨받이를 들이고 내를 내쫓을 판이었제. 내로 보마 생사에 갈림길이라 생각할 만치 절박한 판에 내를 두 부이나 살리 준 걸배이 보살님이, 이분에는 직접 내 몸으로 들와가 아들로 태이남으로써 내를 살린 기 아인가 싶은 기라. 안계서 내가 나무에 목을 맸을 찍에도, 할매가 나타나가 내를 살리고 떠나만서 인연 대이마 이승이든 저승이든 새로 만낼 날이 있을 끼라는 말을 하고 갔는데, 그기 맞어 드간 거 그태."

"그라마 걸배이 보살캉 행언이가 쫌 닮은 데라도 있드나?"

"찬차이 보마 쫌 닮은 구석이 있긴 하데이. 우선 행언이는 성격이 천상 여자 그랬데이. 부끄럼이 얼매나 많은동 어렸을 찍에 집에 누가 찾어오마 숨기 바빴고, 아홉 살 무렵꺼진 걸을 찍에도 부끄럽다고 남들 앞에선 팔도 안 흔들고 옆구리에 붙이가 걸었제. 저거 할매한테도 사나 자슥이 지지바그치 부끄럼 탄다고 꾸지럼 얼매나 들었는동 모린데이.

국민 학교 3학년 때 처음 도시락을 싸 갔는데, 친구들 앞에서 부끄러버가 몬 먹고 고대로 가 왔드라. 국민 학교 졸업할 때꺼지가 벨멩이 '색시'였는데, 학교 친구들이 지어준 기라. 그라고 가는 시끄러분 걸 딱 싫어하고 혼자 조용히 갱문이나 못가새 앉어가 생각에 잠기는 걸 좋아했제. 연꽃을 디기 좋아했고, 남한테 베풀기나 남 사정을 늘 먼저 생각하는 습관이 있었데이. 밥을 먹고 난 뒤엔 꼭 맹물로 밥 그륵을 행가가 물을 마싰제. 흡사 절에서 스님들이 발우 공양하는 거 그태. 밥 그륵에 밥풀 한 개 없으이 설거지할 꺼도 빌로 없어. 평소에도 반찬은 빌로 안 찾고 밥을 물에 말아 먹는 걸 젤 좋아했제. 어뜰 땐 딘장 간장마자 필요없이 물캉 밥만 먹는 거도 좋아했데이. 음식 욕심이 없고 모든 일 중에 먹는 일이 젤 후순위라.

행언이가 대여섯 살 땐가 한 분은 남편이 남에 초상집에 댕기 와가 몸을 벌벌 떨만서 두통, 복통에다 토사 증세꺼지 보인 적이 있었제. 급하게 윗마실에 사는 무당을 불러 객귀를 물리가 무사했는데, 그때 무당이 행언이를 보디만 흠칫 놀래는 눈빛으로 '보살님 아이껴' 카만서 합장을 하데. 당시엔 무당이 기양 장난으로 카나 싶어 무심코 닝깅는데, 인제 와가 돌이키 보마 장난으로 그 칸 거는 아이랬을 거 같다는 생각도 드는 기라."

"카고 보이 차말로 묘한 인연 그태 보이네. 고마분 인연이기도 하고."

"그래, 살아오만서 생각해 보이 시상은 '고마븜'이라 카는 인연으로 얽히가 돌어가는 물레바퀴 그튼 기 아인가 시푸데이. 슬푼 일도 괴로분 일도 지내고 돌어보마 다 고미븜에 앙금으로 가심에 남어 있제."

"그른데 슬픔이나 괴로븜이 어에 고마분 거로 다거오노?"

"내가 살만서 겪은 슬픔은 거진 내 주변에 소중한 사람들캉 이별한 것들이제. 엄마, 동생들, 태란이, 아부지, 금녀와에 이별 말이라. 이별한 당시엔 슬픔만이 전부였제만, 세월이 흘러 인제 와가 생각해 보마 그 가심 아푼 이별에 슬픔은 차츰 이내그치 옅어져 가고, 그들이 내게 얼매나 소중한 존재들이었는지를 혼신으로 느낄 수 있기 해 주이, 그 사실이 고마분 마음으로 피어오리는 기라. 이른 예는 슬퍼서 고마분 것들이고, 내 자식들이 내 가족이 되어 주고 내를 위해 시간 내 주거나 벵원에도 델꼬 가 주고 하는 것들은 기뻐서 고마분 것들이제."

"자식들이 부모한테 신경 쓰고 효도하는 기야 당연한 긴데 멀 그키 고맙다 카노?"

"아이다. 시상에 사람이 하는 거 중에 당연한 건 한 개도 없데이. 자식이 효도하는 거, 부모가 자식 키아 주는 거, 학생이 열심히 공부하는 거, 군인이 나라 지키 주는 거, 사람들이 예의 범절을 지키는 거, 여자가 집안 살림 하는 거, 남자가 배깥 일 하는 거, 가난하고 약한 사람 보호하는 거 등등, 사람이 하는 행위야 수도 없이 많제만 어느 거도 당연한 건 없데이. 다만 남을 위하는 행위는 당연한 기 아이고 '고마붐'이며, 남을 해하는 행위는 당연한 기 아이고 '애통함'일 뿐인 기라.

시상에 당연한 거는 '자연'빼끼 없데이. 태풍, 홍수, 가뭄, 지진, 화산 폭발, 벼락, 폭우, 폭설, 폭염, 한파, 사태, 우박, 전염병 그튼 자연재해를 사람들은 나쁘기 보고, 꽃, 꿀, 곡식, 과실, 강, 바다, 숲, 나무, 해, 달 그튼 것들을 우리는 좋기 보고 있제만, 애초에 자연은 좋고 나쁨이 없는 기라. 자연은 재해를 일으키가 누구한테 피해를 줄 의도를 가주고 있는 거도 아이고, 여러 환경을 맨들어 가 누구한테 덕을 베풀 목적을 가주고 있는 거도 아이데이. 자연은 의도하지 않고 목적을 두지 않제. 그양 현상이 있실 뿐. 자연은 선도 악도 아이고 당연함 그 자체로 존재하는 기제. 그른데 인간 시상에 당연이라 카는 거, 좋음, 나쁨이라 카는 거는 결국 사람이 맨들어 낸 생각에 불과한 기라."

"그래, 실경아. 여지껏 살아오만서 나름으로 깨달은 거도 있구나. 사니라꼬 바뻐가 그동안 자신을 돌아보고 차분하이 현재를 짚어 볼 여유도 없이 앞만 보고 살아왔는데, 인제 고갤 돌리가 살아온 날들을 반추하는 거 보마 니도 삶에 여정을 시나브로 마무리해 가는 거그치 보인데이."

"그르체? 내도 요즘 들어 내한테 주어진 길은 거진 다 걸어온 거 같다는 생각이 자주 들드라. 아직 남아 있는 길이 얼맨진 모리제만 한 걸음, 한 걸음, 고마분 맘을 안고 걸어갈란다."

"실경아, 생각해 보이 니 삶에 원동력을 한마디로 간추리마 '고마붐', 곧 '감사'라고 카겠데이."

"그래그래 맞데이. 시상 살다 보마 힘들기나 괴롭기나 슬픈 일도 많제만, 그것들마자도 고마버하고 감사하는 마음으로 전디 내마, 이 시상에 넘지 못할 고통은 없고 이기 내지 못할 슬픔도 없드라. 사람이 맨들어 낸 말 중에 젤 위대한 말은 '감사'라고 카겠데이. 살다 보마 누구나 겪을 수 있는 고통, 슬픔, 불행, 근심, 미움, 분노 그튼 이 모든 것들을 극복하게 해 주는 가장 강한 무기는 '감사'이드라."

나 자신과의 긴 대화를 마치고 나는 용입에서 집으로 발걸음을 옮겼다. 나의 등 뒤에서는 두건처럼 하얀 꽃을 이고 있는 코스모스가 석양빛을 받으며 하늘하늘 작별 인사를 건네고 있었다.

"난소암 재발입니다. 이미 대부분의 장기로 퍼졌고 폐로 전이 되는 것도 시간문제입니다."

1997년 6월, 정기 검진 때 담당 의사가 말했다. 나는 고개를 끄덕였다. 엄마의 모습이 떠올랐다. 이후로 누워 지내는 시간이 많아졌다. 몸을 위해 할 수 있는 일은 별로 없었다. 혹여 몸내가 날까 봐 아침저녁으로 머리를 감고 몸을 씻을 뿐. 가족들은 나의 암 재발 소식에 모두 놀랐지만 나는 담담했다. 기다렸던 것은 아니었으나 준비는 하고 있었기에 그랬다. 병원 치료는 포기했다.

영미가 일본에서 제조한 항암제라며 약을 사 왔고, 일본에서 유행하고 있는 질병 치료법이라면서 '뇨요법'을 알려 주었다. 뇨요법은 오줌으로 병을 치료하는 방법이라고 했는데, 아침에 일어나 첫 소변을 보면서 먼저 나오는 일정 부분은 버리고, 이후로 나오는 소변을 한 잔 정도 받아 마시는 것이었다. 생소한 치료법이었지만 매일 실행에 옮겼다. 삶에 대한 애착이나 미련 때문은 아니었다. 갖은 애를 써 주는 우리 가족들에게 아쉬움을 남게 하고 싶지 않았고, 나를 생각해 주는 고마움에 대한 나의 답례라 여겼기 때문이었다.

역시 아는 게 병이라는 말을 증명이라도 하듯, 병의 재발 사실을 알고 난 뒤부터 왠지 몸이 예전 같지 않다는 생각이 들었다. 하루하루 복부 중심으로 둔통이 조금씩 느껴지기 시작했다. 소화가 잘되지 않아 속이 더부룩하고 간간이 소변에 피가 섞여 있기도 했다. 복수가 차는지 배가 조금씩 불러오는 느낌도 있었고 약한 구토 증상과 함께 요통이 찾아왔다. 가슴과 목 부위로 불편감이 조금씩 더해 가자 진통제를 하루 두어 차례 복용하기 시작했다.

어느 날 문득 달력을 보니, 추석이 석 달 정도 앞으로 다가오고 있었다. 어떻게든 추석 때까지는 살 수 있었으면 좋겠다는 생각이 들었다. 내가 있었기에 맺어졌던 소중한 인연들인 가족들을 마지막으로 한 번씩 보고 갔으면 하는 부질없는 욕심이 생기는 것이었다. 나의 욕심에 조금이라도 도움이 될까 싶어 뇨요법이나마 착실히 실행하였다.

그러나 날이 갈수록 몸은 차츰 더 불편해지고 통증도 조금씩 더 강하게 느껴지고 있었다. 먹는 진통제로는 한계가 있어, 견디기 힘든 통증이 있을 때는 하루 한두 번씩 남편이 진통제 주사를 놓아 주었다.

　무엇에게도 무슨 일에도 아무 관심 없는 세월은 여상스레 흘러가고, 추석이 한 달가량 앞으로 다가왔다. 주사를 많이 맞다 보니 주사 부위의 피하 조직이 단단해지고 이젠 주삿바늘도 잘 들어가지 않아 통증에 더 많이 노출된 날들을 보내고 있었다. 잠시라도 통증을 잊어버릴 수 있는 길이 없을까 생각했다. 아프다고 생각하면 거기에 신경이 집중되어 아픔이 더 강해지는 것을 경험했기에, 아픔을 잊어버리는 시간을 만드는 것이 필요하다는 생각을 했다.

　장롱 위에 올려둔 채 오랫동안 사용하지 않고 있던 카세트 녹음기를 챙겼다. 지난날 사과밭에서 잡초를 뽑거나 적과를 할 때, 그리고 사과를 딸 때, 늘 내 곁에서 유행가를 들려주면서 나에게 힘을 주던 벗이었다. 수많은 유행가를 반복해 듣다 보니 아는 노래가 참 많았지만, 한 번도 다른 사람들 앞에서 직접 노래를 불러본 적은 없었다. 8촌 이내의 집안 계 모임 같은 데 가서 다른 이들이 흥겹게 노래를 부르고 놀 때도 나는 손뼉만 칠 뿐, 한 번도 독창을 하지 않았다. 돌아가면서 노래를 시킬 때도 부끄럽고 쑥스러워 완강하게 거절했다. 나중에는 내가 노래를 아예 할 줄 모르는 사람으로 인식되었는지, 더 이상 나에게 노래를 시키려는 사람들이 나타나지 않았다.

먼지 앉은 녹음기를 깨끗이 닦고 오래되어 잘 쓰지 않는 녹음테이프를 녹음기에 꽂아 넣은 뒤, 목소리 녹음을 시험해 보니 녹음이 잘 되었다. 나는 내가 부르는 노래를 녹음하기로 마음먹었다. 노래 가사와 곡조에 집중하다 보면 몸의 통증도 잠깐씩이나마 잊을 수 있으리란 생각이 들어서였다.

자식들이 사다 준 박카스가 눈에 들어왔다. 종이 상자 안의 박카스 병들은 모두 들어내고 빈 상자를 밥상 위에 올려 엎어 놓았다. 젓가락으로 툭탁툭탁 박카스 상자를 두드리면서 장단 맞춰 노래를 불렀다. 반평생을 살아 온 외딴집에서 아무도 없이 홀로 하는 공연이었다. 쉽게 숨이 차서 노래 하나를 녹음하면 잠시 쉬었다가 다음 노래를 녹음했다.

「섬마을 선생님」,「처녀 농군」,「바다가 육지라면」,「찔레꽃」,「울고 넘는 박달재」,「잘 있거라 부산항」,「나그네 설움」,「고향무정」,「비 내리는 고모령」,「여자의 일생」,「초가삼간」,「울어라 열풍아」,「그리움은 가슴마다」,「돌아가는 삼각지」,「가슴 아프게」,「이정표 없는 거리」,「가지 마오」……. 한 곡, 한 곡 부를 때마다 어떨 때는 내 삶의 일부를, 또 어떨 때는 내 마음의 한 자락을 그려 내고 있는 것 같아, 가슴이 뭉클해지기도 하고 눈물이 맺히기도 했다. 특히「바다가 육지라면」노래를 부를 때는, 바다만 아니면 당장이라도 걸어 걸어 엄마와 같이 살을 맞대고 살았던 히로시마로 가 보고 싶다는 생각에 하염없이 눈물이 흘러내렸다.

나의 홀로 공연은 매일 이어졌고, 그 시간만큼은 통증을 잠시 잊거나 덜 느낄 수 있는 고마운 때였다. 힘이 들 때는 녹음한 노래를 다시 들으면서 감상에 젖곤 했다.

가을비가 부슬부슬 내리던 어느 날, 남편은 친구들과의 친목계 모임으로 도리원에 가고 나는 혼자서 옷장 정리를 했다. 여기저기서 얻어 온 갖가지 기념 타올, 집안의 여러 조카들이 선물해 준 내의와 양말, 목도리, 가죽 장갑 등이 대부분 포장된 상태 그대로 장롱 서랍 이곳저곳에 고이 보관되어 있었다. 어떤 것들은 받은 지 수십 년도 더 지난 것으로 여겨지는 물건도 있었다. 이번 추석 때 가족들이 모이면 하나도 남기지 않고 모두 나누어 주리라 생각하며, 장롱 안에 한데 모아 두었다.

내가 떠난 뒤 유품이 많을수록 그것을 처리하는 가족들의 마음이 힘들 거라는 생각이 들어, 내가 입고 가는 옷 외에는 어떤 것도 가족들에게 몸과 마음의 수고로움을 끼치지 않도록 내 손으로 모두 말끔히 정리하고 처분하기로 마음먹었다. 머잖아 여행을 떠나야 할 나의 발걸음이 무겁지 않기 위해서라도, 내 주변의 모든 것들과 나를 둘러싸고 있는 인연들을 남김없이 내려놓아야 하는 것이었다. 가진 게 많으면 마음이 무겁고, 마음이 무거우면 발길이 무거울 테지. 발길이 무거우면 죽음도 노동이지만, 발길이 가벼우면 죽음도 여행이리라.

안개가 자욱했다. 어딘지는 알 수가 없었다. 시야에 흐릿하게 무언가 들어왔다. 한 걸음, 한 걸음 다가갔다. 가마가 보였다. 옆에 누군가가 서 있었다. 찬찬히 살펴보니 어떤 할아버지였다. 나에게 오라는 듯이 손짓을 했다. 나도 모르게 더 다가갔다. 나를 보고 가마에 타라고 했다. 나는 멈칫거리며 누구시냐고 물었다. 자신은 나의 친할아버지라고 했다. 나의 친할아버지는 내가 어렸을 때 돌아가셔서 얼굴은 기억나지 않았다. 내가 가마타기를 머뭇거리자 할아버지는 자꾸 손짓하며 타라고 했다. 어디로 가느냐고 물었지만 타고 가 보면 안다고 했다. 나는 할 수 없이 가마 속으로 들어갔다. 자리에 앉는 순간 가마꾼도 없는 가마가 번쩍 들렸다. 몸이 옆으로 구를 듯 휘청거렸다. 깜짝 놀라 눈을 떴다. 꿈이었다.

진통제 주삿바늘도 더 이상 꽂히지 않아 극심한 통증을 이불처럼 둘러싸고 근근이 지내는 하루하루가 길기만 한데, 그래도 시간은 흘러 추석이 내일로 다가왔다. 참 고맙게도 그동안 잘 버텨 내었다. 오늘내일 양일간에 내 가족들을 모두 볼 수 있으리라는 기대감에 없던 힘이 조금 났다. 안산에서 내려와 일주일째 병수발을 해 주고 있는 광훈이한테 목욕을 좀 시켜 달라고 부탁했다. 조금이라도 더 깨끗한 몸으로 내 가족들을 만나고 싶어서였다. 광훈이는 나를 돗자리에 눕히고 물수건으로 내 몸을 찬찬히 닦아 주었다. 다리를 들어 보라고 했지만 양다리는 들리지 않았고 무릎 아래쪽으로는 이미 온기가 없이 차가운데, 광훈이가 닦아 주어도 아무런 감각이 느껴지지 않았다. 입 안에 설태가 심하게 끼어 광훈이가 계속 닦아 냈지만 상태가 좋지 않아 답답했다.

　오후가 되면서 자식들이 하나둘 오기 시작해 저녁 무렵에는 모든 가족들이 다 모이게 되었다. 저녁 늦도록 이런저런 이야기로 정을 나눴다. 둘째 며느리의 배가 많이 불러 있었다. 짐작해 보니 둘째 아이를 가진 지 일고여덟 달쯤 되지 않을까 싶었다. 오고 감은 세상이 있는 근본임에 내가 가니 또 한 인연이 오는 것이리라. 내가 떠난 후에 태어날 아이도 행복하게 살아가길 마음속으로 간절히 빌었다.

　다음 날 추석 아침에도 온 가족이 한데 모여 함께 식사를 했다. 식사 후 광훈이를 시켜 장롱 속 나의 물건들을 모두 꺼내 가족들에게 나눠 주게 했다. 광훈이가 재봉틀을 갖고 싶다고 해서 주었다. 내 평생의 손때가 묻은 재봉틀 '다이알 미싱'은 우리 가족들의 입을 거리를 위해 말없이 희생했던 물건으로, 나에겐 마치 내가 돌밑에 살 적에 아버지와 나의 먹을거리를 위해 희생해 주었던 옛날의 금구와 귀애 같은 존재였다.

　나의 바람대로 마지막 추석을 가족들 모두와 함께 보냈으니 이젠 아무런 욕심도 없게 되었고, 마음이 한결 더 가벼워졌다. 늦었지만 오늘에서야 근심의 무게는 욕심의 무게임을 깨달았다. 오후가 되어서는 광훈이와 영미만 남고 자식들은 각자의 볼일들이 있어 떠나갔다. 일어나 앉기가 힘들어 누운 채로 작별을 했다.

　1997년 9월 17일, 음력 8월 16일. 이날은 추석 다음 날로, 나의 네 번째 황천 여행이자 다시는 돌아오지 않을 여행을 떠나야 하는 날이었다. 이승에서의 마지막 하루인 오늘이 저물고 달이 떠오르면 나는 곧 출발해야 한다는 걸 알고 있었다. 오늘 밤엔 어젯밤의 보름달보다 더 완전히 둥근 달이 뜨니 엄마 찾아가는 길이 어둡진 않으리라 생각하며, 아직 감각이 남아 있는 신체 부위에서 느껴지는 깊숙한 통증 속에서도 시시각각 흘러가는 시간을 헤아리고 있었다.

"몇 시고?"

내 곁을 지키고 있는 광훈이한테 시간을 물었다.

"오후 5시 17분이데이."

"으응."

고개를 천천히 돌리면서 방 안을 이리저리 눈으로 훑었다. 혹여나 정리를 다하지 못한 것이 있는지 확인이라도 하는 것처럼.

"실경이, 온전치 몬한 몸으로 이꺼지 살아 내니라꼬 차말로 노고가 컸데이."

나는 나에게 마지막 위로의 말을 전했다.

"그래 내 몸은 내 맘한테, 내 맘은 내 몸한테 서로서로 고마벘데이. 애초에 내 뜻에 따라 이 시상에 태이난 것도 아이랬고, 내가 원치 않는 수많은 상황들을 맞기도 했제만, 땅 없는 하늘 아래서도 내는 걸었고 또 살아 냈데이. 걸으이 길이 되고, 길이 되이 살겠드라.

실경아, 인제 내 걸음은 여게서 멈추제만, 이 멈춤을 위해 걸어온 예순여섯 해의 여정이 자랑스럽기까진 않다 캐도 후회스럽지도 않데이. 어느 때에도 나태함 없이 성실히 걷고 진실히 살아 냈기에, '내가 내한테 느끼는 고마붐', 그기 내 인생 행로에 결과물이라 카겠데이."

"광훈아, 몇 시고?"
"엄마, 저녁 7시 2분이네."
"으응 알았다."
"시간은 와 자꾸 묻노?"
"곧 달이 뜨겠네. 야야, 내 오줌 누고 싶데이. 오강에 좀 앉히도."

광훈이는 조심조심 나를 일으켜 요강에 앉혀 주었다. 곳곳이 원폭으로 입은 화상 흉터에 기역 자로 구부러져 새우같이 작아진 내 몸. 평생 나를 품고 살아 주었던 고마운 몸을 깨끗이 해서 돌려주고 떠나야 하리라.

나는 얼마 남지 않은 마지막 힘을 모두 모아 아랫배에 실었다. '쏴아' 하는 소리와 함께 그 어느 때보다도 세찬 오줌 줄기가 한참이나 이어졌다. 마지막 한 방울까지 말끔히 비우는 순간, 온몸의 기력도 완전히 빠져나갔다. 옆에서 나를 안고 있던 광훈이 품으로 푹 쓰러졌다. 나는 내 몸으로 할 수 있는 마지막 일을 다했다.

자리에 다시 눕혀졌지만, 이젠, 눈을 뜰 힘조차 없고, 숨을 모으는 것도, 몇 차례 더 이어질지, 알 수 없었다. 어깨와 팔다리, 손가락 하나하나까지, 신체의 모든 부분이, 방바닥에 밀착되어, 가라앉았다.

지금쯤 달이 떴으리라. 몽롱해지는 의식 속에, 바깥 탱자나무 울 밑에서 우는지 창틈으로 귀뚜라미 울음소리가 들려왔다, 때를 알리는 자명종 울림처럼. 그 순간 모든 통증이 멈췄다. 통증이 멎으니 살 것 같았다. 아니다, 그게 아니었다. 통증이 멎으니 죽을 것 같았다.

그랬다.

'인생이란, 사니까 아픈 거였다. 아프니까 사는 거였다. 몸도 마음도 그랬다.'

내 삶의 마지막 깨달음이었다.

몸에 대한 무게감이 완전히 사라졌다. 마음이 한없이 편안해졌다. 기분이 맑아졌다. 깃털처럼 가볍게 두둥실 떠오르는 느낌이 났다. 분명 어디론가 가고 있는데, 들이마신 마지막 숨조차 무거울까 봐 남김없이 내보낸 뒤, 몸을 내려 두고 떠나는 나의 가벼운

혼은, 창망한 달빛 바다 위를 날아가는 한 마리 기러기인 양, 귀로 없는 여행길을 멀리멀리 떠나가고 있었다.

  엄마 찾아 떠나가는 나의 마지막 여행길에는, 어렸을 때 내 고향 돌밑 마을에서 고무줄놀이하며 불렀던 노래, 그리운 그 노래가 들려오고 있었다.

"울 밑에 귀뚜라미 우는 달밤에
길을 잃은 기러기 날아갑니다
가도 가도 끝없는 넓은 하늘로
엄마 엄마 찾으며 홀로 갑니다

오동잎이 우수수 지는 달밤에
아들 찾는 기러기 울며 갑니다
엄마 엄마 울고 간 잠든 하늘로
기럭기럭 부르며 찾아갑니다"

작
가
후
기

  1997년 9월 17일 오후 7시 17분, 향년 66세를 일기로 불귀의 여행을 떠나신 나의 어머니는 사부리 선산에 안장되셨다가, 2009년 6월 9일, 아버지께서 세상을 떠나시자 국립 영천 호국원으로 자리를 옮겨 아버지와 함께 영면에 드셨다.